아르센 뤼팽 대 셜록 홈즈

아르센 뤼팽대 셜록홈즈

1판 1쇄 인쇄 | 2018년 06월 25일
1판 3쇄 발행 | 2021년 11월 15일

지은이 | 모리스 르블랑 지음
옮긴이 | 김지영
펴낸이 | 윤옥임
펴낸곳 | 브라운힐

서울시 마포구 신수동 219번지
대표전화 (02)713-6523, **팩스** (02)3272-9702
등록 제 10-2428호

© 2021 by Brown Hill Publishing Co. 2021, Printed in Korea

ISBN 979-11-5825-106-2 03860
값 13,500원

아르센 뤼팽 대 셜록 홈즈

ARSENE LUPIN

모리스 르블랑 | 김지영 역

SHERLOCK HOLMES

MAURICE LEBLANC

브라운힐
BrownHillPub

차 례

첫 번째 이야기

금발의 여인

23조 514번 복권

작년 12월 8일, 베르사유 고등학교의 수학교사인 제르부아는 한 고물상의 잡동사니 속에서 마호가니로 만든 작은 책상을 발견했다. 서랍이 많아서 마음에 들었다.

'쉬잔의 생일 선물로 안성맞춤이야.'

그는 이렇게 생각했다.

얼마 안 되는 수입이지만 딸을 기쁘게 해 주겠다는 생각으로 값을 깎고 또 깎았음에도 불구하고 65프랑이라는 거금을 지불했다.

그가 주소를 가르쳐 주고 있는데 아까부터 가게 여기저기를 샅샅이 뒤지고 있던 품위 있어 보이는 차림의 젊은 사내가 그 책상을 보더니 대뜸 물었다.

"얼마죠?"

"이미 팔렸습니다."

고물상 주인이 대답했다.

"앗, 그런가요? 이분이 사신 건가요?"

제르부아가 가볍게 고개를 끄덕였다.

세르부아는 다른 사람이 탐내는 물건을 산 데 대해 내심 기뻐하며 가게에서 나왔다.

그런데 채 열 걸음도 가기 전에 조금 전의 그 젊은이와 다시 마주쳤다. 그 젊은이는 모자를 벗어들고 예의 바른 목소리로 이렇게 말했다.

"실례하겠습니다. 이런 무례한 질문을 하는 저를 용서해 주십시오. 그 책상을 특별히 찾고 계셨던 건가요?"

"그건 아닙니다. 나는 체력 관리를 위해 쓸 중고 체중계를 찾고 있었소."

"그렇다면 그 책상이 꼭 필요한 것은 아니겠군요?"

"아니, 내겐 꼭 필요하오."

"골동품이기 때문입니까?"

"편리해 보여서 그렇습니다."

"그렇다면 그 책상만큼 편리하고 좀 더 깨끗한 것과 바꾸실 의향은 없으십니까?"

"이 책상도 그리 낡지는 않았소. 일부러 교환할 필요는 없을 것 같은데요."

"그래도……."

제르부아는 짜증을 잘 내고 깐깐한 사람이었다. 그가 무뚝뚝하게 대답했다.

"미안하지만, 이제 더 이상 얘기해도 소용없소."

그러자 이 낯선 젊은이가 그의 앞을 가로막았다.

"얼마를 주셨는지는 모르겠지만 그 두 배를 드리겠습니다."

"싫소."

"세 배를 드리겠습니다."

"정말 왜 이러는 거요? 그만두지 못하겠소? 난 그걸 팔려고 산 게 아니란 말이오!"

기분이 상한 제르부아가 버럭 소리를 질렀다.

젊은이가 그를 노려보다가 말없이 등을 돌리더니 그대로 그 자리에서 떠나 버렸다. 제르부아는 후에도 그때의 그의 눈빛이 오래도록 잊히지 않았다.

한 시간 후, 비로플레 가(街)에 있는 제르부아의 집으로 그 책상이 배달되었다. 그는 딸을 불렀다.

"쉬잔, 네 마음에 들지 모르겠지만 너를 위해서 산 거야."

쉬잔은 천진난만하고 쾌활해 보이는 아름다운 아가씨였다. 아버지의 목을 감싸더니 멋진 선물이 마음에 든다는 표정으로 입을 맞췄다.

그녀는 그날 밤에 하녀인 오르탕스의 도움을 받아 책상을 자신의 방으로 옮겨 놓은 뒤 서랍을 말끔하게 닦아 냈다. 그리고는 그 안에다 서류와 편지함, 우편물, 모아 두었던 그림엽서, 사촌오빠인 필리프와의 추억이 담긴 물건들을 차곡차곡 정리했다.

이튿날, 아침 7시 30분에 제르부아는 학교로 출근했다. 열 시쯤에는 쉬잔이 평소와 다름없이 교문에서 나오는 아버지를 기다렸다. 교문 맞은편 길에 서 있는 쉬잔의 앙증맞은 모습과 아직 어린아이처럼 해맑은 미소는 제르부아를 더할 수 없이 행복하게 만들어 주었다.

두 사람이 함께 집으로 돌아왔다.

"어때, 책상은 마음에 드니?"

"아주 멋져요! 오르탕스와 둘이서 놋쇠 장식을 깨끗이 닦았어요. 마치 황금으로 만든 것 같다니까요."

"네 마음에 든 모양이로구나."

"마음에 든 정도가 아니에요. 그 책상 없이 지금껏 어떻게 지냈나 싶을 정도라니까요."

두 사람은 집 앞에 나 있는 조그만 정원을 가로질렀다. 제르부아가 말했다.

"점심 먹기 전에 아빠도 책상을 한 번 구경할까?"

"그래요! 그거 정말 좋은 생각이에요!"

그녀가 앞장서서 2층으로 올라갔다. 그런데 자신의 방으로 들어선 그녀가 잔뜩 겁에 질린 듯 비명을 지르는 것이 아닌가.

"무슨 일이야, 쉬잔?"

제르부아가 놀란 목소리로 물으며, 딸의 뒤를 따라서 방 안으로 들어섰다. 그런데 그 책상이 감쪽같이 사라지고 보이지 않는 것이었다!

*

예심판사는 너무나 간단한 수법으로 책상을 훔쳐 냈다는 사실을 알고는 당황했다. 쉬잔이 집 밖으로 나가고 하녀가 장을 보러 나간 사이에, 가슴에 커다란 배지를 단 — 옆집 사람이 그를 보았다고 했다. — 인부가 정원 앞에 손수레를 세워 놓고 벨을 두 번 울렸다. 옆집 사람은 하녀가 외출했다는 사실을 몰랐기 때문에 아무런 의심도 하지 않았다. 결국 그 사람은 아주 여유롭게 자신의 일을 해치운 것이었다.

그런데 여기서 주목해야 할 점은 옷장과 괘종시계에는 전혀 손을 대지 않았다는 사실이었다. 뿐만 아니라 책상 위에 올려놓았던 쉬잔의 지갑 안에 든 금화는 고스란히 남아 있는 채로 옆 테이블 위로 옮겨져 있었다. 즉 그는 오직 그 책상만을 노리고 들어온 것이었다. 그 사실 때문에 이 사건은 더욱 이해하기 힘든 사건이 되어 버렸다. 겨우 그렇게 보잘것없는 물건 때문에 그렇게도 큰 위험을 감수했단 말인가?

제르부아가 제공할 수 있었던 유일한 단서라고는 어제 있었던 일을 설명하는 것뿐이었다.

"내가 거절하자 그 젊은이는 매우 불쾌하다는 표정을 지었을 뿐만 아니라, 돌아서서 집으로 올 때는 왠지 내가 협박받고 있다는 생각이 들었습니다."

하지만 단서라고 하기에는 너무나 막연했다. 그 고물상도 조사를 해 봤지만, 그는 두 사람 다 기억나지 않는다고 했다.

문제의 책상은 슈브뢰즈에서 어떤 사람이 죽은 뒤에 팔려고 내놓은 것을 40프랑을 주고 사 온 것으로, 적당한 가격에 팔아넘긴 것이라고 말했다. 이후로도 수사가 계속되었지만 별다른 진전을 보이지 않았다.

제르부아는 자신이 엄청난 손해를 보았다는 느낌이 강하게 들었다. 서랍 중 하나가 2중으로 되어 있었는데, 그 속에 값비싼 보물이 숨겨져 있었을 것만 같았다. 그래서 그 젊은이가 그 비밀을 알고 있었기에 그런 대담한 행동을 한 것임에 틀림없다는 생각이 떨쳐지지 않았다.

"아버지, 너무 상심 마세요. 그런 보물이 우리에게 무슨 소용이 있겠어요?"

쉬진이 몇 번이고 거듭해서 말했다.

"무슨 소리냐? 지참금만 충분히 있으면 너는 좋은 혼처를 구할 수 있었을 게야!"

가난한 사촌오빠인 필리프를 마음에 두고 있는 쉬잔은 아버지의 말을 듣고 쓸쓸한 한숨을 내쉬었다.

하지만 아쉬움 속에서 활기와 여유를 조금 잃기는 했지만 베르사유의 이 작은 집에 사는 사람들의 생활은 전과 다를 바 없이 이어졌다.

두 달이 지났다. 그리고 갑자기 매우 중대한 일들이 일어났는데, 생각지도 못했던 행운과 재앙이 연속되었다.

2월 1일 5시 30분, 제르부아가 집으로 돌아와 안경을 끼고 신문을 읽기 시작했다. 정치에는 관심이 없는 사람이었기에 그는 처음 몇 장을 넘겼다. 그런데 한 기사가 그의 주의를 끌었다.

신문협회 복권 제3회 추첨 결과, 23조 514번이 100만 프랑에 당첨.

순간, 들고 있던 신문이 그의 손에서 미끄러져 떨어졌다. 방의 벽들이 그의 얼굴 앞에서 춤을 추기 시작했으며 심장의 고동이 멎는 듯했다. 23조 514번. 그가 가지고 있는 복권 번호였다. 그는 허황된 행운을 믿는 사람은 아니었지만, 형편이 좋지 않은 친구가 부탁을 해서 그저 도와주는 셈치고 사두었던 것이다. 그런데 그 복권이 당첨될 줄이야!

재빨리 수첩을 재빨리 수첩을 집어 들어 확인했다. 23조 514번, 수첩에 확실히 적혀 있었다. 그런데 복권은?

그는 그 소중한 복권을 넣어 둔 상자를 찾으려고 서재로 달려갔다. 하지만 서재의 문턱을 넘기도 전에 문 앞에서 우뚝 멈춰 섰다. 이번에도 심장에 경련이 일어나는 것 같았는데,

그럴 만도 했다. 상자는 거기에 없었던 것이다. 그리고 그 순간 벌써 몇 주 전부터 그 상자가 거기에 없었다는 사실을 그제야 깨달았다. 그가 학생들의 숙제를 검사할 때마다 앞에 있었던 그것이 몇 주 전부터 없었다는 사실을……!

바로 그때 정원의 자갈을 밟는 발소리가 들려왔다. 그는 무작정 소리쳐 불렀다.

"쉬잔! 쉬잔이니?"

그녀는 장을 보고 돌아오는 중이었다. 그녀가 서둘러 2층으로 올라오자, 그가 목멘 소리로 말했다.

"쉬잔…… 상자가……. 상자…… 그 상자 혹시 못 봤니?"

"무슨 상자요?"

"루블 백화점에서 사 온……. 지난 목요일에 내가 사 온……. 늘 이 책상 한쪽에 있었는데……."

"어머, 아버지 잊으셨어요? 함께 그 상자를 치웠잖아요."

"언제였지?"

"그날 밤이었어요. 맞아요. 그 일이 있기 전날 밤……."

"어디다 치웠지? 얼른 대답해. 답답해서 죽겠구나."

"어디다 치웠냐고요? 그 책상 속에다……."

"그 도둑맞은 책상 말이냐?"

"네."

"그 도둑맞은 책상 속이란 말이지?"

그는 이 말을 무시무시한 주문이라도 외듯 기어들어가는

목소리로 말했다. 그러더니 딸의 손을 잡고 더욱 낮은 목소리로 말했다.

"쉬잔, 그 책상 속에는 100만 프랑이 들어 있었단다."

"어머! 아버지, 왜 제게 말씀해 주지 않으셨던 거죠?"

그녀가 어안이 벙벙한 표정으로 말했다.

"신문 복권, 그게 100만 프랑에 당첨되었어."

엄청난 낭패감이 두 사람을 압도했다. 그들은 더 이상 말을 잇지 못했다. 이 침묵을 깨뜨릴 용기가 없었던 것이다.

잠시 후, 쉬잔이 말했다.

"하지만 틀림없이 돈을 받을 수 있을 거예요."

"어떻게? 무엇을 근거로?"

"증거가 필요한 거예요?"

"당연하지! 그런데 그것이 도둑맞은 책상과 함께 날아가 버렸단 말이다. 그러니까 책상을 훔친 녀석이 100만 프랑을 받게 될 거라는 말이야."

"어떻게 그런 일이······! 그럴 수는 없어요. 아버지, 그렇게 되지 않도록 조치를 취하실 거죠?"

"조치를 취한다고 해 봐야 결과가 어떻게 될지 알게 뭐냐? 그 녀석은 무슨 수든 쓸 거야. 넝쿨째 들어온 호박을 간단하게 단념할 리가 없다고. 생각해 봐라. 그 책상을 어떻게 훔쳐갔는지를······."

제르부아는 도저히 참을 수 없는지 자리에서 벌떡 일어났다. 그리고 발을 마구 구르면서 소리쳤다.

"좋았어! 절대로 가만두지 않겠어. 100만 프랑을 그대로 넘겨 줄 수는 없어! 넘겨 줄 수 없고말고! 얼마나 재주가 좋은 녀석인지는 모르겠지만, 그 녀석도 결코 그것을 손에 넣을 수는 없을 거다. 돈을 받으러 간다면 체포당할 게 뻔하니까! 어디 두고 보라지, 혼내 줄 테니까!"

"아버지, 무슨 좋은 생각이라도 있나요?"

"끝까지 우리들의 권리를 지키는 게다. 무슨 일이 있어도! 반드시 찾고 말겠어. 100만 프랑은 내 거야! 꼭 내가 차지하고 말겠어!"

몇 분 후, 그는 다음과 같은 전보를 쳤다.

프랑스 부동산 은행 총재 귀하
카푸신 가, 파리

23조 514번의 원소유지로서, 해당 복권에 대한 미심쩍은 지불 요청에 대해 모든 법률적 수단을 동원하여 지불 정지해 줄 것을 요청함.

— 제르부아

한편, 거의 같은 시간에 다음과 같은 전보가 부동산 은행에 한 장 더 도착했다.

23조 514번 복권은 내가 소지하고 있다.

— 아르센 뤼팽

*

아르센 뤼팽의 삶을 구성하고 있는 수많은 모험 중 하나를 이야기할 때마다 나는 어떤 당혹감을 느끼게 되는데, 그 이유는 평범하기 짝이 없는 일까지도 독자들이 매우 잘 알고 있다는 생각이 들기 때문이다. 실제로 '국보적인 괴도'라는 이름으로 불리는 그의 모든 행동이 과장스럽다 싶을 정도로 상세하게 보도되었으며, 온갖 방면에서 연구되었다. 뿐만 아니라 영웅적 행동에나 어울릴 만한 온갖 찬사로 치장되곤 했다.

예를 들어서 기괴하기 짝이 없는 '금발의 여인'에 관한 얘기를 모르는 사람이 있을까? 신문기자들이 서로 경쟁이라도 하듯 커다란 활자로 각각의 일화를, '23조 514번……', '앙리마르탱 대로에서의 범죄!', '푸른 다이아몬드'라는 등의 표제어로 게재한 그 일을 말이다. 게다가 영국의 명탐정 셜록 홈즈의 개입을 두고는 또 얼마나 말이 많았던가? 이 두 거물이 벌이는 싸움의 조그만 변화에도 사람들은 열광적으로 흥분했었다. 그리고 신문팔이 소년이 대로에서 '아르센 뤼팽 체포요!'라고 외치던 그날의 소동은 또 어땠는가?

그럼에도 불구하고 내가 이 사실에 대해서 다시 한 번 이야기하는 것은 내가 새로운 사실을, 수수께끼의 열쇠를 입수했기 때문이다. 그가 벌이는 이런 종류의 모험에는 반드시 그 주위에 어두운 그림자 부분이 남기 마련인데 내가 그 그림자를 없앨 것이다. 그러기 위해서 나는 사람들이 자세하게 그리고 몇 번이고 되풀이해서 읽었을 기사도 인용할 것이며, 낡은 인터뷰 기사도 인용할 것이다. 단 나는 그것들을 정리하고 분류한 다음 거기에 정확한 진실을 붙여 재구성할 것이다.

나의 이런 작업에 최대한 협력해 주고 있는 사람은 고맙게도 아르센 뤼팽이다. 이를테면 셜록 홈즈에게 충실한 친구이자 상담상대로 왓슨이 있었던 것처럼, 아르센 뤼팽에게는 내가 있는 셈이다.

앞에서 얘기한 그 두 통의 전보가 대중에게 공개되었을 때 사람들이 얼마나 폭소를 터뜨렸는지 지금도 기억에 생생하다. 사람들은 아르센 뤼팽의 이름을 듣는 것만으로도 전례 없는 재미를 보장받은 것처럼 생각했는데, 더군다나 이번 사건의 구경꾼은 전 세계 사람들이었다.

부동산 은행이 바로 조사에 착수해서 얻은 결과, 23조 514번은 리용 신용은행의 베르사유 지점을 통해서 베시라는 포병 소령에게 판매된 것으로 밝혀졌다. 하지만 소령은 말에서 떨어져 부상을 당했는데 그 후유증으로 사망했다. 그리고 그가 죽기 얼마 전에 그 복권을 어떤 친구에게 양도했다는 사실이 몇몇 친구들의 증언을 통해서 확인되었다.

"그 친구라는 게 바로 납니다."

제르부아가 강력하게 주장했다.

"증거를 보여 주십시오."

부동산 은행의 총재가 말했다.

"증거를 보여 달라고요? 그야 어렵지 않죠. 내가 소령과 돈독한 관계였으며, 아름 광장에서 자주 만나는 사이였다는 것을 증언해 줄 사람이 한둘인 줄 아십니까? 그가 사정이 어려워졌을 때도 바로 카페에서 만나, 그 친구를 도와주는 셈치고 20프랑을 주고 그 복권을 샀던 겁니다."

"그걸 본 사람이 있나요?"

"그건 없습니다."

"그렇다면 당신은 뭘 근거로 당첨금을 지불해 달라고 하는 겁니까?"

"그 문제에 대해서 그가 내게 보낸 편지가 있습니다."

"어떤 편지죠?"

"핀을 꽂아서 복권과 함께 보낸 편지입니다."

"한 번 보여 주십시오."

"그런데 그것이 도둑맞은 책상 속에 들어 있습니다."

"그럼 그걸 먼저 찾아오셔야겠네요."

그러나 정작 그 편지는 아르센 뤼팽에 의해 세상에 알려졌다. 〈에코 드 프랑스〉 지에 실린 기사에 의하면 — 이 신문은 뤼팽의 공식 발표 기관으로서의 역할을 하고 있었는데, 뤼팽이 신문사의 대주주라는 소문이 나돌고 있었다. — 뤼팽은 베시 소령이 보낸 편지를 자신의 고문 변호사인 드티낭 씨에게 넘겼다고 발표했다는 것이었다.

그렇다면 아르센 뤼팽이 변호사를 고용했다는 말인가! 이러한 사실만으로도 사람들은 미친 듯이 즐거워했다. 아르센 뤼팽이 일반 사람들처럼 법을 존중하고 기존 질서를 옹호하기 위해서 법조계에 몸담고 있는 사람을 자신의 대변자로 선택하다니……!

드티낭 변호사에게 언론의 관심이 집중되는 것은 당연했다. 급진적인 실력파 국회의원인 그는 고귀한 정신의 소유자로서 청렴했으며, 다소 회의적이기는 했지만 역설적인 언사를 즐기는 사람으로 알려져 있었다.

드티낭은 안타깝게도 뤼팽을 직접 접한 적이 없었다. 그러나 그가 뤼팽의 지시를 받고 있는 것만은 틀림없는 사실이었다. 그는 뤼팽이 자신을 선택해 줬다는 사실에 크게 감동했으며, 이를 커다란 명예로 받아들였다. 그는 무슨 수를 써서라도 자기 고객의 권리를 지키겠다고 결심했다. 이제 막 작성한 파일을 당당하게 펼쳐 보였으며 소령의 편지도 보여 주었다. 편지는 틀림없이 복권을 양도했다는 사실을 증명하고 있었지만 그것을 양도받은 사람의 이름은 적혀 있질 않았다. '친애하는 친구에게……'라고 밖에는 적혀 있지 않았던 것이다.

소령의 편지와 함께 아르센 뤼팽이 적어 보낸 메모에는 다음과 같은 내용이 적혀 있었다.

'친애하는 친구는 바로 나를 말하는 겁니다. 내가 이 편지를 소유하고 있다는 사실이 가장 커다란 증거입니다.'

신문기자들은 지체하지 않고 바로 제르부아의 집으로 달려갔다.

"'친애하는 친구'는 바로 나를 말하는 겁니다. 아르센 뤼팽이 복권과 함께 소령의 편지도 훔쳐간 겁니다."

그는 이렇게 반복해서 말했다.

신문기자들이 이 소식을 전하자, 뤼팽이 항의를 해 왔다.

"그걸 증명해 보라고 하시오!"

제르부아 역시 그 기자들 앞에서 큰 소리로 말했다.

"책상을 훔쳐간 게 바로 그 작자란 말이오!"

그러자 이번에도 뤼팽은 같은 말을 반복했다.

"그걸 증명해 보라고 하시오!"

참으로 흥미로운 구경거리가 아닐 수 없었다. 23조 514번의 소유자라고 주장하는 두 사람의 공개 대결, 그를 둘러싸고 우왕좌왕하는 신문기자들의 모습, 제르부아가 길길이 날뛰는 것과는 달리 냉정함으로 일관하는 아르센 뤼팽의 태도……

이 모든 것은 대중의 궁금증과 상상력을 있는 대로 부풀리기에 조금도 손색이 없었다.

신문은 제르부아가 내뱉은 비탄으로 가득 채워졌다. 그는 자신의 불행을 애절하게, 감동적으로 호소했다.

"여러분들은 그 악당이 내게서 앗아간 것은 다름 아닌 내 사랑하는 딸 쉬잔의 지참금이라는 사실을 알아주시기 바랍니다! 나는 돈에 대해서 아무런 욕심도 없습니다. 하지만 마음에 걸리는 건 쉬잔입니다. 쉬잔에게는 너무나 중요한 돈입니다. 생각해 보십시오. 100만 프랑은 거금입니다. 10만 프랑의 열 배입니다. 내가 사들인 그 책상이 보물을 간직하고 있었단 말입니다."

뤼팽이 책상을 훔쳤을 때는 그 속에 복권이 들어 있었다는 사실을 알지 못했을 뿐만 아니라 그 복권이 1등에 당첨될 것이라고는 누구도 몰랐던 게 아니냐고 반박해 봐야 전혀 소용없는 일이었다. 그는 그저 울먹이며 한탄의 소리만을 늘어놓을 뿐이었다.

"아닙니다. 녀석은 알고 있었던 것이 분명합니다. 아니라면 그 보잘것없는 책상에 왜 그렇게 집착했겠습니까?"

무엇 때문에 훔쳤는지는 모르겠지만, 어쨌든 당시에는 20프랑의 가치밖에 없었던 종이쪽지를 손에 넣기 위해서 그 책상을 훔치지는 않았을 거라고 말을 해도, 제르부아의 입에서는 이런 한탄이 계속 쏟아져 나왔다.

"100만 프랑 짜리 복권입니다. 녀석은 처음부터 알고 있었다고요. 녀석은 모든 걸 알고 있단 말이에요. 아…… 여러분은 그가 얼마나 지독한 악당인지 잘 모를 거예요. 여러분은

100만 프랑을 도둑맞아본 적이 없기 때문에 더욱 알 수 없겠지요……."

이런 대화들이 끝도 없이 오고갔다. 하지만 열흘하고 이틀이 지났을 때, 제르부아는 아르센 뤼팽이 '친전'이라고 명기해서 보낸 편지를 받았다. 그는 그 편지를 읽으면서 점점 더 커다란 불안을 느끼게 됐다.

구경꾼들은 우리 사이에서 벌어지고 있는 일을 즐기고 있습니다. 이제 슬슬 진지하게 생각해야 할 때가 왔다고 생각지 않으십니까? 저는 그렇게 되어야 한다고 마음먹었습니다.

일은 아주 간단합니다. 나는 복권을 가지고 있지만, 안타깝게도 돈을 받을 권리는 갖고 있지 못합니다. 그리고 당신은 돈을 받을 권리는 있지만 복권은 가지고 있지 않습니다. 즉 우리는 상대방이 없이는 아무것도 할 수 없습니다.

그럼에도 불구하고 당신은 자신의 권리를 내게 양보하려 들지 않고 있으며, 나 역시도 당신에게 복권을 내줄 마음이 없습니다.

그렇다면 어떻게 하는 것이 좋겠습니까?

방법은 하나밖에 없을 듯합니다. 서로 분배하는 것입니다. 당신이 50만 프랑, 내가 50만 프랑. 이렇게 하면

공평하지 않겠습니까? 이 정도면 솔로몬의 재판에 버금 갈 만큼 정당한 조치라고 생각하는데, 어떻습니까?

이는 매우 정당한 해결법인 동시에 신속한 해결책이기 도 합니다. 이에 대해 당신은 이러쿵저러쿵 논의하기보 다는 현재 상황에서 필연적으로 받아들여야만 하는 유일 한 방책이라는 사실을 깨달아야 합니다.

당신에게 생각할 시간을 3일 주겠습니다. 금요일 아침 에 〈에코 드 프랑스〉지의 광고란에 A. L.을 수신자로 하는 짧은 문안을 실어 주시기 바랍니다. 내 제안에 전적 으로 동의한다는 내용이면 됩니다.

그렇게 하면 당신은 바로 복권을 손에 넣게 되어, 100 만 프랑을 즉시 수령하게 될 겁니다. 그런 후에 내가 지 시한 방법대로 50만 프랑을 내게 건네주면 됩니다.

만약 당신이 거절한다고 하더라도 내가 돈을 받을 수 있도록 미리 손을 써 놨습니다. 단 당신이 계속 고집을 피운다면 그 때문에 심가한 일이 벌어질 것이며, 당신은 25,000프랑을 추가 비용으로 공제당해야만 한다는 사 실을 알아 두시기 바랍니다.

— 아르센 뤼팽

화가 치밀어 오른 제르부아는 그 편지를 신문기자에게 공개 하면서 사본까지 만들어 두는 실수를 범하고 말았다. 너무

격분한 나머지 그는 어리석은 행동을 저지르고 만 것이었다.

"줄 수 없어! 단 한 푼도 줄 수 없다고!"

모여든 기자들 앞에서 그가 외쳤다.

"원래 내 것인데 그걸 나누자니! 절대 그럴 수 없어. 정 그러고 싶으면 아예 복권을 찢어 버리라고!"

"하지만 한 푼도 손에 넣지 못하는 것보다 50만 프랑이라도 받는 게 낫지 않을까요?"

"문제는 돈이 아니오. 중요한 건 내 권리요. 내 권리를 법정에서 반드시 증명해 보이겠소."

"뤼팽을 고소하겠다고요? 그건 어리석은 짓입니다."

"아니, 그가 아니라 부동산 은행을 상대로 싸우겠단 말이오. 부동산 은행은 당연히 내게 100만 프랑을 내놓아야 합니다."

"그 복권을 제출하든지, 아니면 당신이 그것을 양도받았다는 증거라도 있어야 할 게 아닙니까?"

"아르센 뤼팽이 그 책상을 훔쳤다고 자백했으니까. 그것으로 증거가 충분하잖아요."

"아르센 뤼팽의 자백만으로 법정에서 만족할 만한 판결을 내릴까요?"

"그건 내 알 바 아니오. 어쨌든 나는 최선을 다할 겁니다."

구경꾼들은 흥분하기 시작했다. 서로 내기를 하기도 했다. 어떤 사람들은 아르센 뤼팽이 제르부아를 굴복시킬 것이라고 말하고, 또 다른 사람들은 제르부아가 뤼팽에게 뼈아픈 타격을 입히게 될 것이라고 말했다. 그러나 사람들은 내심 불안함을 느꼈다. 두 사람의 실력에 너무나도 커다란 차이가 있었기 때문이었다. 한쪽 편에서는 무시무시한 공격력을 내보이고 있는데 다른 한쪽 편은 궁지에 몰린 짐승처럼 잔뜩 흥분해서 날뛰고 있기 때문이었다.

드디어 금요일, 사람들은 〈에코 드 프랑스〉 지를 사자마자 토막 광고가 실리는 5면을 재빨리 훑어보았다. 하지만 A. L.의 이니셜이 있는 문안은 단 한 줄도 실려 있지 않았다. 제르부아는 뤼팽의 제안에 침묵으로 답한 것이었다. 이는 당연히 전쟁을 하자는 선전포고를 의미했다.

그날 밤, 사람들은 신문에 대문짝만하게 실린 기사를 통해서 제르부아의 딸이 유괴되었다는 사실을 알게 되었다.

다 알다시피, 아르센 뤼팽의 연극 가운데 세상 사람들을 열광시키는 것은 우스꽝스러운 역할을 하는 경찰들이었다. 모든 일들은 경찰의 손을 벗어난 곳에서 벌어졌다. 뤼팽은 제멋대로 말하고, 글을 쓰고, 예고하고, 명령하고, 협박하면서 마침내 실행에 옮기곤 했다. 치안국장이나 경찰들은 그의 계획을 조금도 방해할 수 없는 존재로 여기고 있는 듯했다. 경찰력은 존재하지 않을 뿐 아니라, 가령 존재한다 하더라도 무력하기 짝이 없다는 사실을 보여 주려고 작정이라도 한 듯 행동했다. 즉 그들의 방해는 전혀 문제될 것이 없다는 태도였다.

그럼에도 불구하고 경찰은 끊임없이 동분서주하면서, 아르센 뤼팽에 관한 일이 생기면 입에 거품을 물고 법석을 떨기 일쑤였다. 뤼팽이야말로 철천지원수였다. 그는 경찰을 조롱하면서 자극하고 경멸했는데, 그중에서도 가장 참을 수 없는 것은 경찰을 완전히 무시한다는 사실이있다.

그런데 그런 적을 상대로 어떻게 싸우면 좋단 말인가?

하녀의 증언에 의하면 쉬잔은 9시 40분에 집을 나섰다고 했다. 10시 5분이 조금 넘은 시각에, 학교에서 나온 그녀의 아버지는 그녀가 언제나 서 있던 맞은편 길에서 그녀를 발견하지 못했다. 그러니까 사건은 그의 집에서 학교까지 걸어갔던 그 20여 분가량의 산책 시간에 벌어졌다는 얘기이다.

집에서 300미터 정도 떨어진 곳에서 그녀와 마주쳤다고 두 이웃이 증언했다. 한 부인이 가로수 길을 걸어가는 아가씨를 봤다고 했는데 그 인상착의가 쉬잔과 똑같았다. 그런데 그 뒤로는 어떻게 된 것일까? 그 뒤의 일에 대해서는 무엇 하나 알아낸 것이 없었다.

여러 방면에서 수사가 진행되었다. 역과 입시세관소(入市稅關所)의 직원들을 상대로 탐문 수사가 이루어졌다. 하지만 그들은 이 유괴 사건과 관계있을 법한 그 어떤 사실도 알고 있지 못했다.

그런데 빌 다브레 근방의 잡화점에서 파리 쪽에서 온 듯한 차량에 휘발유를 팔았다는 제보가 있었다. 운전석에는 운전기사가 있었으며, 차의 안쪽 자리에는 금발 — 눈부실 정도의 금발이었다고 증인은 확실하게 말했다. — 의 아가씨가 타고 있었다는 것이었다. 한 시간 후, 그 자동차는 베르사유 쪽에서 되돌아왔다. 자동차와 마차로 거리가 북적대고 있었기 때문에 그 자동차는 서행을 할 수밖에 없었는데, 덕분에 잡화점 주인은 아까의 금발 여인 옆에 숄과 베일로 얼굴을 가린 또다른 여성이 한 명 타고 있는 것을 보았다고 했다. 얼굴이 가려진 사람이 바로 쉬잔 제르부아 양이라는 사실은 조금도 의심할 여지가 없었다.

그렇다면 유괴는 백주 대낮에 베르사유 시내 한복판에서, 그것도 교통량이 많은 길 위에서 일어났다고 상상할 수밖에 없는 일이었다.

어떻게 그런 일이 가능하단 말인가? 그리고 과연 어디서? 누구도 그녀가 도움을 요청하는 비명 소리를 듣지 못했으며, 이상하게 여겨질 만한 행동을 본 사람도 없었다.

잡화점 주인은 그 자동차가 프종 사의 마크가 새겨진 24마력짜리 리무진으로 짙은 감색이었다고 말했다.

경찰은 자동차 유괴 사건의 전문가라 할 수 있는 그랑 가라주 사의 여자 지배인 봅 발투르 부인에게 문의했다. 그녀의 말에 의하면 금요일 아침에 하루 종일 쓰겠다며 프종 리무진을 빌려 간 금발의 여인이 있었는데, 그날 자동차만 돌아오고 그녀는 함께 오지 않았다는 것이었다.

"그럼 운전기사는?"

"에르네스트라는 남자인데 그 전날 한 유력한 추천자의 말을 믿고 고용한 사람이었어요."

"지금도 여기서 일하고 있습니까?"

"아니요. 자동차를 가져다 놓고는 그다음 날부터 출근하지 않았어요."

"행방을 알 수 없을까요?"

"찾을 수 있어요. 그가 일해 준 고객 명단이 있으니까 알 수 있을 거예요. 여기 그 사람들의 이름이 있습니다."

그 사람들을 찾아가 보았지만 에르네스트라는 남자를 아는 사람은 한 명도 없었다.

늘 이 모양으로 암흑에서 벗어나려고 하나의 단서를 붙들고 발버둥쳐 봐야 또 다른 암흑이, 또 다른 수수께끼가 기다리고 있을 뿐이었다.

제르부아에게는 자신을 이런 불행으로까지 몰고 간 이 싸움을 계속할 여력이 남아 있지 않았다. 딸이 실종된 이후 완전히 기력을 잃었으며, 끝없이 고민한 끝에 결국에는 항복 선언을 하고 말았다.

〈에코 드 프랑스〉 지에 무조건 항복을 알리는 짧은 광고가 실렸고, 사람들은 그럴 줄 알았다며 한마디씩 떠들어 댔다.

멋진 승리였다. 싸움은 4일 만에 끝난 셈이었다.

이틀 후, 제르부아가 부동산 은행의 안뜰을 가로지르고 있었다. 총재실로 안내된 제르부아는 23조 514번 복권을 내밀었다. 총재는 놀라 자리에서 벌떡 일어났다.

"오! 가지고 계시는군요. 녀석이 돌려주던가요?"

"다른 곳에 섞여 있던 걸 찾아냈습니다."

제르부아가 대답했다.

"하지만 당신은 문제가 있다고 말씀하시지 않으셨습니까?"

"그건 전부 세상에 떠도는 헛소문이었습니다."

"어쨌든 증거가 될 만한 서류가 필요합니다."

"소령의 편지면 충분하겠지요?"

"물론입니다."

"여기 있습니다."

"됐습니다. 그럼 이 복권과 편지를 잠시 보관하겠습니다. 15일간 조사를 하도록 되어 있어서요. 돈을 받으실 수 있게 되면 바로 연락을 드리겠습니다. 그때까지는 철저하게 보안을 유지하시고, 이번 사건을 조용히 마무리하도록 적극 협조해 주시길 바랍니다."

"나도 그럴 생각입니다."

제르부아도 총재도 더 이상 말을 하지 않았다. 하지만 세상에는 제아무리 입을 다물고 있어도 누설되어 버리고 마는 소문이 있기 마련이다. 그 때문인지 아르센 뤼팽이 23조 514번 복권을 제르부아에게 과감하게 돌려줬다는 소문이 일시에 퍼졌다. 이 소문을 들은 사람들은 그의 행동에 놀람과 동시에 칭찬의 말을 아끼지 않았다.

　이는 당당한 승부사나 쓸 수 있는 방법이었다. 그 귀중한 복권을, 그 중요하기 짝이 없는 패를 테이블 위로 내려놓을 줄이야! 물론 그가 그것을 내려놓은 것은 충분히 계산된 행동이었으며, 상대를 견제할 만한 또 다른 패가 필요했기 때문이었다. 하지만 만에 하나 그 아가씨가 탈출을 한다면, 그가 붙잡고 있는 인질을 경찰이 구해 내기라도 한다면 그때는 어떻게 할 것인가? 두 마리 토끼를 잡으려다 한 마리도 못 잡는 꼴을 당하게 될 지도 모르는데 말이다.

　경찰은 그가 약점을 드러낸 것이라 생각하고 수사에 총력을 기울였다. 아르센 뤼팽은 자신의 손에 넣었던 무기를 버리고 스스로 빈손이 되었으며, 자신의 꾀에 빠져서 거의 손에 넣었던 100만 프랑 중 한 푼도 손에 넣지 못한 채 고스란히 내놓은 셈이 아닌가. 그렇게 되면 곧 그를 조롱하는 사람들이 나타나 그를 적으로 삼을지도 모를 일이었다.

　하지만 그렇게 하기 위해서는 쉬잔을 찾아낼 필요가 있었다. 그러나 아무리 찾아보아도 그녀를 발견할 수가 없었다. 그렇다고 해서 그녀가 도망칠 수 있을 것 같지도 않았다.

　그랬다. 세상 사람들이 말하는 것처럼 이로써 그가 먼저 1점을 획득한 것이었다. 1회전은 아르센 뤼팽의 승리였다. 하지만 아직 가장 어려운 문제가 남아 있길 않은가?

　쉬잔 양은 틀림없이 그의 수중에 있었다. 이 점은 누구나 잘 알고 있는 사실이었다. 그는 50만 프랑과 교환하는 조건이 아니라면 그녀를 돌려보내지 않을 것이었다. 하지만 그 교환은 어디서, 어떤 방법으로 행해질 것인가? 이 교환이 이루어지려면 반드시 만남이 이루어져야 하는데 말이다.

그렇다면 제르부아는 이 사실을 경찰에 알리고, 그 힘을 빌려서 딸을 되찾고 돈을 건네주지 않을 수도 있지 않을까?

제르부아에게 기자들의 질문이 쇄도했다. 기자들은 초췌한 모습으로 침묵을 지키고 있는 제르부아의 마음을 이해할 수가 없었다.

"아무런 할 말도 없소. 나는 그저 기다릴 뿐이오."

"그럼 쉬잔 양은 어떻게 되는 겁니까?"

"아직 수사가 계속되고 있소."

"아르센 뤼팽으로부터 온 전갈은 없습니까?"

"없소."

"없다는 것을 맹세할 수 있습니까?"

"그건 싫소."

"그렇다면 뭔가 있다는 얘긴데, 지시 사항이 무엇입니까?"

"아무런 말도 하고 싶지 않소."

이번에는 기자들이 드티낭 변호사에게 질문 공세를 퍼부었다. 하지만 그도 입을 열려 들지 않았다.

"뤼팽 씨는 제 의뢰인입니다. 내가 어떤 얘기도 할 수 없음을 당신들도 잘 알고 있으리라 생각합니다."

그는 일부로 근엄한 표정을 지으며 이렇게 대답했다.

이런 모습이 구경꾼들의 마음을 더욱 초조하게 만들었다. 은밀한 곳에서 책략이 진행되고 있는 것은 틀림없는 사실인 듯했다. 아르센 뤼팽은 자신이 쳐 놓은 그물을 점점 좁혀 갔고, 경찰은 밤낮으로 제르부아의 주위를 감시했다.

세상 사람들은, 이제 남은 방법은 오직 세 가지밖에 없다고 수군거렸다. 체포되느냐, 승리하느냐, 아니면 이것도 저것도 아닌 실패로 끝이 나느냐……

그런데 대중들은 이런 호기심을 부분적으로만 채운 채 돌아서야만 했다. 그러니까 이 사건의 실체는 이 책을 통해서 처음 공개되는 것이라고 할 수 있다.

3월 12일 화요일, 제르부아는 평범한 봉투 속에 담겨 있던 부동산 은행의 통지서를 받았다.

목요일 오후 한 시, 그는 파리 행 기차에 올랐다. 그리고 두 시에 그는 1천 프랑 짜리 지폐 1천 장을 손에 쥐었다.

그가 손을 벌벌 떨면서 — 그도 그럴 것이 그 돈은 쉬잔의 몸값이었다. — 한 장 한 장 세고 있을 그 시간에 은행 정면 현관에서 조금 떨어진 곳에 정차한 자동차 한 대 속에서 두 사내가 이야기를 나누고 있었다. 한 사람은 머리가 희끗희끗하며, 쥐꼬리만한 월급을 받고 있는 사람처럼 보이는 옷차림이나 태도와는 달리 힘이 넘치는 얼굴을 한 형사 가니마르였다. 뤼팽의 숙적, 바로 그였다.

가니마르가 폴랑팡 형사에게 말했다.

"얼마 안 남았어……. 5분도 지나지 않아서 제르부아 씨를 만날 수 있을 걸세. 준비는 다 되었겠지?"

"네, 완벽합니다."

"전부 몇 명인가?"

"여덟 명입니다. 그중 두 명은 자전거를 타고 있습니다."

"나는 세 사람 몫을 해치울 수 있어. 이 정도면 충분하기는 한데, 너무 많은 것 아닐까? 어쨌든 무슨 일이 있어도 제르부아 씨를 놓쳐서는 안 되네. 제르부아 씨를 놓치면 그는 뤼팽과 약속한 대로 만나서 50만 프랑을 건네주고 딸을 되찾아올 걸세. 그러면 그것으로 사건은 끝나고 마네."

"그런데 그 사람은 왜 경찰과 함께 행동하지 않는 겁니까? 그렇게 하면 훨씬 더 간단하게 일을 해결하고, 100만 프랑을 온전하게 차지할 수 있을 텐데요."

"맞는 말일세. 하지만 무서워서 그랬을 거야. 상대를 속이려다 딸을 영원히 잃게 되는 게 아닌가 하고."

"상대라면?"

"녀석이지."

가니마르는 녀석이라는 말을 엄숙하면서도 심각한 투로 내뱉었다. 마치 예전에 된통 쓴맛을 본 적이 있는 초자연적인 존재에 대해서 말하고 있는 것처럼……

"생각해 보면 우리가 본인의 뜻과는 상관없이 그를 지켜야 한다는 것도 우스운 일이군요."

폴랑팡 형사가 답답하다는 듯이 말했다.

"뤼팽 앞에서는 늘 세상이 거꾸로 돌아간다니까."

가니마르가 한숨 섞인 소리로 말했다.

몇 분이 그렇게 지나갔다.

"저길 봐. 조심하게."

그가 말했다.

제르부아가 나왔다. 카푸신 가 끝에서 그는 대로의 왼쪽으로 건너갔다. 그는 상가를 따라서 천천히 걸어가고 있었다.

"이상할 정도로 침착한데. 주머니에 100만 프랑을 갖고 있는 사람이 저렇게 침착할 수도 있나?"

가니마르가 말했다.

"무슨 이상한 점이라도 보입니까?"

"아니, 특별히 그런 점은 없어 보이네. 하지만 조심을 하는 것뿐일 거야. 상대가 뤼팽이니까."

바로 그 순간, 제르부아가 인도에 있는 신문판매소로 다가가 두어 종류의 신문을 골랐다. 거스름돈을 받아들고 신문 하나를 펼치더니 종종걸음으로 걸으며 신문을 읽기 시작했다. 그러더니 갑자기 도로 옆에 서 있던 택시에 후다닥 올라탔다. 시동이 걸려 있던 자동차가 바로 출발하더니 그대로 마들렌 성당을 끼고 돌아 모습을 감췄다.

"제길! 이것도 놈의 수법이야!"

가니마르가 버럭 소리를 지르더니 지체하지 않고 달리기 시작했다. 그러자 이를 보고 있던 다른 경관들도 부리나케 움직여 마들렌 성당 쪽으로 내달렸다.

그런데 갑자기 가니마르가 통쾌하다는 듯 웃기 시작했다. 말제르브 대로 가의 입구에서 그 자동차가 고장 나는 바람에 멈춰 서 있었기 때문이다. 제르부아가 자동차에서 곧장 내렸다.

"서두르게, 폴랑팡. 운전기사는 아마 에르네스트라는 녀석일 거야."

폴랑팡이 운전기사를 붙잡고 조사했다. 가스통이라는 택시회사에 고용된 사람이었다. 10분 정도 전에 한 신사가 택시를 세우더니, 신문판매소 옆에서 어떤 사람이 올 때까지 시동을 건 채로 기다리고 있으라는 부탁을 받았다는 것이었다.

"그럼 나중에 택시에 오른 사람은 어디로 가자고 말했지?"

폴랑팡이 물었다.

"정확한 주소를 댄 건 아니고, '말제르브 대로로 해서, 메신 거리, 팁은 두 배.'라고 말했을 뿐입니다. 그게 전부입니다."

그런데 그러는 사이에 제르부아는 한시도 지체하지 않고 제일 처음 지나치는 택시에 올라탔다.

"콩코르드 지하철역까지 갑시다."

지하철을 타고 가던 제르부아는 팔레 루아얄 광장 역에서 내렸다. 그런 다음 다른 차를 잡아타고 이번에는 부르스 광장으로 달려갔다. 거기서 다시 지하철을 타고 빌리에 거리에서 내려 다시 택시를 잡아탔다.

"클라페이롱 가 25번지로 갑시다."

클라페이롱 가 25번지는 바티뇰 로 옆에 위치해 있었다.

그는 2층으로 올라가 벨을 울렸다. 한 신사가 문을 열어 주었다.

"여기가 드티낭 선생님 댁입니까?"

"내가 드티낭입니다. 제르부아 씨죠?"

"그렇습니다."

"잠깐 기다리십시오."

제르부아가 드티낭 변호사의 서재로 들어섰을 때는 이미 세 시가 넘은 시간이었다.

제르부아가 변호사에게 물었다.

"정확히 지정한 시간에 왔습니다. 아직 오지 않았습니까?"

"아직 안 왔습니다."

제르부아가 의자에 앉아 이마의 땀을 닦았다. 몇 시인지 잊은 사람처럼 자기 시계를 꺼내 바라보았다. 그리고 불안한 듯 물었다.

"올까요?"

변호사가 대답했다.

"세상 누구보다도 제가 그 사실을 알고 싶습니다. 이렇게 애타게 누군가를 기다려 본 적도 없을 겁니다. 만약 그가 온다면 그는 커다란 위험을 감수해야만 할 겁니다. 보름 전부터 이 집은 엄중한 감시 하에 놓여 있으니까요. 나마저도 의심받고 있는 상황입니다."

"나에 대한 감시는 훨씬 더 엄중했습니다. 그러니까 나를 미행하던 형사들을 완전히 뿌리쳤다고는 장담할 수 없습니다."

"그렇다면……."

"무슨 일이 벌어져도 내 책임은 아닙니다. 내가 비난을 받아야 할 이유는 어디에도 없습니다. 내가 따로 무슨 약속이라도 했단 말입니까? 나는 그저 맹목적으로 그의 명령에 따랐을 뿐입니다. 그가 지정한 시각에 돈을 받았습니다. 그리고 그가 정해 준 방법대로 이곳까지 왔습니다. 딸아이의 목숨이 걸려 있기 때문에 나는 충실하게 약속을 전부 지켰습니다. 그러니까 그도 약속을 지키라고 해 주십시오."

제르부아가 불안해하는 어조로 계속해서 말했다.

"내 딸을 데리고 오겠지요? 어떻게 생각하십니까?"

"나도 일이 그렇게 되기를 바랍니다."

"하지만…… 선생님은 그를 만났을 게 아닙니까?"

"내가요? 아닙니다! 그는 단지 편지로 우리 두 사람과 만나고 싶다고 말했을 뿐입니다. 그리고 세 시 전에 하인들을 전부 외출시키고, 당신이 도착한 이후 그가 떠날 때까지 이 아파트에 그 누구도 들이지 말라고 말했을 뿐입니다. 만약 내가 그 제안을 수락할 수 없다면 〈에코 드 프랑스〉 지의 3행 광고에 거절의 말을 남기라고 했습니다. 하지만 나는 아르센 뤼팽의 일을 돕고 싶었기 때문에 이 모든 것을 수락했을 뿐입니다."

제르부아가 울먹이는 듯한 목소리로 말했다.

"아……일이 대체 어떻게 되려고 이러나."

그는 주머니에서 지폐 다발을 꺼내 테이블 위에 늘어놓았다. 그런 다음 그것을 이등분했다. 두 사람 모두 아무런 말도 하지 않았다.

제르부아는 때때로 혹시 누군가가 벨을 울린 게 아닐까 하고 귀를 기울였다.

시간이 흐를수록 그의 불안은 점점 더 커져만 갔고, 드티낭 변호사도 거의 비통에 가까운 낭패감을 맛보고 있었다.

변호사는 침착함을 완전히 잃고 있었기 때문에 한시도 가만히 있질 못했다. 갑자기 자리에서 일어나는가 싶더니 느닷없이 이렇게 말하는 것이었다.

"오지 않을 겁니다. 어떻게 올 수가 있겠습니까? 그가 여기에 온다는 건 그야말로 미친 짓 아니겠습니까? 우리 두 사람에 대해서는 그도 믿고 있을 겁니다. 우린 그를 배신할 수 없는 사람들이니까요. 하지만 이곳만 위험이 도사리고 있다고는 볼 수 없습니다."

그러자 제르부아가 깜짝 놀라며 양손을 지폐 다발 위에 올린 채 더듬거리며 말했다.

"제발 와 주어야 할 텐데. 제발 와 줘! 쉬잔을 찾을 수만 있다면 이 돈을 전부 다 주어도 상관없단 말이야."

"아니요. 반만 있으면 됩니다. 제르부아 씨."

그때 문이 열리더니 누군가가 안으로 들어와 서 있었다. 멋지게 차려입은 젊은이였다. 제르부아는 그 사람이 베르사유의 고물상 앞에서 자신에게 말을 건 사람이라는 사실을 바로 알 수 있었다.

제르부아가 젊은이 쪽으로 달려갔다.

"그런데 쉬잔은? 내 딸은 어디 있소?"

아르센 뤼팽이 정중한 태도로 문을 닫았다. 그리고 침착하게 장갑을 벗으며 변호사에게 말했다.

"친애하는 선생님. 제 권리를 옹호하는 일에 기꺼이 동의해 주신 데 대해 뭐라고 감사를 드려야 할지……. 이 은혜는 평생 잊지 않겠습니다."

드티낭 변호사가 얼떨떨한 표정으로 말했다.

"당신, 벨도 울리지 않았죠? 문이 열리는 소리도 듣지 못했는데……."

"벨이나 문이라는 건 원래 아무런 소리도 내지 않고 움직이게 되어 있는 겁니다. 어쨌든 내가 여기 와 있다는 게 중요하지 않습니까?"

"내 딸을, 쉬잔을 어떻게 한 거요?"

제르부아가 되풀이해서 물었다.

"이런, 이런! 선생, 너무 서두르지 마시오. 그리고 안심하세요. 곧 따님이 당신 품속으로 뛰어들 테니까요."

뤼팽이 말했다. 그리고 방 안을 거닐기 시작하더니 칭찬의 말을 하는 지체 높은 양반과 같은 어투로 말을 이었다.

"제르부아 씨. 조금 전에 당신이 보여 줬던 교묘한 활약을 칭찬해 주고 싶습니다. 그 사동차 타이어에 느닷없이 구멍만 나지 않았어도, 우리는 에투왈 광장에서 쉽게 만날 수 있었을 겁니다. 그랬으면 이런 방문으로 드티낭 선생님을 귀찮게 해 드리지 않을 수도 있었을 텐데……. 하는 수 없죠! 그냥 하늘 이 정한 일이라고 생각할 수밖에요."

그는 탁자 위에 놓여 있는 지폐 뭉치를 흘끗 보면서 이렇게 외쳤다.

"이야! 정말 대단합니다! 여기에 100만 프랑이 있었군요! 이러고 있을 게 아니라 당장 가져가도록 하겠습니다."

"하지만 쉬잔 양이 아직 오지 않았는데요."

드티낭 변호사가 테이블 앞을 막아서며 말했다.

"그게 어쨌다는 겁니까?"

"그러니까 그 아가씨가 이 자리에 나타나야만 하는 것 아닙 니까?"

"그렇군요! 그렇군요! 알겠습니다. 그러니까 아르센 뤼팽 을 그 정도밖에 믿지 못하시겠다는 거죠? 내가 50만 프랑을 챙기고 나서 인질을 풀어 주지 않을지도 모른다고 생각하시 는 거죠? 선생님, 커다란 오해를 하고 계시는군요. 운명이

나를 인도해서, 조금 …… 특수한 일을 하게 했다고 해서 양심마저 의심을 받게 되다니……. 언제나 올곧은 양심과 품위를 제일로 여기는 내가 말입니다! 선생님, 그렇게 걱정이 되면 창문을 열고 내다보시기 바랍니다. 열 명도 넘는 경찰들이 요 앞의 거리에 쫙 깔려 있을 테니까요."

"정말입니까?"

아르센 뤼팽이 커튼 한쪽을 젖혔다.

"제르부아 씨가 가니마르를 따돌리지 못한 건 당연한 일입니다. 내가 뭐라고 했습니까? 보세요, 저기에 용감한 내 친구가 와 있지 않습니까?"

"어떻게 이런 일이! 하지만 난 하라는 대로……."

제르부아가 외쳤다.

"저를 배신하지는 않았다고 말씀하시려는 거겠죠? 나도 그랬을 거라고 믿고 있습니다. 하지만 저들은 프로니까요. 아, 저쪽에는 폴랑팡이 있네요……. 그리고 그레옴도 와 있군요……. 이런, 디외지도 있네! 내 친구들이 전부 다 모였군요."

드티낭 변호사가 깜짝 놀라며 뤼팽을 바라보았다. 어떻게 이렇게 침착할 수 있는가? 마치 어린아이가 장난을 치듯 해맑게 웃고 있는 저 얼굴 ……. 경찰이 저렇게 쫙 깔렸는데도 전혀 위협을 느끼지 않는 저 배짱!

경찰이 지키고 있다는 사실보다도 뤼팽의 여유로운 태도가 변호사를 안심시켰다. 그는 테이블 앞에서 물러났다.

아르센 뤼팽이 두 돈다발 속에서 각각 25장의 지폐를 뽑아 들었다. 그런 다음 그 50장을 드티낭 변호사에게 건네줬다.

"선생님, 이건 제르부아 씨와 아르센 뤼팽이 드리는 사례금입니다. 이 정도는 드려야 할 의무가 우리에겐 있습니다."

"당신들에게 그런 의무는 전혀 없습니다."

드티낭 변호사가 말했다.

"아닙니다. 이렇게 폐를 끼쳤는데요."

"하지만 제가 그걸 즐거워했다면 어쩌실 겁니까?"

"그러니까 선생님은 아르센 뤼팽으로부터 아무것도 받고 싶지 않다는 말씀인가요? 휴우, 그러면 나에 대한 소문이 나빠질 텐데."

그가 그 5만 프랑을 제르부아에게 내밀며 말을 이었다.

"선생님, 우리의 만남을 기념해서 이걸 드리겠습니다. 쉬잔 양의 결혼 축의금입니다."

제르부아가 낚아채듯 돈을 집어가더니 이렇게 말했다.

"내 딸은 결혼하지 않소."

"선생님이 허락하지 않는다면 결혼은 할 수 없겠죠. 하지만 따님은 지금 애가 탈 정도로 결혼을 하고 싶어 합니다."

"그걸 당신이 어떻게 안다는 거요?"

"아가씨들이란 아버지의 허락 없이도 곧잘 꿈을 꾸곤 하는 법이거든요. 다행히도 아르센 뤼팽 같은 수호천사가 나타나 사랑스러운 아가씨들이 책상 깊숙한 곳에 감춰 둔 마음의 비밀을 발견해 내곤 하죠."

"그 책상 속에서 다른 무엇이라도 발견했단 말입니까? 사실은 당신이 왜 그 책상을 노렸는지 매우 궁금하던 차였습니다."

드티낭 변호사가 물었다.

"거기엔 역사적인 이유가 있습니다, 선생님. 제르부아 씨의 생각과는 달리 그 책상 속에는 복권 외의 그 어떤 보물도 숨겨져 있지 않았습니다. 그리고 그 복권에 대해서 나는 알지도 못했습니다. 단지 그 책상을 갖고 싶어서 꽤 오래전부터 그걸 찾고 있었습니다. 주목과 마호가니로 만든 그 책상, 아칸더스 잎 모양의 장식이 달린 그 책상은 마리 발레브스카가 살았던 불로뉴의 작은 집에서 발견된 것입니다. 그런데 서랍 중 한 곳에 '프랑스황제 나폴레옹 1세께 헌정. 폐하의 충실한 신하 막시옹'이라는 글이 새겨져 있습니다. 그리고 그 위에 칼로 판 것으로 보이는 '마리에게'라는 글도 있습니다. 훗날 나폴레옹은 조세핀 황후를 위하여 그 책상과 똑같은 것을 만들도록 했습니다. 그러니까 조세핀 황후가 살았던 말메종 성을 방문한 사람들이 감탄어린 시선으로 구경하고 있는 그 책상은 진품을 그럴듯하게 모사한 가짜인 셈이죠. 물론 진짜는 내 소장품이 되어 있고요."

제르부아가 거의 우는 듯한 소리로 말했다.

"세상에! 이 사실을 미리 알았다면, 그 자리에서 당신에게 양보했을 것이오!"

아르센 뤼팽이 웃으며 말했다.

"그랬으면 당신은 23조 514번 복권의 당첨금을 혼자서 독차지할 수도 있었을 텐데."

"그랬다면 당신도 내 딸을 납치하거나, 괴롭히지 않았을 거구요……."

"괴롭혔다고요? 무슨 말씀이신지?"

"인질로 잡혔으니, 얼마나 괴로웠겠소?"

"아니, 크게 착각하고 계시는군요. 쉬잔 양은 인질로 잡혀 있는 것이 아닙니다."

"내 딸아이가 인질로 잡혀 있지 않다고요?"

"단 일 초도. 인질로 잡았다면 그건 폭력을 행사한 거겠죠. 하지만 그녀는 모든 것을 허락하고 스스로 인질이 되어 준 겁니다."

"스스로 인질이 됐다고?"

제르부아는 혼란스런 기색을 여지없이 드러냈다.

"오히려 사정을 했다고 말하는 편이 정확할지도 모르겠습니다. 쉬잔 양처럼 머리가 좋고 마음 깊은 곳에 남모를 사랑을 간직한 아가씨가 어찌 자신의 지참금을 손에 넣는 일을 거절할 수 있겠습니까? 아! 한 치의 거짓도 없이 말씀드리겠는데, 고집스러운 당신에게 이기려면 이 방법밖에 없다는 것을 너무도 쉽게 이해하더군요."

아주 재미있다는 듯이 얘기를 듣고 있던 드티낭 변호사가 참견을 했다.

"하지만 처음에 제르부아 씨의 따님과 얘기를 나누는 것은 쉽지 않았을 텐데요. 전혀 모르는 사람이 말을 걸 경우, 쉽게 응하지 않을 테니까요."

"그 정도는 내게 식은 죽 먹깁니다. 나는 아가씨를 만나는 영광을 누리지는 못했지만, 내가 아는 숙녀분이 앞장서서 이번 일을 맡아 줬습니다."

"자동차에 타고 있었다던 그 금발의 여인이겠지요?"

드티낭 변호사가 말했다.

"맞습니다. 제르부아 씨가 근무하는 학교 근처에서 처음 만났을 때 모든 얘기가 끝나 버렸습니다. 그 후, 쉬잔 양과 그 숙녀 분은 좋은 친구가 되어 그동안 벨기에와 네덜란드 등지를 여행하며 참으로 뜻 깊은 시간을 보냈습니다. 곧 따님께서 직접 얘기를 들려줄 겁니다."

그때, 현관 벨소리가 들려왔다. 연속해서 세 번, 다음으로 한 번, 그리고 한참 사이를 두었다가 다시 한 번 울렸다.

"따님이 오셨군요. 선생님, 죄송하지만 문을 좀 열어 주시겠습니까?"

변호사가 서둘러 자리에서 일어났다.

두 젊은 여자가 들어섰다. 그중 한 명이 제르부아의 품속으로 뛰어들었다. 다른 한 명은 뤼팽에게 다가갔다. 키가 크고 가슴이 풍만하며 눈에 띌 정도로 얼굴이 하얀 여인은 황금같이 빛나는 머리채를 풍성하게 내려뜨리고 있었다. 검은색 드레스에 장식이라고는 그저 흑요석으로 만든 목걸이를 걸고 있었을 뿐이었는데도 아주 세련되고 우아한 느낌을 주었다.

아르센 뤼팽이 그녀에게 무슨 말인가를 했다. 그런 다음 쉬잔에게 인사를 한 뒤 말했다.

"쉬잔 양, 그간 마음고생이 많았습니다. 하지만 그렇게 불쾌하지는 않으셨을 줄로 아는데……."

"불쾌했었다고요? 저 너무 행복했었어요. 아버지 걱정만 하지 않았다면요."

"정말 다행이로군요. 다시 한 번 아버님께 입을 맞춰 주세요. 그리고 이 기회를 이용해서 — 지금이야말로 절호의 기회가 아닙니까? — 당신의 사촌오빠에 대한 얘기를 하세요."

"제 사촌오빠라니……. 무슨 말씀이시죠? 도무지 무슨 말씀이신지……."

"아니, 잘 알고 계시지 않습니까? 사촌오빠 필리프 씨……. 당신이 소중하게 간직하고 있는 그 편지를 보낸 젊은이 말입니다."

쉬잔의 얼굴이 새빨갛게 달아올랐다. 그리고 당황하는 모습이 역력했다. 하지만 곧 뤼팽의 말대로 다시 한 번 아버지의 품속으로 몸을 던졌다.

뤼팽은 따뜻한 눈빛으로 두 사람을 지켜보며, 속으로 이렇게 중얼거렸다.

'선을 행하면 보답을 받는다더니, 바로 이를 두고 하는 말이군! 정말 가슴 찡한 장면이야. 행복해하는 딸과 흐뭇해하는 아버지라니! 뤼팽, 이건 자네가 만들어 낸 작품이니 참으로 기쁘지 않은가? 이 사람들은 후에도 감사하는 마음으로 자네를 떠올릴 거야. 이 사람들의 후손까지도 자네의 이름을 공경할 거야. 아! 역시 가정을 가져야 해. 정말 가족이란⋯⋯.'

그가 창 쪽으로 다가가며 말했다.

"그 용감한 가니마르는 아직 저기에 있을까? 이 감격적인 장면을 보여 준다면 그도 매우 기뻐할 텐데. 어라, 어디로 갔지? 벌써 자리를 떴군. 저기에는 아무도 없어. 녀석도, 그 부하들도. 이런! 드디어 일이 급박하게 됐어. 녀석들이 문 안으로 들어섰다 해도, 관리인이 있는 곳까지⋯⋯. 아니 그보다 더 가까이 이미 계단을 오르고 있다손 치더라도 놀랄 건 없지!"

순간 제르부아가 몸을 움직이기 시작했다. 딸이 돌아오자, 불현듯 현실적인 생각이 그의 내부에서 자라기 시작한 것이었다. 적인 뤼팽을 체포한다는 것, 그것은 자신이 50만 프랑까지 차지하는 것을 의미했다. 본능적으로 그는 한 발 앞으로 나섰다. 하지만 우연처럼 보이는 듯한 태도로 뤼팽이 그의 앞을 가로막았다.

"제르부아 씨, 어딜 가시려고요? 경찰들의 손에서 나를 지켜 주실 생각이십니까? 친절에 감사드립니다. 하지만 신경 쓰실 필요는 없습니다. 그들은 나보다도 더 당황하고 있을 테니까."

그가 생각에 잠긴 투로 말을 이었다.

"그러니까 그들이 뭘 알고 있겠습니까? 당신이 여기 있다는 사실, 그리고 어쩌면 쉬잔 양이 여기에 있을지도 모른다는 사실, 그들은 쉬잔 양이 낯선 숙녀분과 함께 이곳으로 들어오는 모습을 봤을 테니까요. 하지만 내가 여기 있다고는 꿈에도 상상 못 할 겁니다. 오늘 아침 녀석들이 지하실에서 다락방까지 가택 수사를 벌인 이 집에 내가 있으리라고 생각이나 하겠습니까? 녀석들은 틀림없이 내가 들어설 때 붙잡으려고 기다리고 있을 겁니다. 불쌍한 사람들! 하지만 녀석들이 저 낯선 숙녀 분을 이곳으로 보낸 게 나라고, 그녀의 목적이 이 거래를 성사시키는 데 있다고 상상하지 않는다면 얘기는 또 달라지지만…… 이제 녀석들은 저 숙녀분이 돌아갈 때 붙잡으려고 기다리고 있을 거야……."

벨소리가 울려 퍼졌다.

순간 뤼팽이 재빠른 동작으로 제르부아를 제압했다. 그리고 차갑고 명령적인 목소리로 이렇게 말했다.

"움직이지 마. 딸을 생각해서 허튼 짓 할 생각 말아. 아니면 각오해야 할 거요. 그리고 드티낭 선생, 약속을 잊지 않으셨겠죠?"

제르부아가 못 박힌 듯 그 자리에 멈춰 섰다. 손가락 하나 까딱할 수 없는 것은 변호사도 마찬가지였다.

조금도 서두르는 기색 없이 뤼팽이 모자를 집었다. 모자에는 먼지가 조금 묻어 있었다. 그는 솔 대신 소매 끝으로 그것을 깔끔하게 털어 냈다.

"선생님, 볼일이 있으시면 언제든지 연락하십시오. 쉬잔 양, 부디 행복하기를 바라요. 그리고 필리프 씨에게도 안부 전해 주시오."

그가 주머니에서 뚜껑이 이중으로 된 커다란 금시계를 꺼냈다.

"제르부아 씨, 지금이 3시 42분입니다. 46분이 되면 이 방에서 나가셔도 좋습니다. 하지만 단 1분이라도 빨리 나가서는 안 됩니다. 알겠습니까?"

"하지만 저들은 힘으로 밀고 들어올 것이오."

드티낭 변호사가 말했다.

"선생님, 법을 잊으신 듯하군요. 가니마르는 절대로 프랑스 국민의 집에 무단 침입하지 않을 겁니다. 우리에게는 느긋하게 카드 한 판 정도를 즐길 수 있는 시간이 있습니다. 하지만 당신들 세 분은 침착함을 조금 잊으신 듯하군요. 결코 폐를 끼칠 생각은 없으니 안심하십시오……."

그가 시계를 테이블 위에 올려놓더니, 문을 연 채로 금발의 여인에게 말했다.

"준비는 됐소?"

그가 앞장섰다. 마지막으로 쉬잔에게 매우 정중하게 인사를 하고 방에서 나갔다. 그리고 문을 닫았다.

현관에서 그가 큰 목소리로 말하는 소리가 들려왔다.

"가니마르, 안녕하신가? 부인에게도 안부 좀 전해 주게. 조만간에 점심을 얻어먹으러 갈 테니……. 그럼 잘 있게나, 가니마르."

다음 순간 격렬하고 요란스러운 벨소리가 울렸다. 뒤를 이어서 쉴 새 없이 문을 두드리는 소리와 계단 부근에서 사람들이 떠드는 소리가 들려왔다.

"3시 45분이군."

제르부아가 중얼거렸다.

몇 초 후, 결심한 듯 그가 현관으로 나섰다. 뤼팽과 금발 여인의 모습은 이미 사라지고 없었다.

"아버지! 나가서는 안 돼요! ……잠깐 기다리세요!"

쉬잔이 외쳤다.

"기다리라고? 너 제정신이냐? 저런 악당에게 친절을 베풀다니……. 50만 프랑은 어쩌고?"

그가 문을 활짝 열어젖히는 순간, 가니마르가 후다닥 뛰어들어왔다.

"그 여자는……. 어디 갔습니까? 그리고 뤼팽은?"

"저기 있었는데…… 아직도 어딘가에 있을 겁니다."

가니마르가 환성을 질렀다.

"드디어 독 안에 든 쥐다. 이 건물은 완전히 포위되어 있거든."

드티낭 변호사가 이견을 제시했다.

"하지만 부엌 쪽에 사다리가 있습니다."

"그 사다리는 안마당으로 내려가게 되어 있소. 밖으로 나갈 수 있는 건 정문 하나뿐이오. 거기는 열 명이 지키고 있지."

"들어올 때 뤼팽은 정문으로 들어오지 않았습니다. 그러니까 나갈 때도 그곳으로 가지 않을 겁니다."

"그럼 어디로 나간단 말이오? 하늘로 날아간단 말이오?"

가니마르가 반박했다.

그가 커튼을 젖혔다. 부엌으로 향하는 기다란 복도가 눈에 들어왔다. 그곳을 통해 달려간 가니마르는 사다리로 나가는 문이 이중 자물쇠로 잠겨 있는 것을 보았다.

그가 창을 통해서 부하 한 명을 불렀다.

"아무도 없나?"

"없습니다."

"그렇다면 그 두 사람은 아직 건물 안에 있을 거야! 어느 방엔가 숨어 있을 거라고! 여기서 빠져나가는 건 절대 불가능한 일이야. 이놈, 뤼팽! 지난번에 나를 물 먹였지만, 이번에야 말로 그 원수를 갚아 줄 테다."

*

밤 일곱 시, 치안국장 뒤두이는 그때까지 아무런 보고가 들어오지 않자 클라페이롱 가로 직접 달려갔다.

그는 건물을 지키고 있는 경찰들에게 몇 가지 질문을 한 다음 드티낭 변호사의 집으로 올라갔다. 드티낭은 그를 자기 방으로 안내했다.

그는 거기서 한 사람의 인간이라기보다는 카펫 위에서 버둥거리고 있는 두 다리를 보았다. 그 다리의 임자는 난로 속에 깊이 몸을 처박고 있었다.

"이보게……! 이보게!"

목이 잔뜩 막힌 듯한 목소리로 발악을 하듯 안쓰럽게 소리를 치고 있었다. 그러자 굴뚝 저 안쪽에서 또 다른 목소리가 그에 답하듯이 도움을 청해 왔다.

"어이……! 어이!"

뒤두이 국장이 웃으며 외쳤다.

"가니마르, 지금 뭐 하는 건가? 난데없이 웬 굴뚝 청소를 하고 있는 건가?"

형사가 굴뚝 안에서 기어 나왔다. 얼굴은 새까맣고 옷은 그을음투성이였으며, 두 눈은 열기로 반짝이고 있었다. 누구인지 전혀 알아보지 못할 지경이었다.

"녀석을 찾고 있습니다."

신음하듯 그가 말했다.

"녀석이라니? 누구?"

"아르센 뤼팽입니다. 아르센 뤼팽과 놈의 여자를 찾고 있습니다."

"사람 놀라게 하지 말게! 그 두 사람이 설마 굴뚝 속에 숨어 있을 거라고 생각한 건 아니겠지?

가니마르가 자리에서 일어났다. 새까만 다섯 개의 손가락으로 상사의 소매를 쥐더니 분노에 찬 낮은 목소리로 말했다.

"국장님, 그렇다면 녀석들이 어디 있단 말입니까? 분명히 여기 어딘가에 있을 겁니다. 녀석들도 국장님이나 나처럼 뼈와 살을 가진 인간입니다. 그들이 연기처럼 사라질 수는 없단 말입니다."

"그야 그렇지만⋯⋯. 그런데 사라졌으니 어쩌겠나."

"어디로? 대체 어디로 도망갔을까요? 생쥐 한 마리도 빠져나가지 못하도록 이 집을 포위하고 있습니다. 옥상에도 경찰이 있습니다."

"옆집은?"

"옆집과 이어지는 부분은 없습니다."

"아파트의 다른 층은?"

"저는 이곳에 살고 있는 사람들을 전부 알고 있습니다. 수상한 사람은 한 사람도 없습니다. 발소리 하나 들려오지 않았습니다."

"틀림없이 모든 사람들을 알고 있나?"

"확실합니다. 관리인도 보장할 수 있다고 했습니다. 그리고 만약을 위해서 각 층에 한 명씩 요원을 배치했습니다."

"그렇다면 이미 잡은 거나 다름없지 않은가?"

"제 말이 바로 그 말입니다. 국장님, 바로 그거란 말입니다. 틀림없이 잡을 수 있을 겁니다. 반드시 잡아 보이겠습니다. 두 사람 다 여기 있을 테니까요. 여기 아니면 어디로 갔겠습니까? 걱정 마십시오. 국장님. 오늘 밤 못 잡으면 내일이라도 잡아 보이겠습니다. 여기서 밤을 샐 생각입니다. 오늘 밤은 여기서 밤을 새겠습니다."

실제로 가니마르는 그곳에서 밤을 샜다. 그다음 날도 그랬고 다음, 다음 날도 마찬가지였다……. 그렇게 꼬박 3일이 지났는데도 신출귀몰하는 뤼팽과 그의 여자를 찾아내기는커녕 그 어떤 추정을 입증하는 데 도움이 되는 조그만 단서 하나도 찾아내지 못했다.

하지만 가니마르는 처음 했던 생각을 포기하지 못했다.

"녀석들이 도망친 흔적이 어디에도 없는 건 녀석들이 아직 여기에 숨어 있기 때문이다."

어쩌면 그의 마음속 깊은 곳에는 그처럼 강한 확신이 없었을지도 모른다. 하지만 그는 그 사실을 입 밖으로 낼 수가 없었다.

아니다, 절대로 그럴 리가 없다! 한 사내와 한 여자가 동화 속 악마처럼 사라져 버리다니……. 그건 절대로 있을 수 없는 일이다.

가니마르는 용기를 잃지 않았다. 마치 어딘가 더 이상 파고 들어갈 수 없는 아주 은밀한 곳, 혹은 단단한 벽돌 틈에라도

숨어 있는 것을 찾아내기 위해서 가니마르는 수색과 조사를
멈추지 않았다…….

푸른 다이아몬드

3월 27일 밤, 앙리 마르탱 가 134번지의 아담한 저택 안에서 — 이는 6개월 전에 형으로부터 물려받은 집이었다. — 제2 제정시대에 베를린 주재 대사를 역임했던 노(老)장군 오트렉 남작이 안락의자에 몸을 깊이 묻고 잠들어 있었다. 하녀는 그 옆에서 책을 읽어 주고 있었고, 오귀스트 수녀는 침대를 덥히고서 등불의 심지를 돋우고 있었다.

"앙투아네트 양, 내 일은 끝났으니 이제 가 볼게요."

"그러세요, 수녀님."

"그리고 요리사가 퇴근했기 때문에 이 집안에는 남자 하인과 당신밖에 없다는 사실을 잊어서는 안 됩니다."

"남작님 일이라면 걱정하지 마세요. 부탁하신 대로 옆방에서 문을 열어 놓고 잠을 잘 테니까요."

수녀는 그 말에 안심하고서 집을 나섰다. 잠시 후 하인인 샤를이 남작의 지시를 받기 위해 안으로 들어왔다. 남작은 눈을 가늘게 뜨고 하인에게 말했다.

"평소 말한 대로 하게, 샤를. 자네 방과 연결된 벨에 이상은 없는지 잘 살펴보게. 내가 부르면 바로 내려가서 의사를 모시고 오게나."

"남작님은 여전히 걱정이 많으시군요."

"아무래도 좋질 않아. 상태가 좋지 않은 것 같아. 그건 그렇고…… 앙투아네트 양, 저 책을 어디까지 읽었지?"

"남작님, 이제 잠자리에 드셔야죠."

"아니, 아직. 난 잠이 드는데 시간이 좀 걸려. 그때는 아무런 도움도 필요하지 않아."

20분 후쯤 노인이 잠에 곯아떨어진 것을 보고 앙투아네트는 발끝으로 살금살금 걸어 방에서 나왔다.

그 시각, 하인인 샤를은 평소와 다름없이 1층의 모든 덧문을 하나하나 꼼꼼하게 닫고 있었다.

부엌에서 그는 정원으로 내려가는 문의 빗장을 질렀으며, 현관에서는 빗장 외에도 두 개의 문을 묶는 안전사슬까지 걸었다. 그런 다음 4층에 있는 자신의 다락방으로 올라가 잠자리에 들었다.

한 시간이나 지났을까? 그가 갑자기 침대에서 벌떡 일어났다. 벨이 울리고 있었던 것이다. 벨소리는 길게, 약 7초나 8초 동안이나 차분하게 울렸다.

"아이고, 남작님이 또 변덕이 일어나셨구나."

졸음을 쫓으며 샤를이 혼자 중얼거렸다.

그는 옷을 갈아입고 서둘러서 계단을 달려 내려갔다. 문 앞에서 멈춰서 늘 하던 대로 문을 두드렸다. 아무런 대답이 없었다. 그는 방 안으로 들어섰다.

"응? 불이 꺼졌네. 도대체 왜 불을 끈 거지?"

그가 중얼거렸다.

그리고 한껏 소리를 낮춰 하녀를 불러 보았다.

"아가씨?"

그런데 아무런 답도 없었다.

"거기 있어요? 아가씨, 무슨 일이 있었나요? 남작님이 안 좋으신가요?"

그의 주위에는 침묵이, 무거운 침묵이 흐르고 있었다. 이윽고 그는 섬뜩한 느낌이 들었다. 두어 발 앞으로 나아갔다. 발끝에 의자가 닿았다. 손을 내밀어 만져 보았다. 그는 그것이 쓰러져 있다는 사실을 깨달았다. 이어 그의 손에 바닥에 있는 다른 물건들, 둥근 테이블과 병풍이 닿았다. 덜컥 불안해진 그는 벽 쪽으로 몸을 뺐다. 그리고 더듬거리며 전등의 스위치를 찾아 그것을 돌렸다.

방 한가운데, 테이블과 거울이 달린 옷장 사이에 그의 주인 오트렉 남작이 쓰러져 있는 것이 아닌가.

"이, 이게 어떻게 된 거야? 어, 어떻게 이런 일이……."

그가 더듬거리며 말했다.

그는 어떻게 해야 좋을지 몰랐다. 손가락 하나 까딱하지 못한 채 눈을 둥그렇게 뜨고 엉망이 된 방을 바라보았다. 의자가 쓰러져 있었다. 크리스털로 만들어진 커다란 촛대는 산산조각 나 있었고, 탁상시계는 대리석으로 만든 난로바닥에 떨어져 있었다. 끔찍하고 거친 사투가 벌어졌음을 알려주는 흔적들이었다.

시체로부터 조금 떨어진 곳에서 강철로 만들어진 단검의 손잡이가 빛을 발하고 있었고, 칼끝에서는 핏방울이 뚝뚝 떨어졌다. 매트리스 끝에는 피 묻은 손수건이 아무렇게나 걸쳐져 있었다.

샤를은 겁에 질려 갑자기 비명을 질렀다. 칼에 찔린 채 바닥에 널브러져 있던 남작이 안간힘을 쓰며 몸에 힘을 주는가 싶더니만, 이내 몸에서 힘이 빠져나가며 그대로 축 늘어져버렸기 때문이었다. 이어서 두어 번의 경련이 있었지만 그후로 잠잠해졌다.

샤를이 몸을 숙여 남작을 살펴보았다. 목 부분에 난 가느다란 상처에서 피가 쏟아져 나와 카펫을 검붉게 물들이고 있었다. 얼굴에는 무엇인가 겁에 질린 듯한 표정이 역력하게 남아있었다.

"살인이야, 살인이야."

그가 중얼거렸다.

그는 또 다른 살인이 있을지도 모른다는 생각에 몸을 떨었다. 앙투아네트가 옆방에서 잠을 자고 있지 않았는가?

하지만 순간 남작을 살해한 범인이 그녀마저도 살해했을지도 모른다는 생각이 들었다.

그는 재빠르게 문을 열어 보았다. 그런데 놀랍게도 방에는 아무도 없었다. 앙투아네트는 납치된 것일까? 아니면 범행이 일어나기 전에 밖으로 나간 것일까? 둘 중 하나라고 생각할 수밖에 없는 상황이었다.

다시 남작의 방으로 돌아왔다. 책상이 눈에 들어왔다. 그는 책상 위는 헝클어지지 않았다는 사실을 알았다.

테이블 위에는 남작이 늘 놓아두는 열쇠와 지갑이 있었다. 그런데 그 옆에 금화 한 무더기가 쌓여 있는 것이었다. 샤를이 지갑을 열어 안을 살펴보니 지폐가 들어 있었다. 그는 그것을 세어 보았다. 100프랑 짜리 지폐가 열세 장 들어 있었다.

순간 그는 거부하기 어려운 유혹에 휩싸였다. 거의 본능적으로 그리고 기계적으로 자신이 무슨 짓을 하는지도 깨닫지 못한 채 그 지폐 열세 장을 뽑아 자신의 웃옷 주머니 속에 숨겼다. 그리고는 계단을 달려 내려가 빗장을 벗긴 다음 안전 사슬을 풀고서 밖으로 나와 조심스럽게 문을 닫았다. 그리고 정원을 통해서 밖으로 도망쳤다.

샤를은 정직한 사람이었다. 철문이 채 닫히기도 전에 밖의 공기를 쐬고 얼굴에 빗방울이 와 닿자 그는 퍼뜩 정신이 들어 그 자리에 멈춰 섰다. 자신이 한 행동이 생생하게 떠올랐던 것이다. 그러자 갑자기 무서운 생각이 들었다.

그때 마침 영업용 마차가 한 대 지나가고 있었다. 그는 마부를 불렀다.

"이보게, 당장 경찰서로 가서 경찰을 불러와 주게. 급한 일이야! 사람이 죽었다고!"

마부는 채찍으로 말을 후려쳤다. 하지만 샤를은 저택 안으로 들어갈 수가 없었다. 그가 문을 닫아 버렸기 때문이었다. 이 저택의 문은 밖에서는 열 수 없게 되어 있었던 것이다.

벨을 울려 봐야 안에 아무도 없기 때문에 다 소용없는 일이었다.

하는 수 없이 그는 건물 바로 옆, 뮈에트 가의 도로를 따라서 아담한 녹지를 이루고 있는 관목 숲을 따라서 서성이고 있었다.

그러다가 한 시간이나 지난 뒤 모습을 드러낸 경찰에게 사건의 자세한 상황을 얘기하고 지폐 열세 장을 내놓았다.

그 사이에 열쇠공이 와서 정원으로 통하는 철문과 현관문을 여는 데 성공했다.

경찰이 방으로 들어서자마자 한번 쓱 훑어보더니 하인에게 말했다.

"뭐야? 방이 엉망진창으로 어질러져 있었다고 하지 않았나? 다시 한번 봐 주시겠소?"

그가 뒤를 돌아보았다. 샤를은 최면술에 걸린 사람처럼 입구에 멍하니 서 있었다. 모든 가구가 있어야 할 자리에 그대로 있었기 때문이다. 둥근 테이블은 두 개의 창문 사이에 멀쩡하게 서 있었고, 의자도 그 앞에 가지런히 놓여 있었다. 탁상시계는 벽난로 선반 위에 놓여 있었으며, 산산조각 났던 촛대의 파편은 깨끗이 치워지고 없었다.

망연자실한 하인이 중얼거렸다.

"시체는……? 남작님은……?"

"그래, 피해자는 어디 있는 거지?"

경찰이 외쳤다.

그가 침대 쪽으로 다가갔다. 커다란 시트를 걷어 보니 전 베를린 주재 프랑스 대사인 남작 오트렉 장군이 얌전히 누워 있었다. 게다가 훈장으로 장식한 육군 장군의 외투를 점잖게 입고 있는 것이 아닌가.

얼굴은 평온했고, 두 눈은 지그시 감겨 있었다.

하인이 중얼거렸다.

"누군가 온 겁니다."

"어디로 들어왔다는 거지?"

"그건 모르겠습니다. 하지만 내가 없는 동안에 누군가 왔다 간 겁니다. 맞아요, 바닥, 이 부근쯤에 강철로 만들어진 비수가 떨어져 있었습니다. 그리고 저 침대 위에는 피 묻은 손수건이……. 그게 전부 없어졌습니다. 누군가 전부 가지고 간 겁니다. 누군가가 말끔하게 정리를 해 놓은 겁니다."

"누가 그랬단 말인가?"

"범인이 그랬을 겁니다."

"하지만 문은 전부 닫혀 있질 않았나?"

"저택 안에 숨어 있었을 겁니다."

"그렇다면 아직 저택 안에 숨어 있을 거야. 자네는 바로 집 앞에 있질 않았나?"

하인이 잠시 생각에 잠겼다가 천천히 입을 열었다.

"말씀을 듣고 보니 그렇군요. 난 철문 곁에서 멀리까지 가지 않았습니다. 그렇다면……."

"그렇다면 누가 가장 늦게까지 남작 옆에 남아 있었지?"

"시중을 드는 하녀인 앙투아네트 양이었습니다."

"그 여자는 어디 있나?"

"그녀의 침대가 헝클어져 있지 않은 걸로 봐서, 오귀스트 수녀님이 안 계신 틈을 타서 외출한 듯합니다. 그리 이상한 일도 아닙니다. 그녀는 아름답고…… 젊고……."

"그렇다면 어떻게 나갔단 말인가?"

"그야 문으로 나갔겠지요."

"하지만 자네가 빗장을 채우고 안전사슬을 걸어 놓지 않았는가?"

"내가 늦은 거겠죠. 아마 그전에 이미 저택에서 나갔을 겁니다."

"그렇다면 그녀가 나간 뒤에 범행이 저질러졌단 말이지?"

"그럴 겁니다……."

저택 안을 위에서부터 아래까지, 다락방에서 지하실까지 샅샅이 뒤져 봤지만 범인은 이미 도망쳐 버린 후였나.

그렇다면 언제, 어떻게 도망쳤단 말인가? 그리고 범인이 다시 범행 현장으로 돌아와 자신에게 불리한 증거가 될 만한 것을 모조리 없애 버려야겠다고 생각한 것은 범인 자신일까, 아니면 공범자가 있는 것일까? 검찰 당국은 이런 의문에 사로잡히지 않을 수 없었다.

아침 일곱 시가 되자 검시를 위해 의사가 왔다. 여덟 시에는 치안국장이 왔으며, 그다음으로 검사와 예심판사가 도착했다. 경관, 형사, 신문기자, 오트렉 남작의 조카, 그 외에도 많은 사람들이 찾아와서 저택 안은 매우 복잡했다.

조사가 진행되었다. 샤를의 기억을 바탕으로 시체의 위치를 검증해 보았다. 오귀스트 수녀가 도착하자 곧 그녀도 신문을 받았다. 하지만 아무런 단서도 찾을 수가 없었다. 오귀스트 수녀가 앙투아네트가 실종되었다는 얘기를 듣고 무척 놀랐다는 것이 그나마 수확이라면 수확이었다. 그도 그럴 것이 12일 전에 훌륭한 자격증과 신분증명서를 보고 그 아가씨를 고용한 것이 본인이었기 때문이다. 따라서 그 아가씨가 자신에게 맡겨진 환자를 버려두고 밤에 혼자 외출했다는 사실을 믿으려 들지 않았다.

"만약 외출을 한 거라면 벌써 돌아왔을 거야. 그런데 아직 돌아오지 않고 있으니…… 결국 원점에서 다시 생각할 수밖에 없겠군."

예심판사가 말했다.

"내 생각에는 그녀가 범인에게 납치당한 것 같습니다만……."

샤를이 말했다.

이 추정은 매우 그럴듯했으며, 무엇보다도 상황에 잘 들어맞는 주장이었다.

그런데 치안국장이 대뜸 말했다.

"납치라고? 그럴 리가 있나……."

그러자 또 다른 목소리가 끼어들었다.

"그럴 리가 없을 뿐 아니라, 그 추정은 사실이나 조사 결과와도 그리고 그 어떤 추론과도 맞아떨어지질 않습니다."

그 목소리는 매우 거칠었고, 매우 강경했다.

그 목소리의 주인공이 가니마르라는 사실을 알고서는 아무도 놀라지 않았다. 그렇게 거침없이 말을 할 수 있는 것은 가니마르뿐이었기 때문이었다.

"아, 가니마르 자네였나? 자네가 와 있을 줄은 몰랐네."

뒤두이 국장이 외쳤다.

"두 시간 전부터 와 있었습니다."

"그렇다면 자네는 23조 514번 복권이라든가 클라이페이롱가 사건, 그리고 금발의 여인과 아르센 뤼팽 이외의 다른 사건에도 관심을 가지고 있단 말인가?"

"잠깐! 잠깐! 이 사건과 뤼팽이 관계없다고는 누구도 단언할 수 없습니다. 어쨌든 새로운 사실이 발견될 때까지는 그 복권 사건에 대한 이야기는 미뤄 두시죠. 그리고 당장 눈앞에 있는 사건부터 살펴보도록 하지요."

뒤두이 국장의 빈정거림에, 늙은 형사가 냉소적인 어투로 말했다.

따지고 보면 가니마르는 그의 독특한 수사법이 새로운 유파를 만들거나, 그 이름이 사법 연감 같은 것에 오래도록 남을 만큼 위대한 경관은 아니었다. 그렇다고 뤼팽이나 르콕, 셜록 홈즈가 가지고 있는 번뜩임이 그에게 있는 것도 아니었다. 하지만 그는 관찰력, 명석한 두뇌, 인내력, 직감을 고루 갖추고 있는 사람이었다. 그의 특징은 그 무엇에도 의존하지 않고 독자성을 가지고 저돌적으로 수사를 진행한다는 점이었다. 뤼팽이 그에게 휘둘러 대는 일종의 마법과도 같은 것들을 제외하면 그 어떤 것도 그의 판단을 흐리거나 그에게 영향을 주지 못했다.

어쨌든 이 사건에서도 그는 눈부신 활약을 했으며, 수사를 진행하는 입장에 있는 사람들은 그 누구라도 그의 협력을 반겼다.

그가 말했다.

"우선, 나는 샤를에게서 이 점에 대해 확실히 듣고 싶네. 그러니까 처음 이 방에 들어왔을 때는 물건들이 쓰러져 있고 엉망진창이었는데 다시 들어와 보니 모든 것이 제자리에 있었단 말이지?"

"모든 것이 평소와 다름없이 제자리에 놓여 있었습니다."

"그렇다면 그 각각의 물건들이 평소 어디에 놓여 있는지 잘 알고 있는 사람이 아니라면 그것들을 제자리에 돌려놓지 못했을 겁니다."

이 말에 사람들은 놀라는 기색을 보였다. 가니마르가 계속해서 말했다.

"샤를 한 가지만 더 묻겠네. 자네는 벨소리를 듣고 잠에서 깼다고 했지? 누가 자네를 부른 것 같나?"

"그야 당연히 남작님이지요."

"그렇군. 그렇다면 남작은 어느 순간에 벨을 울린 것일까?"

"격투가 끝난 뒤……. 그러니까 죽음 직전이었겠죠."

"글쎄, 그건 아닌 것 같은데. 자네가 처음 봤을 때 남작은 벨의 단추에서 4미터 이상이나 떨어진 곳에 쓰러져 있지 않는가?"

"그럼 격투를 벌이면서 울린 거겠죠."

"그것도 아닐 걸세. 왜냐하면 벨소리는 평소와 다름없이 울렸다고 하질 않나? 상대가 그렇게 벨을 울릴 만한 시간적

여유를 줄 리가 없지 않나?"

"그럼 공격당하기 직전에 울렸을 겁니다."

"그것도 아닐 걸세. 벨이 울린 뒤 자네가 이 방에 들어오기까지는 길어야 3분밖에 안 걸렸을 거라고 자네가 말하지 않았나? 만약 남작이 미리 벨을 울렸다면 격투와 살해, 단말마 그리고 도망까지 이 모든 것이 3분 만에 행해졌다는 말이네. 하지만 그건 있을 수 없는 일일세."

그때 예심판사가 끼어들었다.

"하지만 누군가가 벨을 울린 것만은 틀림없는 사실일세. 남작이 아니라면 대체 누구란 말인가?"

"범인이 눌렀을 수도 있지요!"

가니마르가 조금도 주저하는 기색 없이 말했다.

"무슨 목적으로?"

"그것은 모르겠습니다. 어쨌든 벨을 울렸다는 사실은, 벨이 하인의 방과 연결되어 있다는 사실을 알고 있다는 결정적인 증거입니다. 그걸 알 만한 사람이라면 분명 집안사람일 거라고 생각할 수밖에 없습니다."

추정의 범위가 좁혀졌다. 빠르고 명쾌하고 이론적인 말로 가니마르가 문제의 핵심을 풀어낸 것이다. 이로써 늙은 경감의 생각을 확실히 알 수 있었다. 따라서 예심판사가 다음과 같은 결론을 내린 것도 어찌 보면 당연한 일이었다.

"그러니까 간단하게 말하자면 자네는 앙투아네트 브레아를 의심하고 있단 말이지?"

"의심하는 게 아니라 그녀를 기소하겠습니다."

"공범으로 기소하겠단 말인가?"

"오트렉 남작 살인 사건의 하수인으로 기소하겠습니다."

"무슨 소린가? 뭘 증거로……"

"증거는 이 한 줌의 머리카락입니다. 저는 이것을 피해자의 오른손과 손톱이 파고 들어간 부분에서 발견했습니다."

그가 머리카락을 내보였다. 그것은 황금 실처럼 눈부시게 빛나는 금발이었다. 샤를이 중얼거리듯 말했다.

"이건 틀림없이 앙투아네트의 머리카락입니다. 틀림없습니다."

그러면서 그는 이렇게 덧붙여 말했다.

"그리고…… 또 있어요. 그 단검…… 두 번째 왔을 때는 이미 사라져 버리고 없었던 그 단검도 그녀 것이 틀림없습니다. 언젠가 그 칼로 소포를 뜯는 걸 본 적이 있어요."

그의 말이 끝나자 무겁고 긴 침묵이 이어졌다. 여자의 손으로 이와 같은 살인 행위가 자행되었다는 생각 때문에 더욱 섬뜩하게 느껴진 것 같았다. 이윽고 예심판사가 침묵을 깨고 자신의 의견을 말했다.

"그럼 일단 새로운 사실이 밝혀질 때까지 남작은 앙투아네트 브레아에 의해서 살해된 것으로 봅시다. 하지만 그 사실을 증명하기 위해서는 우선 그녀가 범행 후 어떤 경로로 빠져나갔다가 샤를이 집 밖으로 나간 후에 되돌아왔는지, 또 경관이 오기 전까지 어떻게 나갔는지를 설명해야 할 거요. 가니마르, 이 점에 대한 당신의 의견이 있습니까?"

"전혀 없습니다."

"없다고요?"

가니마르가 다소 난처한 표정을 지었다. 그러다가 괴롭다는 듯 말했다.

"내가 말할 수 있는 건, 23조 514번 복권 사건과 같은 수법이 이번 사건에서도 사용되었다는 것뿐입니다. 앙투아네트 브레아가 이 저택 안에서 나타났다가 사라진 일은, 아르센 뤼팽이 드티낭 변호사의 집에 금발 여인과 함께 나탔다가 귀신같이 사라졌던 것과 정말 비슷합니다."

"그러니까 결국……?"

"그러니까 이 두 사건의 유사성을…… 단순한 우연이라고 보기에는 왠지 석연치 않은 점이 있다는 겁니다. 생각해 보세요. 12일 전에 앙투아네트 브레아가 고용된 날은 그 금발 여인이 내가 쳐 놓은 그물을 뚫고 빠져나간 그다음 날입니다. 그리고 두 번째는 그 금발 여인의 머리카락이 여기에서 발견한 머리카락과 마찬가지로 황금빛의 강렬한, 금속처럼 빛나는 윤기를 가지고 있다는 사실입니다."

"그러니까 자네는 앙투아네트 브레아가……."

"바로 그 금발 여인이라는 말입니다."

"뤼팽이 이 두 사건을 계획했다는 말이지?"

"그렇게 생각됩니다."

그때 갑자기 웃음소리가 들려왔다. 치안국장이 웃음을 참시 못한 것이었다.

"뤼팽이라고? 또 뤼팽 타령인가? 이도저도 다 뤼팽이구먼. 어딜 가도 그놈의 뤼팽이야, 뤼팽!"

"그가 있으니까 있다는 거죠."

기분이 상한 가니마르가 커다란 목소리로 말했다.

"어딜 가든, 최소한 그가 거기에 있을 만한 이유는 있었을 게 아닌가? 그런데 이번 사건의 경우는 그 이유가 확실하지 않다는 생각이 드네. 책상 위에는 손도 대지 않았으며 지갑도 그대로 있었으니까. 그리고 금화도 고스란히 남아 있었네."

뒤두이가 말했다.

"그렇습니다. 하지만 그 유명한 다이아몬드는요?"

가니마르가 외쳤다.

"다이아몬드라니? 무슨?"

"그 푸른 다이아몬드 말입니다! 프랑스 국왕의 왕관을 장식하고 있던 그 유명한 다이아몬드는 A라는 공작이 레오니드 L에게 주었고, 레오니드 L의 사후에 오트렉 남작이 오랫동안 흠모하던 여배우를 기리기 위해서 구입한 물건입니다. 파리에서 오랫동안 산 내 또래의 사람들에게는 꽤 유명한 보석입니다."

"그렇다면 그 푸른 다이아몬드가 없어졌다는 게 확인되면 사건의 내용을 설명할 수 있게 되겠군요. 그런데 어디를 찾아보면 되지?"

예심판사가 말했다.

"남작님의 왼쪽 손을 보십시오. 그 푸른 다이아몬드는 언제나 남작님이 끼고 있으니까요."

샤를이 말했다.

"남작의 손이라면 내가 이미 봤지요. 하지만 보시다시피 여기에는 그저 평범한 금반지밖에 없습니다."

가니마르가 남작 곁으로 다가가며 확실한 어조로 말했다.

"손바닥을 한 번 보십시오."

그러자 샤를이 이렇게 대꾸했다.

가니마르가 굳게 쥐어져 있던 손가락을 펴 보았다. 반지는 안쪽으로 감춰져 있었다. 그리고 반지의 한가운데에서 푸른 다이아몬드가 빛을 발했다.

"어떻게 된 일이야? 뭐가 뭔지 하나도 모르겠군."

가니마르가 멍한 표정으로 중얼거렸다.

"이제 그만하면 뤼팽에게서 벗어날 수 있겠지?"

뒤두이 국장이 비웃듯 말했다.

한동안 생각에 잠겨 있던 가니마르가 좀 과장스런 어조로 말했다.

"그런데 뭐가 뭔지 모를 때면 아르센 뤼팽을 걸고넘어지고 싶은데 어떡합니까……"

이 기괴한 범죄가 일어난 다음 날, 검찰 당국이 행한 검증은 이것으로 마무리 지어졌다. 막연하고 모순뿐인 검증이었는데 그 이후에 행해진 조사에서도 어떤 확증도 잡아내질 못했다.

앙투아네트의 행방은 여전히 오리무중이었고, 기껏 오트렉 남작을 살해했으면서도 그 유명한 프랑스 왕관을 장식했던 그 다이아몬드를 손가락에서 빼가지 않은 금발의 여인의 정체 또한 전혀 알 길이 없었다.

그러다 보니 그녀에 대한 호기심 때문에 이 사건은 사람들의 관심을 끌게 되었고, 그로 인해 여론이 들끓어 올랐다.

*

이와 같은 세간의 관심은 오트렉 남작의 상속인들에게 경제적 이득을 극대화할 수 있는 좋은 기회가 되었다. 그들은 앙리 마르탱 가에 있는 그 저택에서, 곧 드루오 경매를 통해서 매각될 가구와 집기류를 전시했다. 전시된 것은 최근에 만들어진 이상한 취향의 가구와 예술적 가치라고는 조금도 없는 잡동사니들뿐이었다. 하지만 오직 하나, 반구형 유리관으로 된 진열장을 만들어 석류 빛 벨벳에 둘러싸인 받침대 위에 모셔진 푸른 다이아몬드는 두 명의 경찰관이 감시하고 있는 가운데 방 한가운데서 찬란한 빛을 발하고 있었다.

참으로 크고 멋진 다이아몬드였다. 그 청명한 순도와 화려한 광채, 특히 맑은 물에 하늘이 비친 것 같은 오묘한 푸른빛은 보는 사람들로 하여금 절로 탄성을 지르게 했다.

하지만 사람들의 관심은 무엇보다도 그 방 자체였다. 핏자국이 흥건한 카펫은 이미 걷어냈지만, 시체가 누워 있었을 바닥과 살인범 여자가 빠져나간 단단한 벽을 두려움에 찬 시선으로 바라보았다.

사람들은 난로 앞 대리석이 움직이는 것은 아닐까, 거울 테두리 장식에 회전축 같은 비밀장치를 작동시키는 스프링이 숨겨 있지 않을까 하고 몇 번이고 확인해 보기도 했다. 또한 뻥 뚫려 있는 구멍과 하수구로 통하는 입구, 지하 묘지로 연결되어 있는 비밀 통로가 있는 것은 아닐까 하고 제멋대로 상상하기도 했다.

푸른 다이아몬드의 경매는 드루오 호텔에서 행해졌다. 발 디딜 틈도 없을 만큼 인파가 몰렸고, 가격 경쟁은 거의 광분 수준이었다.

그곳에는 화려한 축제 때면 반드시 모습을 드러내는 파리의 상류 인사들이 전부 모여 있었다. 실제 구매할 능력이 있는 사람들, 구매 능력이 있을 것으로 생각되는 사람들, 주식투자가, 예술가, 사교계의 귀부인들, 장관들, 이탈리아 출신의 테너 가수, 망명 중인 국왕 등등······. 이 사람들은 자신들의 신망을 높이기 위해 10만 프랑까지 가격을 올려놓는 사치스러운 짓도 서슴지 않았다. 이탈리아의 테너 가수가 15만 프랑, 프랑스의 한 여배우가 17만 5천 프랑까지 값을 올려놓았다.

하지만 20만 프랑으로 값이 치솟자 사람들은 하나둘 꼬리를 내리기 시작했고, 곧이어 25만 프랑이 되자 이제 두 사람이 경합을 벌이게 되었다. 금광업계의 제왕이라 불리는 헤르슈만과 다이아몬드와 숱한 명품을 소장하고 있다고 널리 알려진 미국의 백만장자 크로존 백작 부인이 바로 그들이었다.

"26만······ 27만······ 27만 5천······ 28만······."

중개인이 두 경쟁자의 안색을 살피며 계속해서 값을 불러나갔다.

"부인께서 28만을 제시했습니다. 다른 분 안 계십니까?"

"30만."

헤르슈만이 중얼거리듯 말했다.

한동안 침묵이 흘렀다. 모든 사람들의 시선이 크로존 백작 부인에게로 쏠렸다. 웃는 얼굴로 앞에 놓인 의자에 기대 서 있었지만 마음의 동요가 엿보일 정도로 얼굴이 창백했다.

사실 이 싸움의 결과는 뻔해 보였다. 사람들은 물론이고 백작 부인 또한 금광업계의 제왕이라 불리는 사람이 승리할 것이라고 확신했다. 5억 프랑에 달하는 재산을 가지고 있을 뿐 아니라 객기 또한 둘째가라면 서러워할 정도의 사람이었기 때문이다. 그 사실을 잘 알고 있으면서도 백작 부인은 다시 한 번 값을 올렸다.

"35만."

다시 한 번 침묵이 감돌았다. 다시 값을 올리는 목소리가 당연히 들려올 것이라고 기대하며 사람들은 금광의 세왕을 바라보았다. 강하고 거친 마지막 한마디가 이쯤에서 들릴 것이라 여겼기 때문이다.

그런데 목소리가 들려오지 않았다. 헤르슈만은 냉정한 표정으로 오른손에 들고 있던 종이쪽지를 바라보고 있었으며, 왼손에는 뜯어낸 봉투 조각이 쥐어져 있었다.

"35만입니다."

중개인이 반복해서 외쳤다.

"하나…… 둘……. 아직 늦지 않았습니다. 다른 분 안 계십니까? 반복하겠습니다. 하나…… 둘……."

그래도 헤르슈만은 움직임을 보이지 않았다. 다시 한 번 침묵이 흘렀다.

그리고 마침내 낙찰을 알리는 망치가 내려쳐졌다.

"40만."

망치 소리를 들은 헤르슈만이 그제야 정신이 든 듯 자리에서 벌떡 일어서며 외쳤다.

하지만 이미 늦었다. 한 번 낙찰이 결정되면 번복은 불가능하기 때문이다.

사람들이 그의 주위로 몰려들었다. 어찌 된 일인가? 어째서 좀 더 빨리 값을 부르지 않았는가?

그런데 별안간 그가 웃음을 터뜨렸다.

"왜냐고요? 나도 잘 모르겠습니다. 잠시 정신이 나갔었나 봅니다."

"어떻게 그럴 수가 있죠?"

"글쎄요…… 누군가가 건네준 이 편지 때문이죠."

"그래도 어떻게 편지 한 장 때문에……."

"그 당시에는 내 마음을 혼란스럽게 하기에 충분했습니다."

가니마르가 그 자리에서 이 모든 광경을 지켜보고 있었다. 문제의 반지가 팔려나가는 과정을 철저하게 감시하고 있었던 것이다.

그가 한 직원에게 천천히 다가가 물었다.

"자네였지? 헤르슈만 씨에게 편지를 건넨 게."

"맞습니다."

"누가 전해 주라고 한 거지?"

"한 부인이 부탁했습니다."

"어디 있는가?"

"어디? …… 아, 저기 계십니다. 보라색 옷을 입고 두꺼운 베일을 두르신 저분입니다."

"저쪽으로 가고 있는 저분?"

"그렇습니다."

가니마르가 서둘러서 입구 쪽으로 갔다. 그리고 막 계단을 내려가고 있는 여자의 뒷모습을 발견했다. 그가 달리기 시작했다. 하지만 출입구 앞에서 넘치는 인파로 길이 막히는 바람에, 문밖으로 나왔을 때는 이미 여자의 모습이 사라지고 보이지 않았다.

그는 다시 경매장으로 들어섰다. 헤르슈만에게 다가가 이름을 밝힌 뒤 그 편지에 대해 물었다. 헤르슈만은 주저하는 기색 없이 그것을 건네주었다. 연필로 쓴 필기체였는데, 금광 업계의 제왕도 본 적이 없는 것이라고 했다. 거기에는 다음과 같은 문장이 휘갈겨져 있었다.

'그 푸른 다이아몬드는 불행을 가져다줍니다. 오트렉 남작을 상기하십시오.'

*

푸른 다이아몬드에 얽힌 사연은 그것으로 끝이 아니었다. 끝은커녕 오트렉 남작 살인 사건과 드루오 호텔에서의 경매로 더욱 널리 세상에 알려졌다.

그로부터 6개월 뒤, 이 보석은 다시 한 번 세상의 주목을 끌게 되는 운명을 맞이하는데, 그것은 크로존 백작 부인이 그렇게도 마음고생을 하며 손에 넣었던 소중한 보석을 그해 여름에 도둑맞았기 때문이었다.

당시 전 세계 사람들이 이 변화무쌍한 극적 장면에 열광했는데, 이제 놀랍고 드라마틱한 이 사건에 대해서 정리해 보려 한다.

8월 10일 밤, 크로존 부부의 초대를 받아 머물고 있던 손님들은 솜 강 하구가 멀리 내려다보이는 멋진 성채의 살롱에 모여 있었다. 막 피아노를 치기 시작한 백작 부인은 연주할 때 거치적거리는 보석류들을 손가락과 목에서 떼어내 옆에 있던 작은 받침대 위에 올려놓았다. 그 안에는 오트렉 남작이 소유하고 있던 작은 반지도 섞여 있었다.

한 시간 후, 백작은 사촌인 앙델 형제와 백작 부인의 절친한 친구 드 레알 부인과 함께 살롱에서 나왔다. 백작 부인은 오스트리아 영사인 블라이셴 씨 부부와 함께 살롱에 남아 있었다.

세 사람은 한동안 이야기를 나눴다. 잠시 후 백작 부인이 탁자 위에 놓여 있던 램프를 끄자, 블라이셴 씨도 피아노 위에 있는 두 개의 램프를 엉겁결에 끄고 말았다. 살롱 안은 순간 암흑에 휩싸였고, 영사는 기겁을 하며 곧바로 초에 불을 붙였다. 그런 다음 각자의 방으로 돌아갔다.

그런데 방으로 들어선 순간, 백작 부인은 자신이 피아노 옆 받침대에다 보석을 두고 왔음을 깨닫고 몸종에게 가져오라고 했다. 몸종이 돌아오자, 백작 부인은 그것을 일일이 확인하지 않은 채 그대로 벽난로 위 장식장에 올려놓았다. 다음 날 아침이 되어서야 크로존 부인은 반지 하나가, 그 푸른 다이아몬드 반지가 없어졌다는 사실을 알게 되었다.

그녀가 남편에게 말했다. 두 사람은 바로 결론을 내렸다. 몸종은 의심할 만한 상황이 아니었으므로, 범인은 틀림없이 블라이셴 씨라는 것이었다.

백작은 아미앵 시의 경찰서에 신고를 했고, 경찰은 비밀리에 수사에 들어갔다. 그리고 오스트리아 영사가 그 반지를 비밀리에 매각하거나 외부로 반출하지 못하도록 엄중하게 감시를 했다.

아울러 경관들은 밤낮으로 성채를 감시했다. 하지만 아무런 일도 일어나지 않은 채로 2주일이 흘렀다.

그런 중에 블라이셴 씨가 잠시 말미를 달라고 청해 왔다. 그날 그에 대한 고소장이 제출되었기 때문이었다.

경찰은 공식적으로 개입하기 시작했고, 가장 먼저 그의 여행 가방을 검색하라고 명령했다. 영사가 늘 열쇠를 몸에 지니고 다니는 조그만 가방 속에 치약 병이 들어 있었는데, 검색 결과 그 병 안에서 반지가 발견되었다.

블라이셴 씨는 현장에서 즉시 체포되었고, 그의 부인은 그대로 정신을 잃고 말았다.

세상 사람들은 용의자인 그가 자신을 어떻게 변호했는지 생생하게 기억하고 있을 것이다. 반지가 거기서 발견된 것은 크로존 씨가 자신에게 복수를 하기 위해 쓴 술책이라고 강력하게 주장했다.

"백작은 매우 무례하고 난폭한 사람입니다. 그래서 부인을 불행하게 만들었습니다. 나는 부인과 오랜 시간 동안 얘기를 나누면서 이혼을 하라고 적극적으로 권했습니다. 이 사실을 안 백작이 내가 출발하기 직전에 그 반지를 세면도구 속에 넣어서 복수를 하려 했던 것입니다."

백작 부부는 고집을 피우며 고소를 취하하려 들지 않았다. 백작 부부나 영사가 내세우는 논리는 모두가 신빙성이 있었으며 둘 다 그럴듯하게 들렸다. 세상 사람들은 부부의 말과 영사의 말 중에서 마음에 드는 것을 선택하면 되는 것이었다. 평형 상태를 유지하는 양측의 주장 중 어느 한쪽으로 기울어지게 할 만한 결정적인 사실이 발견되지 않았기 때문이다.

한 달 동안 무성한 소문과 추측이 난무하는 가운데 수사를 진행했지만 이렇다 할 만한 단서는 전혀 나오지 않았다.

세상에 떠다니는 시끄러운 소문에는 입을 다물고 있었지만, 범죄 사실을 입증할 만한 증거를 찾지 못해서 기진맥진해 있던 크로존 부부는 결국 견디지 못하고 이 난마처럼 얽힌 문제를 해결해 줄 만한 능력 있는 형사를 파리에서 모셔오도록 부탁했다. 그래서 파견되어 나온 사람이 가니마르였다.

가니마르는 나흘 동안 성채를 둘러싼 정원을 둘러보면서 여기저기를 쑤셔 보는가 하면 이런저런 얘기를 흘리고 다니기도 했다. 뿐만 아니라 몸종과 운전기사, 정원사, 근처 우체국의 직원 등과 오랫동안 이야기를 나누기도 하고 블라이셴 부부, 앙델 형제, 드 레알 부인이 묵었던 숙소를 들여다보기도 했다. 그런데 어느 날 아침, 가니마르는 온다간다는 말 한마디 없이 모습을 감춰 버리고 말았다.

그리고 일주일 뒤, 백작 부부는 나음과 같은 전문을 받았다.

내일 금요일 오후 5시,

두 분 모두 부아시 당글레 가에 위치한

테 자포네(The Japonais, 일본 차)로 오기 바람.

— 가니마르

*

금요일 정각 다섯 시에 부아시 당글레 가 9번지 앞에 자동차 한 대가 멈춰 섰다. 보도에 서서 그들이 오기를 기다리고 있던 노형사가 한마디 설명도 없이 '테 자포네' 2층으로 그들을 안내했다.

백작 부부는 방 안에서 두 사람을 볼 수 있었는데, 가니마르가 그들을 소개했다.

"이분은 베르사유 고등학교의 교사이신 제르부아 씨입니다. 아르센 뤼팽이 이분의 50만 프랑을 강탈한 사실을 알고 계실 겁니다. 그리고 이분은 오트렉 남작의 조카로, 그의 상속인이기도 한 레오니스 오트렉 씨입니다."

다섯 사람이 자리에 앉았다. 몇 분 후, 여섯 번째 사람이 안으로 들어왔다. 그는 치안국장이었다.

뒤두이 국장은 기분이 좋지 않아 보였다. 그는 사람들에게 인사를 하자마자 대뜸 이렇게 말했다.

"무슨 일인가? 가니마르. 경찰서에서 자네가 전화로 전한 메모를 보고 오는 길인데, 뭐 대형 사건이라도 터졌나?"

"대형 사건이지요, 국장님. 한 시간 안으로 내가 관여해 왔던 사건의 마지막 장이 이곳을 무대로 펼쳐질 겁니다. 국장 님께서 꼭 참석해 주셔야겠다고 생각했기에 일부러 청을 드 린 겁니다."

"계단 밑 입구 부근에서 만난 디외지와 폴랑팡도 필요해서 불렀단 말인가?"

"그렇습니다. 국장님."

"그래, 대체 무슨 일인가? 체포? 누굴 체포할 건가? 가니마 르, 설명을 해 보게."

가니마르는 몇 초간 말을 하지 않고 망설이더니, 듣는 사람 을 깜짝 놀라게 할 의도가 분명해 보이는 어투로 이렇게 말을 꺼냈다.

"우선 제가 확실하게 말씀드릴 수 있는 것은 블라이셴 씨는 반지 도난 사건과 전혀 무관하다는 사실입니다."

"이보게! 그건 단순한 추정에 지나지 않잖아. 그걸 뒤집으려면 증거를 내놓게."

뒤두이 국장이 말했다.

그러자 백작이 머뭇거리며 물었다.

"그 얘기…… 그것이 당신이 알게 된 사실의 전부입니까?"

"아닙니다. 이번 도난 사건이 있었던 바로 다음 날, 댁에 머물렀던 손님 세 명이 자동차로 드라이브를 나갔다가 크레시 마을을 둘러본 일이 있습니다. 세 사람 중 두 사람은 유명한 격전지를 구경하러 갔지만 나머지 한 분은 부랴부랴 우체국으로 가서 고가의 내용물이 담긴 포장을 소포로 발송했습니다."

크로존 백작이 말했다.

"그것이 뭐 그리 이상한 일입니까?"

"얘기를 좀 더 들어 보시면 그렇게 태연하지만은 못할 겁니다. 그 사람은 본명 대신 루소라는 가명을 사용했으며, 파리에 거주하는 벨루 씬가 하는 수취인은 반지가 들어 있는 것이 틀림없는 그 소포를 받은 날 밤에 즉시 거처를 옮겼답니다."

"물건을 부친 사람이 내 사촌형들 중 하나일지도 모른다는 말이오?"

"남자는 아니었습니다."

"그렇다면 드 레알 부인이란 말이에요?"

"그렇습니다."

백작 부인이 어처구니없다는 듯이 말했다.

"아니, 내 친구인 드 레알 부인을 의심한단 말씀인가요?"

"부인, 한 가지만 여쭙도록 하겠습니다. 드 레알 부인은 푸른 다이아몬드 반지 경매 현장에 있었지요?"

"네, 그래요. 하지만 함께 붙어 있었던 건 아니에요."

"혹시 반지를 사라고 부추기지 않았나요?"

부인이 그때 일을 떠올리며 말했다.

"맞아요, 그러고 보니……. 반지 얘기를 가장 먼저 귀띔해 주었어요."

"부인, 이건 매우 중요한 대답입니다. 드 레알 부인이 먼저 당신에게 그 반지 얘기를 꺼냈고, 그것을 구입하라고 권했던 건 틀림없는 사실이지요?"

"하지만…… 그 친구는 그런 일을 절대로……."

"죄송한 말씀입니다만, 드 레알 부인은 신문에서 떠들어 댄 것처럼 당신과 절친한 사이라기보다는 그저 우연히 사귄 친구 아닌가요? 그녀는 부인과 절친한 친구라는 이유로 사전에 혐의선상에서 벗어났습니다. 부인이 그녀를 알게 된 것은 지난겨울입니다. 부인께 확실히 말씀드릴 수 있는 것은 그 사람이 자신에 대해서, 자신의 과거에 대해서, 자신의 친구들에 대해서 부인께 한 말은 전부 날조된 것입니다. 블랑슈 드 레알이라는 인물은 당신을 만나기 전까지는 존재하지 않았고, 지금도 존재하지 않는 인물입니다."

"그다음은 뭐죠?"

"다음이라니요?"

가니마르가 말했다.

"그래요. 얘기가 아주 재미있어요. 하지만 그것이 우리 문제와 무슨 관계가 있다는 거죠? 만약 드 레알 부인이 반지를 훔쳤다면, 그렇다고 할 만한 증거라도 있단 말인가요? 그리고 그걸 왜 다시 블라이셴 씨의 치약병 속에 숨겼겠어요? 그건 말도 안 되는 얘기잖아요. 푸른 다이아몬드를 그렇게 고생해서 훔쳐 냈으면 어떻게든 소중하게 보관했을 거 아니에요. 이에 대해서는 어떻게 대답하실 생각이시죠?"

"제게는 아무런 답도 없습니다. 하지만 드 레알 부인이 답해 줄 겁니다."

"하지만 실존 인물이 아니라면서요?"

"실제로 있기는 합니다만…… 아니, 없으면서도 있다고 할까요……. 간단히 말씀드리자면 이렇게 된 겁니다. 3일 전, 신문을 읽다가 트루빌에 체재 중인 외국인 명단의 가장 위에 '보리바주 호텔 체류자 : 드 레알 부인, 그 외…….'라고 실려 있는 걸 봤습니다. 나는 그날 밤으로 트루빌로 달려가 보리바주 호텔의 지배인에게 협조를 구했습니다. 인상착의와 그간 입수한 몇 가지 정보를 바탕으로 그 드 레알 부인이 내가 찾던 인물이라는 사실을 알게 됐습니다. 하지만 그녀는 이미 호텔을 떠난 뒤였습니다. 그런데 파리의 주소를 콜리제 가 3번지라고 적어 놓은 것이 있어서, 나는 그저께 그 주소지로 찾아갔습니다. 그리고 드 레알 부인이 아니라 그냥 레알 부인('드'는 귀족을 나타내는 말)이라는 사람이 그곳 3층에 살고 있는데, 다이아몬드 중개업을 하고 있으며 종종 집을 비운다는 사실을 알아냈습니다. 마침 전날 여행에서 돌아왔다고 하디고요. 그래서 어제 나는 다시 그녀가 사는 곳을 찾아가 보석을 구매하려는 사람이 보낸 심부름꾼이라고 나를 소개한 다음, 구매자를 인사시켜 주겠다고 말했습니다. 이제 이곳에서 그 첫 번째 대면이 이뤄질 것입니다."

"뭐라고요? 그러니까 우린 지금 그 사람을 기다리고 있는 건가요?"

"5시 30분까지 오기로 했습니다."

"그런데 확신이 있는 겁니까?"

"뭘요? 그 여자가 크로존 씨의 성채에 있던 그 레알 부인일 거라는 확신 말입니까? 나는 거기에 대한 확실한 증거를 가지고 있습니다. 하지만…… 폴랑팡이 신호를 보내기로 했으니 기다려 봅시다."

그때 휘파람 소리가 들려오자, 가니마르가 자리에서 벌떡 일어났다.

"자, 머뭇거릴 시간이 없습니다. 크로존 씨, 부인을 옆방으로 데리고 가십시오. 그리고 오트렉 씨 당신도……. 그리고 제르부아 씨도……. 문을 열어 둘 테니 신호를 하면 바로 나와 주세요. 국장님은 여기 남아 계십시오."

"만약 다른 손님이 오면?"

뒤두이 국장이 걱정되는 듯 말했다.

"그건 신경 쓰지 않으셔도 됩니다. 이 집은 개업한 지 얼마 되지 않았고, 주인은 내 친굽니다. 그 누구도…… 그 금발의 여인 외에는 아무도 들어오지 않을 겁니다."

"금발의 여인이라고? 자네 무슨 얘기가 하고 싶은 건가?"

"그 금발의 여인, 바로 그 금발의 여인입니다. 국장님, 아르센 뤼팽의 여자 친구이자 공범자인 그 베일 속의 금발의 여인 말입니다. 내게는 충분한 증거가 있지만, 지금 국장님 앞에서 다시 한 번 모든 피해자들의 증언을 들을 참입니다."

가니마르는 창문으로 다가가 밖을 내다보며 말했다.

"왔습니다. 이제 막 들어옵니다. 이제 더 이상 도망치지 못할 겁니다. 폴랑팡과 디외지가 입구를 지키고 있으니까요. 국장님, 그 금발의 여인은 드디어 독 안에 든 쥐가 되고 말았습니다!"

그 순간 한 여자가 문 앞에서 멈춰 섰다. 키가 크고 말랐으며 얼굴은 매우 창백했고 머리카락은 눈부실 정도의 금발이었다.

흥분으로 고조된 가니마르는 숨이 막히는지 한마디도 못한 채 서 있었다. 드디어 그녀가 거기에 서 있었던 것이다. 그의 눈앞에, 그가 생각했던 상태 그대로! 이것은 아르센 뤼팽에 대한 멋진 승리였다! 하지만 그와 동시에 그는 이 승리가 너무 손쉽게 이루어졌기에 어쩌면 이 금발 여인이 뤼팽의 특기인 그 기적 같은 속임수로 자신의 손에서 빠져나가는 것이 아닐까 하고 겁이 날 정도였다.

그러나 그녀는 사라지지 않고 가만히 서 있었다. 뭔가 석연치 않은 침묵에 놀랐는지, 당혹스런 기색으로 주위를 둘러보았다.

'이러다가 또 놓쳐 버릴 것 같은데! 놓쳐 버릴 것 같아!'

순간적으로 그런 생각이 든 가니마르는 허겁지겁 문부터 가로막았다. 당연히 그녀는 화들짝 놀라며 문밖으로 나가려고 했다.

"이것 보세요, 도대체 왜 나가려고 하는 거죠?"

가니마르가 말했다.

"그렇다면 당신은 왜 이러는 거죠? 이유를 모르겠네요. 나가게 해 주세요."

"당신이 돌아가실 이유는 어디에도 없습니다, 부인. 반대로 해결해야 할 문제가 있으니 잠자코 있으세요!"

"하지만……."

"안 됩니다. 암만 그래도 나갈 수 없습니다."

그녀가 새파랗게 질린 얼굴로 옆에 있던 의자에 쓰러지듯 앉았다. 그리고 중얼거렸다.

"대체 뭘 원하는 거죠?"

가니마르가 이긴 것이었다. 그는 지금 금발의 여인을 잡은 것이었다. 정신을 가다듬으며 그가 말했다.

"말씀드렸던, 보석을…… 특히 다이아몬드를 사고 싶어 하는 친구를 소개하도록 하겠습니다. 약속하신 그 다이아몬드는 가지고 왔습니까?"

"아니……. 아니요. 무슨 말씀이신지……. 그런 얘기는 들은 적이 없는데……."

"있을 텐데요. 잘 생각해 보십시오. 당신이 알고 있는 사람 하나가 푸른 다이아몬드를 맡겨 두었을 텐데요. 내가 농담처럼 '그 푸른 다이아몬드 같은 거'라고 말하자, 당신이 '적당한 게 하나 있습니다.'라고 말씀하지 않았습니까? 생각나시죠?"

그녀가 입을 다물었다. 조그만 손가방이 손에서 떨어졌다. 그녀가 그것을 얼른 집어 들더니 가슴에 꼭 껴안았다. 그녀의 손가락이 가늘게 떨고 있었다.

"드 레알 부인. 당신은 우리를 못 믿으시는군요. 그렇다면 좋은 것을 하나 보여 드리겠습니다. 내가 가지고 있는 것을 보시기 바랍니다."

그가 손가방에서 조그만 봉투를 꺼냈는데, 거기에는 머리카락 한 움큼이 들어 있었다.

"우선, 이건 앙투아네트 브레아의 머리카락입니다. 살해당한 남작이 죽을 때까지도 놓지 않고 손에 쥐고 있던 것입니다. 제르부아 양에게 보여 줬더니, 이건 틀림없이 금발의 여인 머리카락과 동일한 빛깔이라고 확실하게 증언했습니다. 그런데 이것이 당신의 머리카락 색깔과 동일합니다. 정확하게 똑같은 색깔입니다."

레알 부인이 멍한 표정으로 그를 바라보았다. 형사가 하는 말의 뜻을 진짜로 모른다는 눈치였다. 그가 계속해서 말했다.

"다음은 향수병 두 개입니다. 상표도 없고 내용물도 없습니다. 하지만 냄새만은 아직도 충분히 남아 있습니다. 이것 역시 제르부아 양이 2주일간 함께 여행을 해서 잘 알고 있는 그 금발의 여인이 사용하던 향수와 냄새가 같다고 말했습니다. 그런데 그 병 중 하나는 크로존 씨의 성채에서 드 레알 부인이 묵었던 방에 있었던 것이고, 다른 하나는 당신이 보리바주 호텔에서 묵었을 때 쓰던 방에 남아 있던 것입니다."

"무슨 말씀을 하시는 거죠? 금발의 여인이라뇨……. 또 크로존 씨의 성채는 무슨 얘기입니까……?"

가니마르는 대답을 하는 대신 테이블 위에 종이 넉 장을 늘어놓았다. 그리고 말했다.

"마지막으로 여기 있는 종이 넉 장입니다. 하나는 앙투아네트 브레아의 필적, 다른 하나는 푸른 다이아몬드 경매장에서 헤르슈만 남작에게 건네준 부인의 필적, 또 다른 하나는 크로존 성채에서 묵었던 드 레알 부인의 필적, 그리고 마지막으로 이것은…… 부인, 당신 자신의 필적입니다. 트루빌의 보리바주 호텔의 카운터에 남긴 이름과 주소입니다. 그런데 이 네 개의 글씨를 비교해 보십시오. 모두 똑같습니다."

"대체 이게 다 뭐란 말이죠? 장난 좀 그만하세요."

"이건 말입니다, 부인! 아르센 뤼팽의 여자 친구이자 공범 자인 금발의 여인이 바로 당신이란 얘기입니다!"

가니마르는 커다란 몸짓으로 외치듯이 말을 하고 나서, 옆 방의 문을 활짝 열어젖혔다. 그리고는 제르부아에게 달려가 더니 그의 어깨를 밀어 레알 부인 앞으로 데려왔다.

"제르부아 씨! 따님을 납치했고, 드티낭 변호사 댁에서 만 났던 여자를 알아보시겠습니까?"

"아닙니다……."

모든 사람들이 놀람과 충격에 휩싸였고, 가니마르는 뒤통 수를 한 대 얻어맞기라도 한 듯 그 자리에서 약간 비틀거렸다.

"충분히 생각하고 말씀드리는 겁니다. 부인은 그 금발의 여인과 머리색도 똑같고…… 얼굴색도 똑같이 창백합니다. 하지만 전혀 닮지 않았습니다."

"믿을 수 없어……. 어떻게 이런 착각을 할 수 있단 말이지? 오트렉 씨, 당신은 앙투아네트 브레아를 알고 계시죠?"

"앙투아네트 브레아라면 숙부님 댁에서 본 적이 있습니다. 하지만 이분은 그 사람이 아닙니다."

"그리고 이분은 드 레알 부인이 아니오."

크로종 백작이 마지막으로 내뱉은 이 말은 최후의 일격과 도 같았다.

가니마르는 멍한 표정으로 서서 머리를 숙인 채 눈을 어디에 뭐야 할지를 몰라 했다. 자신이 애써 추리한 결과가 완전히 헛수고로 드러났기 때문이다. 한순간에 공든 탑이 완전히 무너져 내리는 기분, 바로 그것이었다.

뒤두이 국장이 자리에서 천천히 일어나며 말했다.

"부인, 죄송하게 되었습니다. 변명의 여지가 없는 오해가 있었던 듯한데 부디 잊어주시기 바랍니다. 하지만 저는 부인이 이 방에 들어섰을 때 보여 줬던 불안한 모습…… 그것이 이해되지 않습니다."

"그건 당연한 거 아닌가요? 정말 무서웠어요. 이 손가방 안에는 10만 프랑도 넘는 보석이 들어 있어요. 그리고 당신 친구의 태도가 너무 거칠고 수상쩍다 보니……."

"자주 댁을 비우신다고 들었는데……."

"직업상 어쩔 수 없는 일 아닙니까?"

뒤두이 국장은 더 이상 할 말이 없었다. 그는 가니마르 쪽을 바라보았다.

"가니마르, 아무래도 자네의 정보랑 단서는 유용하지가 못한 것 같네. 그리고 조금 전에 자네가 이 부인에게 보여 준 행동은 적절하지 못한 것이었어. 변명은 나중에 내 방으로 와서 하게."

취조 아닌 취조가 그렇게 끝나 버리고, 뒤두이 국장이 막 자리를 뜨려는 순간에 기가 막힌 돌발 사태가 발생했다.

레알 부인이 갑자기 가니마르에게 다가가 말했다.

"당신 이름이 가니마르 씨 같은데…… 틀림없나요?"

"그렇습니다만……."

"그렇다면 이건 당신에게 온 편지로군요. 오늘 아침에 '레알 부인 댁, 쥐스탱 가니마르 씨'라고 쓰인 이 편지봉투를 받았어요. 나는 누가 장난하는 건 줄 알았지요. 당신 이름이 가니마르인 줄은 몰랐었으니까요. 그런데 이걸 보낸 사람은 우리가 만날 걸 미리 알고 있었나 보네요."

쥐스탱 가니마르는 순간 이상한 예감이 들면서 당장에라도 그 편지를 가로채 찢어 버리고 싶었다. 하지만 상관 앞에서 그렇게 할 수는 없었다. 그래서 하는 수 없이 봉투를 뜯었다.

편지는 다음과 같은 내용이었다. 그는 들릴락 말락 하는 낮은 소리로 그것을 읽었다.

옛날 옛적, 어떤 곳에 금발의 여인과 뤼팽 그리고 가니마르라는 사람이 살았습니다. 그런데 마음씨 나쁜 가니마르가 아름다운 금발의 여인을 괴롭히려 했고, 착한 뤼팽은 그렇게 하도록 내버려 둘 수 없다고 생각했습니다.

착한 뤼팽은 금발의 여인을 크로존 부인과 친하게 교제하도록 하기 위해서 그 부인에게 드 레알 부인이라며 소개해 주었습니다. 그 이름을 가진 한 여류 사업가는 금발에 얼굴이 창백한 것이 '금발의 여인'과 아주 똑같지는 않지만 거의 비슷했습니다. 착한 뤼팽은 이렇게 생각했습니다. '악당 가니마르가 만약 금발의 여인을 추적 중이라면, 분명히 점잖은 여류 사업가를 추적하게 될 테니 이보다 더 재미있는 일도 없을 거야.'라고.

이 현명한 판단은 멋지게 맞아떨어졌습니다. 악당 가니마르가 매일 아침 읽는 신문의 기사, 진짜 금발의 여인이 보리바주 호텔에 일부러 놓아두고 온 향수병, 진짜 금발의 여인이 보리바주 호텔의 카운터에 남긴 레알 부인의 주소와 이름……. 이것만으로도 충분했습니다.

어떻게 생각하나, 가니마르? 나는 이 모험담을 아주 상세하게 자네에게 들려주고 싶었소만……. 당신은 재치 있는 사람이니 누구보다도 먼저 웃어 줄 것이라고 생각하오. 나 또한 매우 통쾌하고 더없이 즐거웠소이다.

친애하는 친구여, 고마웠소. 그리고 뒤두이 씨에게도 안부를 전해 주십시오.

— 아르센 뤼팽

"녀석은 모든 걸 꿰뚫고 있었어! 내가 그 누구에게도 말하지 않은 사실을 송두리째 알고 있었다고. 그런데…… 내가 국장님께 여기로 와 주기를 청했다는 사실을 녀석이 어떻게 알았을까요? 게다가 크로존 성에서 향수병을 발견했다는 사실은 어떻게 알았을까……. 도대체 그 사실들을 녀석이 어떻게 알았을까……?"

가니마르는 웃기는커녕 거의 울상이 되어 말했다.

그는 발을 구르기도 하고 머리를 쥐어뜯기도 하면서 가엾을 정도로 절망에 빠진 모습을 보였다.

뒤두이 국장도 측은하다는 생각이 들었는지 그에게 이렇게 말했다.

"가니마르, 힘내게. 이다음에는 확실하게 해치우자고."

그런 다음 치안국장은 레알 부인과 함께 방에서 나갔다.

10분 정도 시간이 흘렀다. 가니마르는 뤼팽의 편지를 몇 번이나 되풀이해서 읽었다. 방 한쪽 구석에서는 크로종 부부, 오트렉, 제르부아가 뭔가 열심히 얘기를 나누고 있었다. 곧 백작이 형사에게 다가와 말했다.

"결국 모든 게 원점으로 돌아갔군요."

"그렇지 않습니다. 내 조사로 그 금발의 여인이 뤼팽이 조종한 두 사건의 공모자라는 사실이 입증되었습니다. 이는 굉장한 성과입니다."

"아무런 도움도 되지 않는 성과겠지요. 문제는 여전히 오리무중 상태에 빠져 있습니다. 금발의 여인은 푸른 다이아몬드를 훔치기 위해서 살인을 했으면서도 그것을 훔치지 않았습니다. 또 그것을 훔쳤으면서도 다른 사람한테 거저 넘겨 버렸습니다."

"거기까지는 나도 알 길이 없습니다."

"맞습니다. 하지만 내 생각에 이 문제를 제대로 다룰 수 있는 사람이 있을 것 같기는 한데……."

"무슨 말씀을 하고 싶으신 겁니까?"

백작이 잠시 망설였다. 백작 부인이 남편의 말을 받아 확실하게 말했다.

"우리 생각에는 당신 외에도 뤼팽을 혼내주고 그를 항복하게 만들 만한 실력자가 한 명 더 있을 거라고 생각해요. 가니마르 씨, 만약 우리들이 셜록 홈즈에게 도움을 요청한다고 해도 기분 나쁘시진 않겠죠?"

가니마르는 당황하는 기색을 역력히 드러냈다.

"글쎄요…… 무슨 말씀을 하시는 건지 잘 모르겠는데요."

"간단합니다. 뚜렷하게 결론 나지 않는 사건에 이제 나는 신물이 날 정도에요. 뭔가 분명해졌으면 좋겠어요. 제르부아 씨와 오트렉 씨도 나와 같은 생각이고요. 그래서 우리는 유명한 영국 명탐정에게 의뢰하기로 합의를 봤어요."

"옳은 말씀입니다, 부인. 이 늙은 가니마르가 뤼팽에 맞서 싸우기에는 역부족인 것 같습니다. 하지만 나 역시도 셜록 홈즈에게 찬사를 아끼지 않는 입장이지만, 그래도 왠지…… 승산이 별로 없습니다."

"그도 별수 없을 거란 말씀인가요?"

"그게 솔직한 내 의견입니다. 셜록 홈즈와 아르센 뤼팽의 대결은 이미 정해진 수순일지도 모르고요. 하지만 승부는 이미 결정 난 것이라고 생각합니다. 영국인의 패배로 끝날 거예요……."

"어쨌든 당신도 홈즈를 도와주실 거죠?"

"물론이죠, 부인. 결과야 어떻게 되든, 나 역시 모든 노력을 아끼지 않을 겁니다."

"혹시, 홈즈의 런던 주소를 알고 계시나요?"

"알고 있습니다. 런던 베이커 가 219번지입니다."

그날 밤, 크로존 부부는 블라이셴 영사에 대한 고소를 취하했다. 그리고 셜록 홈즈 앞으로 보내는 운명의 초청장을 공동으로 작성했다.

셜록 홈즈, 전투를 개시하다

"안녕하십니까? 뭘 드시겠습니까?"

"뭐든 자네 마음에 드는 걸로 가져오게. 자네 마음에 드는 거면 아무거나 상관없지만 고기와 술만은 사양하겠네."

아르센 뤼팽이 먹을 것에는 크게 관심이 없는 사람처럼 대답했다.

웨이터가 입을 삐죽거리며 자리에서 물러났다.

"자네 아직도 채식주의를 고집하고 있나?"

내가 외치듯 말했다.

"더욱 심해지고 있다네."

뤼팽이 고개를 끄덕이며 대답했다.

"취향인가, 신앙인가? 아니면 단순한 습관 때문인가?"

"건강을 위해서라네."

"그럼 육식은 절대로 하지 않나?"

"가끔 할 때도 있지……. 사교계의 모임에 나갔을 때는……
괴짜 취급받고 싶지 않으니까."

우리 두 사람은 북부 역 근처에 있는 한적한 레스토랑 구석
에서 함께 저녁 식사를 하고 있었다. 뤼팽이 이곳으로 나를
불러낸 것이다.

그는 종종 아침에 전보를 보내서 그날 저녁에 파리의 어느
구석진 곳에서 만나자고 연락을 해 오곤 했다. 그럴 때마다
그는 단순하고 밝은 표정으로 말을 많이 했으며, 무척 활기
넘치는 모습이었다. 아울러 뜻밖의 일화나 추억, 내가 알지
못하는 이런저런 모험담을 들려주곤 했다.

그날 밤, 그는 평소보다 더 할 얘기가 많은 것처럼 보였다.
다소 이상하다고 느껴질 정도로 크게 웃고 떠들었다. 그 특유
의 교묘한 풍자, 경쾌하고 자연스러우면서도 악의 없는 해학
을 끊임없이 늘어놓았다. 이런 그를 보는 것은 매우 즐거웠기
에, 내가 만족하고 있다는 사실을 털어놓자 그가 대뜸 이렇게
맞장구를 쳤다.

"맞아! 요즘 나는 모든 일이 너무 즐거워서 참을 수가 없을
정도야. 내 안에 있는 생명의 샘이 마르지 않고 무한히 솟아나
는 기분이라네. 내가 마음껏 활개 치며 살아가고 있단 말이거
든……."

"그러지 않아도 좀 심하다는 생각이 들더군."

"그러기에 내가 무진장한 노다지 같다고 하지 않았는가.

내가 젊음과 힘을 소진시키려고 아무리 발버둥치고 호들갑을 떨어도 자꾸만 힘이 솟는 걸 어쩌겠나. 그래서 내가 점점 더 젊어지고 있단 말일세. 나는 내가 바라기만 한다면 지금 당장이라도 뭐든 될 수 있다네. 정치가? 군인? 사업가……? 하지만 절대로 그런 일은 없을 걸세. 나는 그냥 아르센 뤼팽이야. 그러니까 언제까지나 아르센 뤼팽으로 남을 생각이네. 나는 고금을 통틀어서 내 운명보다 더 충만하고 강렬한 운명의 사람을 찾고 있네만…… 아직 찾질 못했어. 글쎄, 나폴레옹 정도라면 어떨까? 하지만 그조차도 황제 말기에 유럽의 압박을 받으며 일전을 치를 때마다 '이게 마지막 결전은 아닐까?' 하고 전전긍긍했다고 하질 않은가……."

진심일까? 아니면 농담을 하고 있는 걸까? 어쨌든 그의 목소리에는 열기가 담겨 있었다.

그가 계속해서 말했다.

"중요한 것은 이것일세. 알겠는가? 위험! 도처에 위험이 도사리고 있네. 그 위험을 공기처럼 들이마시면서 신변에 사납게 불어오는, 덫을 놓고 기다리고 있는 절박한 위험을 호흡한다네……. 그리고 폭풍의 한가운데서도 평정을 잃지 않고 침착하게 있어야 하네! 그렇지 않으면 파멸뿐이라는 이 절박함……. 이것과 견줄 수 있는 감동은 오직…… 자동차 경주를 하고 있는 운전사의 심정이랄까? 하지만 자동차 경주는 하루면 끝나지만, 나의 경주는 평생 계속될 걸세."

"멋진 표현이긴 하지만, 자네⋯⋯ 다소 감상적인 기분에 빠진 모양이군. 그런데 무엇이 그렇게 감상적인 기분에 빠지게 한 건가?"

내가 큰 소리로 말했다.

그가 빙그레 웃었다.

"역시 자네는 날카로운 데가 있군. 사실⋯⋯ 그럴 만한 이유가 있긴 하네."

그가 말하며, 커다란 컵에 얼음물을 가득 따라 마셨다. 그런 다음 말을 이었다.

"자네 오늘 아침에 〈르 탕〉 지를 읽었나?"

"아니, 읽지 않았네."

"셜록 홈즈가 오늘 오후에 영불해협을 건넜고, 여섯 시경에 파리에 도착했을 걸세."

"뭐라고? 대체 뭣 때문에?"

"크로존 부부와 오트렉의 조카 그리고 제르부아 선생의 초청으로 온다는 거야. 그들은 북부 역에서 만나 가니마르를 찾아갔네. 지금쯤이면 여섯 명이서 모여 머리를 맞대고 있을 거야."

나는 아르센 뤼팽에 대해 강렬한 호기심을 가지고 있기는 하지만, 그가 스스로 말하지 않는 한은 그의 사생활에 대해서 묻지 않는 편이었다. 그것은 그에 대한 최소한의 예의이기도 하지만, 나름대로 넘어서는 안 될 선을 정해 놓고 있다는 것이

맞는 얘기일 듯싶다.

실제로 이때만 해도 푸른 다이아몬드 사건과 관계있는 인물로 그의 이름은 공식적으로 발표되지 않은 상황이었다. 그래서 나는 궁금한 점들을 애써 누르고 있는 참이었다. 그가 계속해서 말했다.

"또 〈르 탕〉지에는 그 똑똑한 가니마르의 회견 내용도 실려 있더군. 그 기사에 의하면 내 여자 친구라는 한 금발의 여인이 오트렉 남작을 살해하고, 크로존 부인으로부터 그 유명한 푸른 다이아몬드 반지를 훔쳐 내려고 했었다는 걸세. 그러면서 그는 이 모든 범죄를 내가 뒤에서 조종한 것이라고 주장하고 있네."

순간, 나는 가벼운 전율을 느꼈다. 사실일까? 나는 이 말을 믿어야 하는 걸까? 멈추지 않는 도벽과 협객 기질 그리고 사건이 돌아가는 맥락을 따져 볼 때, 그를 그러한 범죄 사건과 관련지어 생각하는 것은 얼마든지 있을 법한 일이었다.

나는 다시 한 번 그를 훑어보았다. 그는 아주 침착한 모습이었다. 그는 흔들림 없는 눈빛으로 상대를 바라보고 있었다.

나는 그의 손을 가만히 들여다보았다. 그것은 아주 섬세하게 조각된, 나쁜 짓이라고는 전혀 할 수 없을 것 같은, 그야말로 예술가의 손 자체였다.

"가니마르가 터무니없는 착각에 빠져 있군."

나도 모르게 이렇게 중얼거렸다.

그가 반박했다.

"아니, 아닐세. 가니마르는 보통 인물이 아니야. 때로는 날카로운 면을 보여 주기도 하지."

"날카로움이라고?"

"그렇고말고. 그 회견 내용만 봐도 알 수 있지 않나. 그건 일정 수준의 경지에 오른 사람이나 쓸 수 있는 기술일세. 우선 첫 번째로, 그는 자신의 경쟁자인 영국인의 도착을 공표함으로써 나에게 경계할 여유를 주지 않았나. 그것은 그자의 일을 더욱 어렵게 만들기 위함이네. 두 번째로, 자신이 수사한 정황을 미리 밝힘으로써 셜록 홈즈가 자신의 업적을 이어받아 일하는 것일 뿐이라는 인식을 세간에 심어 주었네. 정정당당하게 경쟁해 보자는 얘기겠지."

"어쨌든 자네는 그 두 사람을 상대해야 하는데, 둘 다 대단한 적들이 아닌가?"

"아니! 한 사람은 없는 것과 마찬가질세."

"다른 한 명은?"

"홈즈 말인가? 그래, 솔직히 말하자면 그는 좀 귀찮은 존재지. 하지만 바로 그렇기 때문에 내가 의욕에 넘쳐 있는 걸세. 그리고 내가 이렇게 기분이 좋은 이유이기도 하지. 무엇보다도 자존심이 걸린 문제이니까. 사람들은 나를 해치우기 위해서라면 영국의 명탐정을 초청하는 것도 결코 지나친 일이 아니라고 생각하고 있네. 그리고 생각해 보게. 나 같은 파이터에게 홈즈를 상대로 한판 승부를 벌일 수 있는 기회가 주어졌으니 어찌 기쁘지 않겠는가. 당분간은 좀 바빠질 것 같아……. 나는 그자를 잘 알거든. 그는 절대로 단 한걸음도 물러설 친구가 아니라네……."

"워낙 강한 사람이니까."

"정말 강한 사람일세. 탐정으로서 그에 견줄 만한 사람은 과거에도 없었지만, 현재도 존재하지 않는다고 나는 믿고 있네. 내가 그에 비해서 유리한 점은, 그는 공격을 해야 하지만 나는 방어만 하면 된다는 걸세. 내가 맡은 역할이 훨씬 더 쉽다는 거지. 그리고……."

그는 눈에 띌 듯 말 듯한 미소를 지어 보이면서 이렇게 덧붙였다.

"나는 그가 싸우는 방식을 알고 있지만 그는 내 방법을 전혀 알지 못하네. 그러니까 그가 생각지도 못했던 방법으로 불시에 기습하면 머리 좀 아플 거야."

그는 손가락으로 테이블을 가볍게 두드렸다. 그리고 매우 황홀한 듯한 표정으로 이렇게 말했다.

"아르센 뤼팽 대 셜록 홈즈……. 프랑스 대 영국……. 드디어 트라팔가 해전에서의 빚을 갚을 수 있게 됐군. 아! 가엾게도……. 그는 내가 만반의 준비를 하고 있다는 사실을 꿈에도 생각지 못하고 있네. 뤼팽이 예고를 받았으니 힘은 배가 될 걸세……."

그가 갑자기 격렬한 기침을 하며 말을 끊었다. 그리고 목에 무엇인가가 걸리기라도 한 것처럼 냅킨으로 얼굴을 가렸다.

"빵 조각이라도 걸렸나? 물을 조금 마셔 보게."

내가 물었다.

"아니, 그런 게 아닐세."

숨 막히는 목소리로 그가 말했다.

"그럼…… 대체 왜 그러는 건가?"

"숨이 막혀."

"창문을 열라고 할까?"

"아니, 그보다 우리 나가세……. 얼른 내 외투와 모자를 집어 주게나. 나는 먼저 도망치겠네."

"아니, 갑자기 왜……?"

"지금 막 들어온 저 두 신사……. 그중 키가 큰 사람을 보게나. 알겠는가? 여기서 나갈 때 내 왼쪽으로 걸어 주게나. 저 사람이 나를 보지 못하도록."

"자네 뒷자리에 앉으려는 저 사람 말인가?"

"맞아, 그 사람……. 개인적인 이유가 있어서 나는 여기 더 머물고 싶지 않네. 밖에 나가서 얘기하세."

"대체 누군데 그러는 거야?"

"셜록 홈즈일세."

그가 가까스로 정신을 가다듬었다. 자신이 당황했다는 사실이 부끄러운 듯 냅킨을 내려놓고서 물을 한 잔 마셨다. 그런

다음 빙그레 웃으며 완전히 침착함을 되찾은 모습으로 내게
말했다.

"우습군. 안 그런가? 나는 쉽게 당황하는 편은 아닌데도
이렇게 뜻밖에 마주치게 되니……."

"대체 뭘 두려워하는 거지? 워낙 감쪽같이 변장을 해서 아무
도 자네를 알아보지 못할 걸세. 나는 자네를 만날 때마다 늘
새로운 사람을 만나는 듯한 기분이 들 정도라네."

"하지만 녀석은 나를 알아볼 거야. 녀석은 한 번밖에 나를
보지 못했지만 나는 그때 느낄 수 있었어. 평생 잊지 않겠다는
듯이 나를 꿰뚫어보았거든. 녀석이 본 것은 변장으로 감출
수 있는 나의 외견이 아니라 나의 본질이었어. 그리고……
그리고…… 이 만남이 너무 의외여서……. 하필 이렇게 비좁
은 레스토랑에서 만나다니, 참으로 묘하군……."

"그럼 어서 나가지……."

내가 그를 재촉했다.

"아니……. 아니……."

"어쩔 생각인가?"

"솔직하게 행동하는 게 가장 좋지 않을까? 녀석에게 나 자
신을 맡겨 보는 걸세."

"자네, 설마……."

"아냐, 그렇게 하는 게 나아. 녀석이 무슨 생각을 하고 있는
지 내 쪽에서 먼저 알아볼 수도 있고……. 아! 저거 보라

고……. 녀석의 시선이 내 목과 어깨를 스쳐지나가잖나. 녀석은 지금 뭔가를 기억해 내려고 하는 걸 거야……."

뤼팽은 생각에 잠겨 있었는데, 그의 입가에 짓궂은 미소가 번지는 것 같았다. 그런데 그 순간, 상황 따위는 아랑곳하지 않고 타고난 기질대로 움직이겠다는 듯이 그가 자리에서 벌떡 일어나더니 휙 돌아서는 것이었다. 그리고는 쾌활한 목소리로 밝게 인사를 건네는 것이 아닌가.

"아이구, 이거 웬일이십니까? 우연히 이렇게 만나 뵙다니, 이건 정말 보통 행운이 아니군요. 정말 운이 좋습니다. 여기 있는 제 친구 한 명을 소개하겠습니다."

영국인은 1, 2초간 망설이는 빛을 보이더니 본능적으로 아르센 뤼팽에게 달려들 듯한 자세를 취했다. 그러자 뤼팽이 태연한 표정으로 머리를 옆으로 흔들며 말했다.

"그러면 안 됩니다. 그런 모습은 점잖지도 않고…… 무엇보다도 쓸데없는 짓입니다."

영국인이 좌우를 살펴보았다. 도와줄 사람을 찾고 있는 듯했다.

"그것도 안 됩니다. 그보다는 당신에게 나를 체포할 자격이 있는가 하는 점이 더 중요하겠죠. 설마 나를 맨손으로 때려잡을 수 있다고 생각하는 것은 아니시죠? 신사답게 정정당당하게 행동하셔야지요."

뤼팽이 말했다.

이런 자리에서 태연한 척하는 것은 누가 봐도 어울리지 않는 일이었다. 그럼에도 불구하고 이 영국인은 그렇게 하는 것이 최상의 방법이라고 판단한 듯했다. 그가 자리에서 반쯤 일어나 차가운 목소리로 입을 열었다.

"이쪽은 내 친구이자 협력자인 왓슨입니다. 그리고 이쪽은…… 아르센 뤼팽."

왓슨이 당황하는 모습을 보는 순간 웃음을 참을 수가 없었다. 휘둥그레진 두 눈과 한껏 벌어진 커다란 입, 윤기 흐르는 피부에 짧게 쳐올린 머리카락, 잡초처럼 뻣뻣하게 돋아난 짧은 수염 등…….

"왓슨, 이런 일 앞에서 놀라움을 너무 과장해서 드러내는 것 아닌가."

홈즈도 왓슨의 표정을 힐끗 쳐다보면서 다소 놀리는 투로 말했다.

왓슨이 어안이 벙벙한 표정으로 더듬거리며 말했다.

"그런데…… 왜 저자를 가만두는 건가?"

"왓슨, 자네 아직도 모르겠나? 이 신사분이 문에서 무척 가까이 있는 것이 보이지 않는가? 기껏해야 한두 걸음? 내가 손가락 하나를 까딱하기도 전에 문밖으로 나가서 흔적도 없이 사라질 걸세."

"그런 걱정은 붙들어 매두어도 괜찮을 겁니다."

뤼팽이 말했다.

그는 테이블을 끼고 돌더니, 홈즈가 자신과 문 사이에 위치하도록 자리를 잡고 앉았다. 마치 '날 잡아 잡수세요.' 하는 듯한 행동이었다.

이 대담무쌍한 행동을 칭찬할 권리가 자신에게 있는지를 확인이라도 하려는 듯, 왓슨이 홈즈의 안색을 살폈다. 하지만 홈즈는 전혀 동요하는 기색 없이 묵묵히 앉아 있었다. 그러더니 잠시 후 그가 외쳤다.

"웨이터!"

웨이터가 달려오자 홈즈가 주문을 시작했다.

"소다수와 맥주, 위스키……."

일단 평화협상이 체결된 셈인가……. 어쨌든 잠시 후 네 사람은 한 테이블에 앉아서 조용히 얘기를 나눴다.

*

셜록 홈즈는 어디서나 흔히 볼 수 있는 평범한 신사의 모습이었다. 나이는 오십대 전후로, 평생을 사무실 책상 앞에서 장부를 기입하며 살아온 듯한 중산층 시민의 분위기를 풍겼다. 적갈색 구레나룻, 깔끔하게 면도한 턱수염, 조금 과묵해 보이는 태도 등…… 무엇 하나도 선량한 런던 시민과 다르게 보이는 점이 없었다. 오직 하나, 상대방의 깊은 속까지 꿰뚫어 볼 것 같은 무서울 정도로 날카로운 눈빛만은 생생하게 살아 움직였다.

하지만 누가 뭐래도 눈앞에 있는 사람은 셜록 홈즈였다. 직감력과 관찰력, 명민함, 기발한 발상이 한데 어우러진 사람이 구체적인 모습으로 앉아 있는 것이었다.

그의 모습을 보고 있자니, 지난날 인간의 상상력이 빚어낸 서로 다른 성질의 두 탐정 — 그러니까 에드거 앨런 포의 뒤팽과 가보리오의 르콕 — 을 버무려서 더욱 특이하고 비현실적인 유형의 사람으로 만들어 낸 것처럼 여겨졌다. 더구나 세계적으로 그를 유명하게 만든 숱한 업적을 들으면서 이 사람, 즉 셜록 홈즈도 실존 인물이라기보다는 어느 대단한 소설가 — 이를테면 코난 도일과 같이 뛰어난 작가 — 의 머릿속에서 생생하게 살아난 주인공이 아닐까 하는 생각까지 드는 것이었다.

얼마 가지 않아 이야기가 본론으로 치달았다. 아르센 뤼팽이 체류 기간을 묻자, 홈즈가 내뱉듯이 말했다.

"내 체류 기간은 오직 당신에게 달렸소, 뤼팽."

"아, 그렇습니까? 내게 달렸다면 오늘 밤에 떠나는 배편을 알아보시라고 권해 드리고 싶군요."

뤼팽이 빙그레 웃으며 큰 소리로 말했다.

"오늘 밤은 너무 이른 것 같고, 8일이나 10일 정도면 충분하다고 봅니다."

"그렇게 급하십니까?"

"관여하고 있는 일이 몇 가지 있어서요. 영국의 중국은행 도난 사건, 에클스톤 부인 납치 사건······ 등 이런저런 일로 좀 바쁘군요. 어때요? 뤼팽 씨, 한 일주일이면 충분하지 않을까요?"

"당신이 푸른 다이아몬드와 관계된 두 사건에만 진력한다면, 충분할 겁니다. 하지만 당신이 이 두 가지 사건을 해결하여 내 안전을 위협할 경우에 대비해서, 나도 준비를 하려 하는데······ 그렇게 되면 그 정도로는 어렵지 않을까요?"

"옳은 말이오. 나도 그래서 2, 3일 더 여유를 가진 겁니다. 대략 여드레에서 열흘쯤으로······."

영국인이 말했다.

"그럼 11일째 되는 날 나를 체포하겠단 말씀이시군요. 그렇지요?"

"10일째가 마지막 날이 될 거요. 더는 필요 없어요······."

뤼팽이 잠시 생각에 잠겼다가 머리를 옆으로 내저으며 말했다.

"힘들겠는데요······. 그건 아무래도 무리입니다······."

"어려울지도 모르겠지만, 불가능한 일은 아니오. 아니, 해 볼 만한 일이지요."

"그야 여부가 있나."

갑자기 왓슨이 끼어들었다. 홈즈가 그런 결론을 내리기까지 거친 복잡한 일련의 과정을 자신도 확실하게 알고 있다는 듯이······.

셜록 홈즈가 빙그레 웃었다.

"이 방면에 정통한 왓슨조차도 당신에게 장담하지 않습니까?"

이렇게 못을 박은 뒤 그는 좀 더 진지한 어조로 계속해서 말했다.

"물론 내가 모든 열쇠를 쥐고 있는 건 아니오. 사건이 일어난 지 벌써 2, 3개월이 지났으니까. 내가 조사의 기초로 삼을 만한 재료나 단서는 이미 얻기 힘든 상태일 거요."

"예를 들자면 흙이 묻은 발자국이나 담뱃재 같은 것."

왓슨이 또 맞장구를 쳤다.

"하지만 가니마르 씨의 탁월한 수사 기록 외에도 내 수중에는 사건에 관한 모든 기사, 그동안 모아 온 여러 사람의 의견 그리고 그것을 바탕으로 도출해 낸 내 특유의 생각이 있어요."

또다시 왓슨이 끼어들어 덧붙여 말했다.

"그러니까 분석과 추리의 힘으로 얻은 몇몇 견해가 우리에게는 있단 말이오."

그러자 뤼팽이 그 어느 때보다도 정중한 어조로 말했다

"당신이 사건에 대해서 파악한 소견이 무엇인지 여쭤봐도 결례가 안 되려는지요?"

따지고 보면 어떤 어려운 문제의 해결을 위해서, 또는 의견의 차이를 좁히려고 논의하는 것처럼 두 사람이 한 테이블에서 진지한 모습으로 머리를 맞대고 있는 이런 광경은 충격 그 자체라고 할만 했다. 또한 그것은 매우 수준 높은 유머이기도 했다. 두 사람은 우아하고도 섬세한 재기와 여유를 앞서거니 뒤서거니 하면서 과시했다. 분위기가 이처럼 느긋해지자, 완전히 안심하고 술을 마신 왓슨은 정신이 몽롱해질 만큼 취해 버렸다.

홈즈가 천천히 파이프에 담뱃가루를 채워 불을 붙였다. 그리고 다음과 같이 말했다.

"내 생각에 이번 사건은 처음 드러난 것보다 훨씬 더 간단할 것 같다는 느낌이오."

"그렇지. 훨씬 더 간단해."

충실한 메아리처럼 왓슨이 말했다.

"사실 내가 보기엔 두 개의 사건이 아니라 오로지 하나일 뿐이오. 오트렉 남작의 죽음, 반지 사건, 그리고 역시 잊어서는 안 될 23조 514번 복권의 비밀, 이 모든 것은 금발의 여인에 얽힌 수수께끼의 단면에 지나지 않는다는 겁니다. 그러니까 문제는 세 개의 에피소드를 하나의 이야기로 묶을 만한 연결고리를 밝혀내고, 세 개의 사건에 사용된 수단의 단일성을 입증해 줄 만한 사실을 발견하면 되는 것이오. 하지만 아쉽게도 가니마르의 판단은 너무 표면적인 것에 치우쳐 있소. 이른바 범인의 뛰어난 변장술이나 신출귀몰한 수법에서만 동질성을 찾고 있는데, 기발한 점이 있다는 것은 인정하지만 그것은 내 마음에 들지 않는 방법이오."

"그럼 어떻게 생각하고 있습니까?"

"나는 이렇게 생각하고 있소. 이 세 가지 사건에 일관되게 흐르고 있는 특징은, 지금까지 그 누구도 눈치채지 못했지만, 당신이 미리 선택해 둔 장소에서 사건이 일어나도록 조정되었다는 점이오. 이것이 계획 이상으로 중요하며, 꼭 필요하고, 성공을 위해서 없어서는 안 될 조건이기도 했소."

"사실에 입각해서 좀 더 자세히 들려주실 수 없겠습니까?"

"어려울 것 없소. 예를 들어서 제르부아 씨와의 일을 놓고 보자면, 처음부터 당신은 모두가 만나야 할 장소로 드티낭 변호사의 집을 선택해 놓았소. 당신이 금발의 여인과 쉬잔 양을 공개적으로 등장시키기에 그보다 더 안정감을 주는 곳은 없었을 겁니다."

"제르부아 씨의 딸을 말하는 거요."

왓슨이 덧붙여 설명했다.

"그럼 이번에는 푸른 다이아몬드 이야기를 해 봅시다. 당신은 오트렉 남작이 물건을 손에 넣을 때부터 자신의 것으로 만들어야겠다고 생각했을까요? 그렇지는 않았겠죠. 남작이 형님의 저택으로 옮기고, 6개월 후에 앙투아네트 브레아가 나타났습니다. 이것이 당신의 첫 번째 시도였소. 하지만 다이아몬드는 당신의 수중에 들어오지 않고 대단한 화제를 불러

일으키며 드루오 호텔에서 경매에 붙여졌소. 이 경매는 완전히 자유롭게 이루어졌을까요? 가장 돈을 많이 내는 사람이 그 보석을 손에 넣을 수 있을까요? 그렇지 않았소. 은행가인 헤르슈만이 낙찰을 바로 눈앞에 둔 순간, 한 부인이 그에게 협박장을 전달했소. 그리고 그 부인이 미리 손을 써서 회유한 크로존 백작 부인이 그 다이아몬드를 사게 됐소. 다이아몬드는 바로 모습을 감췄을까요? 그렇지 않았소. 당신이 손댈 수 없었기 때문이요. 그래서 그쯤에서 잠시 간주곡을 연주할 필요가 생겼지요. 곧 백작 부인은 성채에 거주하게 되었는데, 이는 당신이 기다리고 기다리던 절호의 기회였소. 결국 그후 반지가 사라졌소."

"일단 사라진 반지가 블라이셴 영사의 치약병 속에서 발견되지 않았소?"

뤼팽이 반박했다. 그러자 홈즈는 예상했다는 듯이 주먹으로 테이블을 가볍게 치며 큰 소리로 외쳤다.

"어림없는 소리! 그런 유치한 속임수로 나를 속이려 들지 말았으면 좋겠소. 멍청이들이라면 속아 넘어갈지 모르겠지만 내 속에는 구렁이가 들어 있소."

"그렇다면?"

"그 뜻은……."

홈즈는 자기 말의 효과를 더욱 높이기 위해서 잠시 말을 끊었다. 그리고 다시 입을 열었다.

"치약병 속에서 발견된 그 푸른 다이아몬드는 모조품이오. 진품은 당신 수중에 있소."

아르센 뤼팽이 한동안 입을 다물고 있었다. 그러다가 곧 태연한 얼굴로 영국인을 가만히 바라보며 말했다.

"과연 홈즈 씨구먼."

"이제 아셨습니까? 정말 대단하지 않소?"

왓슨이 새삼 감탄한 듯한 표정으로 토를 달았다.

"맞습니다. 그렇게 봐야만 모든 것들이 명백해지고, 모든 것들이 참된 의의를 갖게 됩니다. 그 어떤 예심판사도, 그 세 가지 사건에 열중했던 그 어떤 기자들도 진실한 방향으로 그렇게 깊이까지 파고들지 못했습니다. 정말이지 대단한 직관력과 논리적 사고입니다."

뤼팽이 진심으로 긍정하듯 고개를 끄덕였다.

"별말씀을! 조금만 생각해 보면 쉽게 알 수 있는 일이오."

이름 높은 전문가에게 칭찬을 듣자, 홈즈가 약간 고무된 듯한 표정으로 말했다.

"그렇습니다. 생각하는 법을 알아야만 가능한 일이지요. 그런데 그걸 아는 사람이 그리 많지 않아요……. 이것으로 추리의 범위도 웬만큼 좁혀졌고, 시야도 말끔히 정리되었으니……."

"그렇소! 이제 내게는 왜 그 세 가지 사건들이 클라페이롱 가 25번지, 앙리 마르탱 가 124번지, 그리고 크로존 성채에서 행해졌는지 그 이유를 밝혀내는 일만 남았소. 문제의 모든 답이 바로 거기에 있소. 그 이외의 것들은 속임수와 유치한 장난에 불과하오. 당신도 그렇게 생각하겠지요?"

"나 역시도 그렇게 생각합니다."

"그렇다면 뤼팽 씨, 나의 역할은 앞으로 10일 안에 끝날 것 같다는 데 동의하시겠소?"

"10일 후에는 모든 진상이 밝혀질 겁니다."

"그리고 당신은 체포될 것이오."

"그건 아닙니다."

"아니라고?"

"제가 체포되려면 도저히 있을 수 없는 상황, 상상할 수도 없을 만큼 불행한 일련의 우발 사건들이 일어나야만 합니다. 하지만 나는 그런 상황은 인정할 수가 없습니다."

"상황이나 불행한 우발 사건 따위가 해낼 수 없는 일을 해낼 수 있는 것이 한 인간의 의지와 집념이오, 뤼팽 씨."

"또 다른 한 사람의 의지와 집념이 그에 대한 난공불락의 장애를 만들지 않는다면 그렇게 되겠지요, 홈즈 씨."

"난공불락의 장애란 것은 이 세상에 존재하지 않습니다, 뤼팽 씨."

이때 두 사람이 교환한 눈빛은 매우 의미심장한 것이었다. 하지만 서로에게 도전하려는 뜻은 없어 보였으며, 오히려 평온함 속에서 단호한 무엇인가를 찾아볼 수 있었다. 마치 불꽃이

튀기도록 맞부딪치는 두 자루의 칼날 같은 느낌이었다.

"제 생각도 그렇습니다. 그 말씀이 정말 마음에 듭니다. 당신은 참으로 보기 드문 인물이오. 적이지만 멋있습니다. 역시 셜록 홈즈 씨입니다. 일이 재밌어질 것 같은데요!"

뤼팽이 외쳤다.

"당신은 두렵지 않소?"

왓슨이 대뜸 질문을 했다.

"거의 그렇다고 볼 수 있겠죠, 왓슨 씨. 그리고 그 증거로……."

뤼팽이 자리에서 벌떡 일어서며 말을 이었다.

"지금 이렇게 서둘러서 내뺄 궁리를 하는 것이 바로 그 증거입니다. 자칫 머뭇거리다가는 앉아서 당할지도 모르니까요. 그럼 열흘이라고 하셨습니다. 홈즈 씨."

"그렇소. 열흘이오. 오늘이 일요일이니까 다음 주 화요일이면 모든 일이 끝날 거요."

"그리고 나는 철창신세가 된다는 말씀이시죠?"

"그 점에 대해서는 조금도 의심할 필요가 없소."

"제기랄! 평온한 생활을 즐기고 있었는데……. 날 귀찮게 하는 건 아무것도 없었으며, 모든 일이 잘 풀렸고, 경찰에는 아무런 볼일도 없었고, 나를 둘러싼 모든 세계의 동정을 얻으며 느긋하게 살아가고 있었는데…… 이제 와서 모든 게 바뀌다니! 하지만 동전에도 앞뒤가 있고, 맑은 날이 있으면 궂은 날도 있기 마련이지······. 지금 이렇게 웃고 있을 새가 없어. 그럼 실례하겠습니다."

"서두르시오. 단 일 분도 지체하지 말고."

홈즈에게 완전히 굴복한 상대에 대한 배려로 왓슨이 말했다.

"단 일 분도 허비하지 않을 겁니다, 왓슨 씨. 하지만 당신을 뵙게 돼서 얼마나 흐뭇했는지, 그리고 당신과 같은 훌륭한 협력자를 둔 선생님을 제가 얼마나 부러워하는지는 말씀드려야겠습니다."

무슨 원한이 있는 것도 아니면서, 어쩔 수 없이 숙명적으로 맞설 수밖에 없는 두 사람은 마지막으로 정중한 인사를 나눴다. 그런 다음 뤼팽이 내 팔을 붙잡고 밖으로 빠져나왔다.

"어떤가? 자네가 준비하고 있는 뤼팽 회고록 중에서 오늘의 식사 장면은 멋진 효과를 발휘할 수 있을 것 같은데."

그는 레스토랑의 문을 닫고서 두어 걸음 앞으로 가다가 문득 발걸음을 멈췄다.

"자네, 담배 피우겠나?"

"필요 없네. 자네도 별로 피우고 싶지 않은 것 같은데."

"나도 피우고 싶지 않네."

이렇게 말했으면서도 성냥으로 담배에 불을 붙인 그는 성냥불을 끄기 위해서 몇 번이고 그것을 흔들었다. 그리고 불을 붙인 담배마저도 바로 집어던진 다음 종종걸음으로 차도를 건넜다. 그러더니 신호를 받고 나타난 것처럼 갑자기 모습을 드러낸 두 사내 옆으로 다가갔다. 두 사내와 함께 보도에 선 채로 몇 분 동안인가 이야기를 나누고서, 다시 내 곁으로 돌아왔다.

"아, 자네한테 양해를 구해야겠네. 저 못된 홈즈가 나를 가지고 놀려 하고 있잖나. 하지만 확실히 말해 두겠는데 그 정도로 뤼팽은 흔들리지 않는다고……. 아! 제길, 내가 어떤 인간인지 똑똑히 보여 주겠어. 잘 가게. 친절한 왓슨의 말처럼 난 지금 단 일 분도 허비할 수가 없네……."

뤼팽은 이렇게 내뱉고는 서둘러서 사라졌다.

이 기묘한 저녁은, 적어도 내가 동석했던 이날 저녁의 일부는 이렇게 지났다. 이렇게 얘기하는 이유는 그 이후에도 여러 가지 일들이 일어났기 때문이다. 그 일에 대해서는 그날 함께 레스토랑에 있었던 사람들을 통해서 나중에 자세하게 들을 수 있었다.

*

뤼팽이 나와 헤어진 바로 그 순간, 셜록 홈즈도 시계를 꺼내 보더니 자리에서 일어났다.

"8시 40분일세. 아홉 시 정각에 역에서 백작 부부와 만나기로 되어 있네."

"나가세!"

왓슨이 위스키 두 잔을 연거푸 들이키며 말했다.

두 사람은 밖으로 나왔다.

"왓슨, 뒤돌아봐서는 안 되네. 미행을 당하고 있을지도 모르거든. 미행을 당해도 아무렇지도 않은 듯한 모습을 보여야 하네. 그런데 왓슨, 자네 의견을 들어 보고 싶네. 뤼팽은 왜 저 레스토랑에 있었을까?"

왓슨이 아무런 망설임 없이 대답했다.

"요기나 할 생각이었겠지."

"왓슨, 우리가 함께 일할수록 자네가 더욱 발전한다는 사실을 느낄 수 있네. 실제로 자네는 놀라울 정도로 발전했어."

어둠 속에서 왓슨의 얼굴이 기쁨으로 발갛게 물들었다. 홈즈가 계속해서 말했다.

"요기를 하기 위해서일지도 모르지만, 어쩌면 가니마르가 그 회견 기사에서 밝힌 것처럼 내가 크로존 성으로 가는지를 확인하기 위해서일지도 모르네. 나는 녀석의 기대를 저버리고 싶지 않으니 그곳으로 가도록 하겠네. 하지만 나는 녀석을 따라잡아 시간을 벌 필요가 있어. 그러나 성채까지는 가지 않을 걸세."

왓슨이 어리둥절한 표정으로 홈즈를 바라보았다. 그러자 홈즈가 이어서 말했다.

"자네는 이 길로 곧바로 빠져서 마차를 세 번 갈아타도록 하게. 그리고 나중에 짐 보관소에 맡겨 둔 트렁크를 찾으러

와 주게나. 자, 서둘러서 엘리제 팔라스 호텔로 돌아가게!"

"호텔로 돌아간 다음엔 어떻게 하지?"

"방을 잡아 잠을 자게. 편안하게 쉬면서 내 지시를 기다리고 있으면 돼."

왓슨은 자신에게 주어진 역할이 매우 중요하다고 생각했기 때문에 기분 좋게 그곳을 떠났다. 셜록 홈즈는 승차권을 산 뒤, 아미앵 행 급행열차에 올라탔다. 크로존 백작 부부는 이미 열차 안에 올라타 있었다.

그는 백작 부부에게 가볍게 인사를 했다. 그리고 다시 한 번 파이프에 불을 붙였다. 통로에 선 채로 조용히 담배연기를 피워 올렸다.

열차가 움직이기 시작했다. 10분 뒤, 그는 백작 부인 옆에 자리를 잡고 앉아 이렇게 말했다.

"부인, 그 반지를 가지고 계신가요?"

"네, 가지고 있어요."

"잠깐 보여 주세요."

반지를 받아 든 그가 그것을 이리저리 살펴보았다.

"역시 생각한 대로군요. 이건 재생 다이아몬드입니다."

"재생 다이아몬드라니요?"

"최신 기법으로, 다이아몬드 가루를 모아서 아주 높은 열을 가하면 그것이 녹아서 덩어리로 뭉치게 된답니다."

"무슨 말씀이세요? 이 반지는 진짜 다이아몬드예요."

"당신 반지는 진품이지만, 이건 당신 것이 아닙니다."

"그럼 내 건 어디에 있단 말인가요?"

"뤼팽의 수중에 있습니다."

"그럼 이건······?"

"이건 당신 것과 바꿔치기한 겁니다. 블라이셴 씨의 치약병 속에 넣어 둔 것을 당신이 발견해 낸 것이죠."

"그럼 이건 모조품이란 말인가요?"

"틀림없는 모조품입니다."

놀라움과 낭패감으로 백작 부인은 입을 다물어 버렸다. 그리고 백작은 도무지 믿을 수가 없는지 계속해서 반지를 만지작거리며 살펴보았다.

한참 지난 후 부인이 중얼거리듯 말했다.

"그런 일이 있을 수 있나요? 그렇다면 왜 바꿔치기를 한 걸까요? 그리고 어떤 방법으로 훔친 걸까요?"

"그 점을 지금부터 밝혀내야 하는 겁니다."

"크로존 성채에서요?"

"아니요, 나는 크레유에서 내려 다시 파리로 돌아갈 겁니다. 아르센 뤼팽과 나의 대결은 파리에서 펼쳐질 겁니다. 어디서 공격을 해도 그 결과는 마찬가지지만, 뤼팽에게 내가 여행 중인 것처럼 보이는 편이 더 유리합니다."

"그래도 여기까지······."

"부인, 그런 건 부인께 아무래도 상관없는 일 아닙니까? 중요한 것은 부인의 다이아몬드 아닌가요?"

"그야 그렇지만요."

"그렇죠? 그렇다면 안심하세요. 조금 전 나는 이보다 더 어려운 약속을 했습니다. 이번에도 제 명예를 걸고 약속하겠습니다. 반드시 진짜 다이아몬드를 찾아드리겠습니다."

열차가 서서히 속도를 늦추고 있었다. 홈즈는 그 가짜 다이아몬드를 주머니에 넣고 승강구의 문을 열었다. 그러자 백작이 소스라치게 놀라며 외쳤다.

"거기는 반대쪽입니다! 아니, 도중에 뛰어내릴 작정이오?"

"이렇게 해야 뤼팽이 내게 미행을 붙여 놨다 해도 따돌릴 수 있습니다. 그럼 안녕히 가세요."

역무원 한 사람이 그를 제지했지만 소용없는 일이었다. 영국인은 역장실 쪽으로 성큼성큼 걸어갔다. 50분 뒤, 그는 열차로 뛰어올라 열두 시가 조금 넘은 시각에 파리로 돌아왔다.

그는 역 구내를 빠져나가 식당으로 들어섰다가 다른 문을 통해서 밖으로 나가 영업용 마차에 뛰어올랐다.

"클라페이롱 가로 가 주시오."

미행하는 사람이 없다는 사실을 확인한 뒤에 그는 마차를 클라페이롱 가 입구에 세웠다. 드티낭 변호사의 집과 양 이웃 집을 주의 깊게 조사했다. 일정한 걸음으로 걸어 몇 군데의 거리를 측정한 뒤 수첩에 숫자들을 적어 넣었다.

"다음은 앙리 마르탱 가로 갑시다."

그 대로와 퐁프 가가 만나는 모퉁이에서 그는 마차 삯을 지불했다. 보도를 따라 134번지까지 가서 얼마 전까지 오트 렉 남작의 저택이었던 집과 양옆으로 서 있는 두 임대주택 앞에서 소금 전에 했던 것과 같은 방법으로 각 건물 전면의 폭을 재고 이들 건물을 연결하는 길까지의 거리를 계산했다.

이 거리에는 인적이 전혀 없었으며 양쪽으로 늘어선 가로 수들의 밑은 매우 어두웠다. 나무들 사이 곳곳에서 가스등의 불빛이 깊은 어둠을 상대로 싸움을 벌이고 있었지만 전혀 의 미 없는 싸움이라는 생각이 들었다. 가스등 중 하나가 저택의 일부분에 약한 빛을 던지고 있었다. 홈즈는 철문에 걸려 있는 '임대'라는 패찰을 봤다. 쓸쓸한 잔디밭을 둘러싸고 있는 두 줄기 길은 황폐해져 있었으며 커다란 창문은 빈집 특유의 을 씨년스러운 기운을 머금고 있었다.

'그도 그렇겠군. 남작이 죽은 후로 빌리려는 사람이 없는 게야. 그래! 안으로 들어가서 조사를 해 볼 수도 있겠군.'

이런 생각이 그의 머릿속을 스치는 순간 그는 이미 이를 실행에 옮기고 있었다. 하지만 어떻게 들어갈 수 있단 말인 가? 철문이 너무 높아서 도저히 넘을 수가 없었다. 그는 손전 등과 함께 늘 몸에 지니고 다니는 만능열쇠를 주머니에서 꺼 냈다. 그런데 놀랍게도 문 중 하나가 반쯤 열려 있는 것이 아닌가. 그는 그 문이 닫히지 않도록 주의하면서 정원 안으로 들어섰다. 하지만 그는 세 걸음도 가지 않아서 멈춰 서고 말았다. 3층 창 중 하나에서 불빛이 새어나오고 있었던 것이다.

불빛은 두 번째 창을, 그리고 세 번째 창을 지났는데 그는 각 방의 벽면에 어른거리는 사람의 그림자 외에는 아무것도 보질 못했다. 곧 등불은 3층에서 1층으로 내려왔으며 끊임없이 방에서 저 방으로 옮겨 다녔다.

"밤 한 시에 오트렉 남작이 살해당한 집을 대체 누가 돌아다니고 있는 걸까?"

깊은 흥미를 느낀 홈즈가 혼자 중얼거리듯 말했다.

이 의문을 푸는 방법은 오직 하나밖에 없었다. 스스로 안으로 들어가 보는 것이었다. 그는 주저하지 않았다. 그런데 그가 현관 가까이로 다가가려고 하는 순간, 가스등 빛에 그림자가 어른거리는 것을 보고 안에 있는 사람이 눈치챈 듯했다. 창문을 통해서 새어나오던 불빛이 갑작스럽게 꺼지는 것이었다.

계단 위로 올라서서 문을 살짝 밀어 보았다. 이번에도 역시 스르르 열렸다. 아무런 소리도 들리지 않는 가운데 홈즈는 과감하게 안으로 들어섰다. 계단 난간의 끝부분까지 가서 그는 2층으로 올라가 보았다. 하지만 그곳 역시 같은 침묵, 같은 어둠에 잠겨 있을 뿐이었다.

그는 한 방으로 들어섰다. 그리고 밤의 빛이 희미하게 비추고 있는 창가로 다가갔다. 바로 그때 창밖으로 한 사내의 모습이 눈에 들어왔다. 다른 계단으로 내려가 다른 문을 통해서 빠져나간 듯했다. 그 그림자는 옆집과의 사이에 세운 담 밑에 심어 놓은 나무들을 따라서 왼쪽 편으로 달려가고 있었다.

"젠장! 이러다가 놓치겠군!"

홈즈가 외쳤다.

그는 서둘러서 계단을 내려간 다음 현관 밖 계단을 뛰어 내려가 퇴로를 차단하려 했다. 하지만 사람의 모습은 이미 사라지고 없었다. 무성한 나무 사이에서 희미하게 움직이는 어둠보다 더 검은 덩어리를 발견하기까지는 몇 초간의 시간이 걸렸다.

영국인은 생각했다. 저 사람은 쉽게 도망갈 수 있었을 텐데 왜 도망가려 하지 않았을까? 자신의 작업을 방해한 침입자를 이번에는 자신이 감시할 생각이었을까?

'어쨌든 저 녀석은 뤼팽이 아니야. 뤼팽은 좀 더 솜씨가 좋을 테니까. 틀림없이 부하 중 한 명일 거야.'

그는 생각했다.

상당한 시간이 흘렀지만 홈즈는 가만히 서서 자신을 지켜보고 있는 적에게서 눈을 떼지 않았다. 그런데 그 적도 마찬가지로 움직이지 않았다. 홈즈는 무의미하게 멍하니 서 있을 사람이 아니었다. 권총의 탄창을 살펴본 뒤에 단도를 빼들고, 웅크리고 있는 미지의 위험 앞으로 성큼성큼 달려갔다.

순간 찰칵 하는 소리가 들렸다. 상대가 권총을 손에 쥐는 소리 같았다. 홈즈는 조금의 여유도 주지 않고 상대를 향해서 달려들었다. 상대는 몸을 피할 시간도 없었다. 영국인이 그에게 엉겨 붙자, 격렬하고 절망적인 몸싸움이 시작되었다. 순간, 홈즈는 상대가 단도를 뽑아들려고 한다는 사실을 눈치챘다. 하지만 홈즈는 처음 만난 순간부터 이 뤼팽의 공범자를 꼭 잡아야겠다는 뜨거운 열망과 승리가 눈앞에 있다는 생각으로 흥분하여 무한한 힘이 솟아오르는 기분이었다. 그는 상대를 제압한 뒤 전신의 무게를 그 위에 실었다. 그리고 가련한 사내의 목을 맹금류의 발톱과 같은 손가락으로 누른 채 다른한 손으로 손전등을 찾아 불을 켜 포로의 얼굴을 살폈다.

"왓슨!"

홈즈가 깜짝 놀라며 비명을 질렀다.

"셜록 홈즈 아닌가?"

왓슨은 괴로운 듯한, 당장이라도 숨이 막힐 듯한 공허한 목소리로 중얼거렸다.

두 사람은 같은 자세를 유지한 채, 서로 아무 말도 하지 않고 한동안 멍하니 있었다. 자동차 경적 소리가 정적을 깨뜨렸다. 희미한 바람이 불어와 나뭇잎을 흔들었다. 홈즈는 아직도 손가락으로 왓슨의 목을 누르고 있었고, 왓슨은 점점 힘이 빠지는지 가쁜 숨을 희미하게 내뱉었다.

홈즈는 갑자기 울화통이 치미는지, 일단 상대의 목에서 떼어낸 손으로 바로 그의 양 어깨를 움켜쥐고서 격렬하게 흔들어 대며 말했다.

"여기서 뭘 하고 있는 건가? 말해 보게……. 뭘 하는 거냐고? 내가 언제 자네더러 덤불 속에 숨어서 나를 감시하라고 했는가?"

"자네를 감시하다니……. 자네인 줄은 꿈에도 생각 못 했다네."

왓슨이 신음소리와도 같은 소리로 말했다.

"그럼 뭔가? 이런 데서 뭘 하고 있었던 거야? 지금쯤 잠자리에 있어야 하는 것 아닌가?"

"잠자리에 들었었지……."

"잠자리에 들기만 할 게 아니라 잠을 잤어야지."

"잠도 잤었네."

"그럼 잠에서 깨지 말았어야지!"

"하지만 자네 편지 때문에 깼다네."

"내 편지라고……."

"그렇다네. 자네가 보낸 것이라며 심부름하는 아이가 호텔로 가지고 와서……."

"내가 보낸 편지라고? 제정신인가?"

"틀림없네."

"어디에 있나? 그 편지?"

왓슨이 그에게 편지 한 장을 내밀었다. 홈즈는 손전등을 비추며 어이없다는 표정으로 읽어 내려갔다.

왓슨, 당장 침대에서 일어나게. 그리고 바로 앙리 마르탱 가로 가 주게. 그 집은 비어 있네. 들어가서 충분히 조사를 하고 나서 정확한 도면을 완성하면 다시 돌아와서 잠자리에 들도록 하게.

— 셜록 홈즈

"나는 열심히 방들의 넓이를 재고 있었네. 그 순간 밖에서 인기척이 나질 않겠나……. 그래서 순간 생각하기를……."

"그 사람을 붙잡을 생각이었겠지. 묘안이군. 하지만 왓슨, 앞으로는 내가 보낸 편지를 받으면 내 필적부터 확인하도록 하게."

홈즈가 왓슨을 도와 자리에서 일으켜 세우며 말했다.

"그렇다면 그 편지는 자네가 보낸 게 아니란 말인가?"

드디어 진상을 알게 된 왓슨이 말했다.

"불행히도 아닐세."

"그럼 누가 보낸 거지?"

"아르센 뤼팽이야."

"그 편지를 보낸 목적이 뭘까?"

"그건 나도 모르겠네. 모르겠으니 더욱 걱정이지. 녀석은 왜 일부러 자네에게 이런 일을 시킨 걸까? 만약 내게 무슨 짓을 한 거라면 이해할 수 있겠지만 이번 일은 자네에게만 국한되는 일이야. 대체 뭘 노리고 이런 일을 한 걸까……."

"나는 서둘러서 호텔로 돌아가겠네."

"나도 같이 가겠네, 왓슨."

두 사람은 철책 문이 있는 곳까지 왔다. 앞장서서 가던 왓슨이 빗장을 당겼다.

"어? 자네 문을 잠그고 들어왔나?"

왓슨이 말했다.

"설마……. 한쪽 문을 일부러 열어 놓고 왔다네."

홈즈가 직접 당겨 보고는 깜짝 놀라 자물쇠 쪽으로 달려들었다. 욕설이 입에서 흘러나왔다.

"제길……. 닫혔어! 자물쇠마저 채워 놨네."

그가 있는 힘껏 문을 흔들었다. 곧 그것이 쓸데없는 헛수고라는 사실을 깨닫고는 두 손을 힘없이 내리며 차가운 목소리로 말했다.

"이제 모든 걸 알았네. 전부 녀석의 함정이야. 내가 크레유에서 내릴 줄 미리 알고, 오늘 밤 바로 이곳을 조사할 경우에 대비해서 여기에 귀여운 덫을 장치해 놓은 걸세. 그리고 친절하게도 함께 있어 줄 친구까지 보내 준 거지. 이렇게 해서 내 하루를 빼앗아간 거야. 이것은 쓸데없는 짓은 그만하라는 나에 대한 경고일지도 모르네……."

"그러니까 우리는 녀석의 포로가 됐다는 말이군."

"바로 그렇다네. 셜록 홈즈와 왓슨이 아르센 뤼팽의 포로가 된 것일세. 이거 대단한 화젯거리가 되겠군. 하지만 안 돼.

언제까지고 이런 짓을 할 수 있도록 그냥 두진 않겠어."

부르르 떨고 있는 그의 어깨를 왓슨이 두드리며 말했다.

"저 위를 …… 저 위를 보게……. 불빛이 새어나오고 있어."

그랬다. 2층 창 중 하나에서 불빛이 새어나오고 있었다.

두 사람이 각기 다른 계단을 통해 그곳으로 달려갔다. 그리고 동시에 등불이 켜져 있는 2층의 방문 앞에 도착했다. 방 한가운데에 짧은 초가 불타고 있었고, 그 옆에 바구니 하나가 놓여 있었다. 그 안에는 포도주 한 병과 닭다리 몇 개, 큼지막한 빵이 담겨 있었다.

홈즈가 커다란 소리로 웃음을 터뜨렸다.

"우하하하하……! 놀랍게도 아침까지 준비해 놓고 갔구먼. 여긴 마법의 궁전이야. 정말 동화 같은 일 아닌가! 이보게 왓슨, 그렇게 제사 지내는 사람처럼 서 있지 말게. 정말 재미있지 않은가?"

"자넨 정말 이 모든 게 그렇게 재미있나?"

왓슨이 침통한 어조로 말했다.

"나는 이보다 더 유쾌한 경험을 해 본 적이 없네. 정말 세련된 희극 아닌가? 아르센 뤼팽은 아무리 생각해도 대단한 유머 감각의 소유자라니까. 그는 사람을 제멋대로 가지고 놀지만 그 방법이 아주 멋지네! 세상의 모든 황금을 다 준다 해도 이 향연과는 바꾸지 않을 생각일세. 그런데 친구, 자네가 그러고 있으니 내 마음이 편치를 않네. 내가 잘못 생각한 건가?

자네는 이 상황을 웃음으로 날려 버리기 위해서라도 좀 점잖게 처신할 수 없는 건가? 대체 뭐가 그리 불만인가? 생각해 보게. 조금 전까지만 해도 자네는 내 손에 목이 부러질 뻔했네. 아니면 그 반대가 되었을지도 모르지……. 그렇지 않은가? 하지만 이 정도만 해도 얼마나 다행인가 말이야."

홈즈가 일부러 과장된 목소리로 너스레를 떨었다.

그는 유머와 비아냥거림이 섞인 말투로 풀이 죽어 있는 왓슨의 마음을 풀어 주는 데 성공했다. 그리고 닭다리 하나와 포도주 한 잔을 먹게 했다. 곧 초가 다 타 버리자 두 사람은 잠을 잘 생각으로 바닥에 누웠다. 그러나 벽에 머리를 기대고 잘 수밖에 없는 상황이었다. 두 사람의 잠자리는 어처구니없을 정도로 초라했다.

다음 날 아침, 왓슨은 삭신이 쑤시고 한기가 느껴져 잠에서 깨어났다. 문득 인기척이 느껴져 돌아보니, 셜록 홈즈가 몸을 웅크린 채 무릎을 꿇고 앉아 바닥의 먼지를 돋보기로 살펴보고 있는 중이었다. 그는 거의 지워져 버린 숫자를 분필로 따라 그려 보기도 하고, 어떤 숫자들은 흔적을 면밀히 살핀 다음 수첩에 부리나케 옮겨 적기도 했다.

그 일에 특별한 관심을 갖는 왓슨과 함께 그는 방 하나하나를 세세하게 조사했다. 결국 두 개의 방에서 희미한 백묵 자국을 발견했다. 그리고 계속해서 참나무 판자 위에서 동그라미 두 개, 벽에 댄 판자 하나 위에서 화살표 하나, 계단의 네 번째 단에서 네 개의 숫자를 발견할 수 있었다.

그렇게 조사를 한 시간 정도 한 다음 왓슨이 그에게 말했다.

"숫자는 맞지?"

이 발견으로 움츠러든 마음이 다소 풀리는 듯 홈즈가 의미심장한 표정으로 대답했다.

"글쎄…… 확실하지는 않지만 뭔가 중요한 의미가 있는 것만은 분명해 보이네."

"아주 확실한 의미지! 그건 바닥의 판자 숫자를 나타내는 걸세."

왓슨이 말했다.

"아, 그렇군."

"바로 그렇다네. 그리고 저 두 개의 동그라미는 판자의 소리가 나쁘다는 걸 뜻하는 거지. 두드려 보면 알 수 있을 걸세. 그리고 저 화살표는 음식을 나르는 엘리베이터의 방향을 나타낸 거고."

홈즈가 감탄했다는 표정으로 가만히 왓슨을 바라보았다.

"정말 대단하군! 친구, 어떻게 그 사실을 알아냈나? 자네의 놀라운 통찰력에 몸 둘 바를 모르겠군."

"그리 놀랄 것도 없네. 어젯밤 자네가 보낸 편지, 아니 그건 뤼팽이 보낸 거였지. 그러니까 뤼팽의 지시에 따라서 어젯밤에 내가 이 표시들을 해 놓은 걸세."

왓슨이 들뜬 표정으로 말했다.

왓슨은 이 순간 어젯밤 홈즈와 덤불 속에서 격투를 벌였을 때보다 더 호되게 곤욕을 치를 수 있다는 걸 미처 생각하지 못하고 있었다. 홈즈는 당장이라도 맹렬한 기세로 달려들어 이 어리석은 사내의 목을 조르고 싶은 심정이었던 것이다.

그러나 홈즈는 자신의 분노를 억누르고, 웃음이라고 생각되는 표정을 억지로 지으면서 말했다.

"좋았어, 좋았어. 전부 커다란 도움이 될 만한 일들이야. 자네의 뛰어난 분석력과 관찰력으로 그 외에도 달리 알아낸 건 없는가? 나는 그 결과도 참고로 하고 싶은데."

"그 외에는 아무것도 없네."

"거 안됐군. 시작은 아주 멋졌는데. 하지만 그렇다면 어쩔 수 없지. 이쯤에서 물러나기로 하세."

"물러나다니? 어디로? 어떻게?"

"점잖은 사람들이라면 당연히 문을 통해서 나가야 하는 것 아닌가?"

"하지만 문은 잠겨 있네."

"그렇다면 열어야지."

"누가?"

"거리를 순찰중인 저 두 경관을 부르게."

"하지만……."

"하지만 뭔가?"

"너무 처참하지 않은가? 사람들이 뭐라고 하겠나? 셜록 홈즈와 왓슨이 아르센 뤼팽의 포로가 되었다는 사실을 알게 되면……."

"지금 무슨 생각을 하는 건가? 세상 사람들이 배를 움켜쥐고 포복절도한다면, 실컷 그러라고 해! 그렇다고 여기서 살 수도 없는 노릇 아닌가?"

홈즈가 얼굴을 찡그리며 차가운 목소리로 대답했다.

"다른 방법은 찾아보지 않을 건가?"

"찾아보지 않을 걸세."

"하지만 우리를 위해서 음식을 가져다 놓은 사람은 들어올 때도 나갈 때도 정원을 통하지 않았네. 그러니까 다른 출입구가 있을 거야. 그걸 찾도록 하세. 그렇게 하면 경찰의 도움은 받지 않아도 되니까."

"굉장한 추리력이군. 하지만 자네 잊은 건 아니겠지? 파리의 경찰관들이 지난 6개월간 그 출입구를 찾아봤다네. 그리고 나도 어제 자네가 잠들어 있는 사이에 이 집을 샅샅이 뒤져 봤어. 이보게, 순진한 친구! 아르센 뤼팽이라는 작자는 우리가 여태껏 접해 본 그 누구하고도 다른 종자야……. 녀석은 단서가 될 만한 흔적은 무엇 하나도 남기지 않는다고……."

*

오전 열한 시, 셜록 홈즈와 왓슨은 그 집에서 해방되었다.

그리고 가까이에 있는 경찰서로 연행되어 갔다. 거기서 서장은 철저하게 그들을 조사한 뒤, 마지막으로 속이 뒤집힐 만한 말로 그들을 달래며 석방해 주었다.

"두 분이 어젯밤에 당한 일에 진심으로 유감의 뜻을 전합니다. 프랑스인의 손님 맞는 법에 대해서 불만을 품으셨을지도 모르겠습니다. 그런 곳에서 밤을 지새우느라고 얼마나 힘이 드셨습니까. 아! 뤼팽이라는 녀석은 정말 무례하기 짝이 없습니다."

마차 한 대가 와서 그들을 엘리제 팔라스까지 데려다 주었다. 프런트에서 왓슨이 자기 방 열쇠를 달라고 했다.

종업원은 잠시 열쇠를 찾아보더니 깜짝 놀란 얼굴로 답했다.

"손님, 그 방은 이미 비우신 것 같은데요?"

"뭐요? 내가? 천만에!"

"친구 분께서 오늘 아침에 선생님의 편지를 가져와서 보여 주며, 방을 비우라고 했는데……."

"친구라고? 누구 말이요?"

"선생님의 편지를 전해 주신 신사 말입니다. 맞아! 선생님의 명함도 함께 들어 있었습니다."

왓슨이 그것을 받아들었다. 그건 틀림없는 왓슨의 명함이었다. 그리고 편지의 필체도 틀림없이 왓슨의 것이었다.

"제길! 또 이런 장난을 쳤군."

그가 작은 목소리로 중얼거렸다.

"그럼 짐은 어떻게 했지?"

"친구 분께서 가져가셨습니다."

"뭐라고? 그걸 그냥 내줬단 말이오?"

"그렇습니다. 선생님의 명함을 제시했으니까요."

"이럴 수가……. 이럴 수가……."

두 사람은 뚜렷한 목표도 없이 샹젤리제 대로를 따라 터벅 터벅 걸었다. 아름다운 가을 햇살이 거리 여기저기를 비추고 있었고, 공기는 맑고 상쾌했다.

로터리쯤에 왔을 때 홈즈가 파이프에 불을 붙였다. 그리고 다시 걸음을 옮기기 시작했다. 왓슨이 그런 그의 모습을 보며 외치듯이 말했다.

"홈즈, 나는 자네를 이해할 수가 없네. 어쩜 그리도 태연한 가? 상대는 자네를 완전 바보 취급했네. 고양이가 생쥐를 가 지고 놀 듯 그는 자네를 장난감 취급하고 있다고……. 그런데 도 자네는 한마디도 하질 않잖나. 뭐라고 말 좀 해 보게나."

홈즈가 걸음을 멈추면서 말했다.

"왓슨, 나는 자네의 명함에 대해서 생각하고 있었네."

"그래서?"

"그래서 말이지, 상대는 우리와의 대결을 피할 수 없는 것 이라고 보고 자네와 내 필체를 미리 파악해 두었고, 자신의 지갑에 자네의 명함까지 꽂아 놓았다네. 자네, 생각해 보았 나? 그게 어느 정도의 용의주도함, 명석함, 의지력, 방법,

조직력을 의미하는 건지?"

"그러니까……."

"그러니까 왓슨. 그렇게 완벽한 무장과 준비를 갖추고 있는 적과 싸울 수 있는 건 — 그리고 싸워 이길 수 있는 건 — 바로 나밖에 없다는 말일세. 하지만 왓슨, 자네도 보다시피 첫판이 썩 좋지 않군……."

그는 이렇게 말하고서 웃음을 터뜨렸다.

그날 저녁 여섯 시, 〈에코 드 프랑스〉 지에 다음과 같은 짧은 기사가 실렸다.

『오늘 아침, 제15 구역을 책임진 테나르 경찰서장은 아르센 뤼팽의 꾀에 빠져 고(故) 오트렉 남작의 저택 안에 갇혀 있던 셜록 홈즈와 왓슨을 풀어 주었다. 그들은 밤새도록 그 집 안에서 멋진 시간을 보냈다고 한다.

또한 그들은 여행용 트렁크를 도난당했다면서 아르센 뤼팽을 혐의자로 고소했다.

이에 대해서 아르센 뤼팽은, 두 사람에게 조그만 교훈을 심어 주는 것으로 만족하고 싶다면서, 이번 일을 계기로 자신을 계속 자극하여 좀 더 심각한 타격을 가하는 행위가 일어나지 않도록 해 달라고 정중하게 부탁했다고 전해진다.』

홈즈는 신문을 구겨 버리면서 소리쳤다.

"빌어먹을! 어린애 장난도 아니고, 이게 뭐야! 뤼팽이라는 작자한테는 욕밖에 해 줄 것이 없을 것 같군. 너무나 유치하잖아. 그리고 그 작자는 구경꾼들을 지나치게 의식하고 있는 것 같아. 그 사람 속에는 못 말리는 불한당이 살고 있는 게 분명하다고."

"그런데도 자네는 여전히 태연하단 말인가?"

"태연하지 못할 이유도 없지 않은가. 화를 내 봐야 무슨 소용이 있겠나? 어차피 최후의 승자는 내가 될 텐데."

홈즈가 가까스로 분을 삭이는 듯한 어조로 내뱉듯이 이렇게 말했다.

어둠 속의 불빛

　사실 제아무리 마음이 강건한 사람이라 할지라도 — 홈즈라는 인물은 웬만한 불운에도 굴하지 않는 이런 부류의 사람 중 하나이지만 — 그리고 불굴의 의지가 있는 사람이라 할지라도, 새로운 싸움을 시작하려 할 때는 다시 한 번 온힘을 추스르면서 뒤를 돌아볼 필요가 있는 법이다.

　"내일은 휴식을 취하도록 하겠네."

　홈즈가 말했다.

　"그럼 나는 어떻게 할까?"

　"자네는 옷가지와 속옷들을 좀 사 두게. 그동안 나는 좀 쉬어야겠어."

　"알았네. 푹 쉬도록 하게나, 홈즈. 내가 잘 지켜보고 있을 테니까."

　왓슨은 마치 최고의 위험이 기다리고 있는 전방 초소에 세

위진 보초병 같은 결연한 심정으로 이렇게 말했다. 그는 허리를 곧추세우고 온갖 근육에 힘을 주면서 눈을 부라린 채, 자신이 혼자 지켜내야 할 자그마한 호텔 방을 여기저기 두리번거렸다.

"잘 부탁하네, 왓슨. 나는 조금 쉬면서 우리가 상대해야 할 적에게 가장 적합한 전법을 준비하도록 하겠네. 우리가 뤼팽에 대해서 너무나 잘못 생각하고 있었어. 아무래도 원점으로 돌아가서 다시 시작해야 할 것 같아."

"그래야 하고말고. 그런데 과연 그럴만한 시간이 있을까?"

"앞으로 자그마치 9일이나 남았네, 친구. 그중 5일은 없어도 될 거야. 걱정 말게."

영국인은 그날 오후 내내 파이프 담배를 태우기도 하고 잠을 자기도 하면서 시간을 보냈다. 그리고 다음 날이 되어서야 비로소 새로운 작전에 나섰다.

"왓슨, 모든 준비를 마쳤네. 자, 출발할까?"

"출발이라, 거 좋지. 솔직히 말하면, 나는 실력 발휘할 기회가 오기만을 기다리고 있었네."

왓슨이 넘쳐나는 패기를 드러내며 말했다.

홈즈는 세 사람과 장시간에 걸쳐 대화를 나눴다.

처음은 드티낭 변호사와 이야기를 나눴다. 홈즈는 변호사의 아파트를 샅샅이 조사했다.

그다음은 쉬잔 제르부아와 이야기를 나눴다. 그는 이 아가씨에게 전화를 걸어 밖으로 나오게 한 뒤, 그 금발의 여인에 대해서 물었다.

마지막으로 만난 사람은 오트렉 남작 살인 사건 이후로 '성모방문회' 수녀원에 은거중인 오귀스트 수녀였다.

홈즈가 사람들을 만날 때마다 왓슨은 밖에서 기다렸다. 그리고 이야기가 끝날 때마다 이렇게 물었다.

"만족할 만한 대화를 나눴나?"

"아주 만족스럽네."

"틀림없이 그럴 거라고 생각했네. 우리가 가닥을 제대로 잡은 거겠지? 자, 가세."

그들은 그날 많은 곳을 걸어서 돌아다녔다. 앙리 마르탱 가로 가서 그 저택을 에워싼 두 채의 건물들을 일일이 조사했다. 그런 다음, 클라페이롱 가까지 곧장 걸어가서 25번지에 있는 건물의 정면을 조사했다. 그때 홈즈가 연신 이렇게 중얼거렸다.

"이 집들 사이에 틀림없이 비밀 통로가 있을 거야. 다만, 한 가지 알 수 없는 것은······."

왓슨은 이 순간 처음으로 동업자의 천재적인 전능함에 대해 의문을 가졌다.

'도대체 왜 저렇게 말만 많이 하고 실제로 하는 일은 없는 걸까?'

홈즈가 왓슨의 그런 마음속 의문에 답하듯 대뜸 이렇게 말했다.

"내가 왜 이러는지 답해 줄까? 뤼팽 같은 녀석을 상대할 때는 우연을 단서로 삼아서 나아갈 수밖에 없네. 따라서 확실한 사실에서 진실을 도출해 내기보다는 자신의 머릿속에서 진실을 찾아내 그것이 사건과 완전히 일치하는지를 확인해 봐야 하기 때문일세."

"하지만 비밀 통로가 있다면?"

"있다고 해도 달라질 건 아무것도 없네! 그런 통로를 내가 찾아냈다고 해서…… 뤼팽이 변호사의 집을 드나들고, 금발의 여인이 오트렉 남작을 살해한 후 빠져나간 비밀 통로를 내가 알아냈다고 해서…… 과연 크게 달라지는 게 있을까? 그런다고 놈을 공격할 무기라도 생기는 줄 아느냐 말일세."

"어쨌든 시도는 해 봐야지……. 아…… 악!"

왓슨은 말을 채 잇지 못하고, 그만 화들짝 놀라 뒷걸음질치며 비명을 질렀다.

그들의 발밑에 무엇인가가 떨어져 있었다. 모래가 반쯤 들어 있는 자루였는데 만약 그들이 맞았다면 중상을 입었을지도 모른다.

홈즈가 재빨리 고개를 들어 위를 보았다. 그들 머리 위에 있는 건물의 6층 발코니에서 인부들이 한참 작업을 하고 있는 중이었다.

"이거, 운이 좋았구먼. 까딱하면 저 멍청이가 떨어뜨린 자루를 머리에 맞을 뻔했어. 위험천만이야……."

그는 말을 끊고 그 집을 향해서 달려가더니 6층까지 단숨에 뛰어올랐다. 그 집의 하인이 매우 놀랐지만, 그는 개의치 않고 안으로 뛰어 들어가 발코니로 들어섰다. 그런데 그곳에는 이미 아무도 없었다.

"여기 있던 인부들은 모두 어디 있습니까?"

홈즈가 하인에게 물었다.

"지금 막 돌아갔습니다."

"어디로?"

"뒷문 계단으로 갔습니다."

홈즈가 몸을 숙여 아래쪽을 내려다보았다. 두 사내가 자전거를 끌고 건물에서 막 나오고 있는 것이 보였다. 그들은 페달을 밟는가 싶더니 이내 모습을 감추고 말았다.

"저들이 여기서 일한 지는 오래되었나요?"

"저 두 사람 말입니까? 오늘 아침부터 시작했습니다. 이번에 새로 온 신참입니다."

홈즈가 다시 왓슨이 있는 곳으로 돌아왔다.

두 사람은 어두운 기분으로 호텔로 돌아왔다. 이렇게 해서 두 번째 날도 쓸쓸한 침묵 속에서 끝나 버리고 말았다.

다음 날도 작전은 달라진 것이 없는 것 같았다. 그들은 앙리 마르탱 가에 있는 어제 그 벤치에 자리를 잡고 앉았다. 그런데 한 번 자리를 잡고 앉은 홈즈는 그 세 채의 집을 눈앞에 둔 채, 왓슨이 짜증이 나서 견디지 못할 정도로 오랫동안 앉아 휴식을 취하는 것이었다.

"홈즈, 누굴 기다리는 건가? 저 세 집 중 한 군데서 뤼팽이 나오기라도 한단 말인가?"

"아닐세."

"그럼, 금발의 여인이 나타나기라도 한다는 건가?"

"아닐세."

"그럼?"

"나는 그저 어떤 일이든 좋으니 조그만 일이라도 일어나기를, 내가 출발점으로 삼을 만한 일이 일어나기를 기다리고 있는 걸세."

"만약 그런 일이 일어나지 않는다면?"

"그때는 내 내부에서 무엇인가가 일어날 게야. 마치 화약고에 불을 댕기는 작은 불티처럼……."

잠시 후에 마침 한 가지 일이 일어나 이날 오전의 단조로움을 깨뜨렸다. 하지만 그것은 오히려 불쾌함을 남겨 주는 일이었다.

승마용 도로를 달려가던 한 신사의 말이 두 사람이 앉아 있는 벤치 앞에서 발을 굴러 부딪치는 바람에 말의 엉덩이가 홈즈의 어깨를 스쳤던 것이다.

"이봐! 하마터면 어깨를 다칠 뻔하지 않았나?"

홈즈가 비웃듯이 상대에게 말했지만, 그 신사는 여전히 말과 씨름을 할 뿐이었다.

그런데 갑자기 영국인이 권총을 꺼내더니 조준을 하는 것이 아닌가. 순간 왓슨은 기겁을 하며 친구의 팔을 붙들었다.

"자네 미쳤나? 대체 왜 그러는 거야? 저 신사를 죽일 생각인가?"

"놔! 왓슨. 팔을 놓으라고!"

그렇게 황당한 몸싸움이 벌어진 동안 신사는 말을 가까스로 달랬는지 좌우로 박차를 가했다.

"자, 이제 됐군. 어디 한 번 쏴 보게나."

말을 탄 사람이 어느 정도 멀어지자, 승리감에 젖은 왓슨이 자랑스럽다는 듯이 외쳤다.

"이 한심한 사람아! 저게 뤼팽의 공범자라는 사실을 아직도 모르겠나?"

홈즈가 분노로 몸을 떨었다. 왓슨이 완전히 풀이 죽어 중얼거렸다.

"뭐라고? 저 사람이⋯⋯."

"뤼팽의 공범자일세. 모래가 든 자루를 머리 위에서 던진 인부들도 마찬가지고."

"어떻게 그런 일이?"

"어쨌든 증거를 손에 넣을 절호의 기회였는데."

"저 사람을 죽여서 말인가?"

"무슨 소린가? 그저 말을 쓰러뜨리려 했을 뿐이야. 자네만 아니었다면 나는 뤼팽의 공범자를 한 명 잡을 수 있었을 걸세. 자네가 얼마나 멍청한 짓을 했는지 이제 알겠나?"

그날 오후도 침울한 분위기에서 지나갔다.

다섯 시쯤, 두 사람은 벽 쪽으로 붙지 않도록 주의하면서 클라페이롱 가를 왔다 갔다 하고 있었다. 그때 서로 어깨동무를 한 채 노래를 불러대면서 걸어오고 있는 세 명의 인부와 맞부딪쳤다. 그들은 부딪친 것에 전혀 개의치 않고 두 사람을 마구 밀어붙이려고 했다. 이에 기분이 상한 홈즈가 단호하게 그들을 막아섰다. 그러자 가벼운 실랑이가 벌어졌고, 홈즈는 권총을 꺼내더니 그것으로 한 사람의 가슴팍을 때렸다. 그리고 또 다른 한 사람의 얼굴을 때려 세 사람 중 두 사람을 해치웠다. 그들은 그 이상 저항하지 않고 나머지 한 사람과 함께 허겁지겁 줄행랑을 쳤다.

"아! 속이 다 시원하다. 가슴이 답답해서 참을 수 없던 참이었는데, 덕분에 몸 좀 풀었군."

그리고 벽에 기대 있는 왓슨에게 말을 걸었다.

"친구, 왜 그렇게 질려 있는 건가?"

왓슨은 그제야 축 늘어진 채 말을 듣지 않는 팔을 내보이며 중얼거렸다.

"어떻게 된 건진 모르겠네. 그냥 이쪽 팔이 아파서……."

"팔이 아프다고? 심한가?"

"그렇다네……. 이 오른쪽 팔이."

여러 가지로 손을 써 봤지만 전혀 움직일 수가 없었다.

홈즈가 팔을 만져 보았다. '얼마나 아픈지를 정확하게 알기 위해서'라며 처음에는 살짝, 다음에는 아주 우악스럽게 비틀었다.

"아픈 정도를 알아봐야 해."

생각보다 통증이 심하다는 것을 눈치챈 홈즈는 왓슨을 데리고 가까이에 있는 약국으로 갔다. 그런데 약국으로 들어서자마자 왓슨이 기절을 해 버렸다. 약사와 조수들이 서둘러 환자를 살폈다. 팔의 뼈가 부러진 상태였으며 외과의, 수술, 병원이라는 말들이 오갔다. 급한 대로 모두 함께 환자의 옷을 벗겼다. 환자는 아픔을 참지 못하고 연신 비명을 질러 댔다.

"자…… 자……. 괜찮을 걸세. 조금만 참으면 돼, 친구. 5, 6주 정도 지나면 완전히 나을 거야. 그 악당들에게 반드시 본때를 보여 주겠어! 자네도 알고 있지? 특히 녀석에게……. 이런 장난을 친 것도 역시 그 저주받을 뤼팽이니까……. 아! 신의 이름으로 맹세하네. 그때는 반드시……."

그가 갑자기 말을 끊더니, 잡고 있던 왓슨의 팔을 놓았다. 덕분에 왓슨은 아픔으로 펄쩍 뛰어올랐고, 불쌍하게도 그대로 정신을 잃고 말았다.

그런데도 홈즈는 자신의 이마를 두드리며 말했다.

"왓슨, 생각났어……. 우연일까?"

그는 움직이지 않았다. 가만히 한 곳을 응시하며 더듬더듬 중얼거렸다.

"그래, 맞아. 틀림없어……. 모든 일이 확실해지는군……. 바로 곁에 있는 걸 멀리서 찾으려니 눈에 띌 리가 있나? 그래, 잘 생각해 보면 찾아낼 수 있을 줄 알았어……. 왓슨, 틀림없이 자네도 기뻐할 걸세!"

친구를 그대로 내버려 둔 채 그는 거리로 뛰쳐나갔다. 그리고 25번지로 달려갔다.

그는 건물 앞에 당도하자마자 입구의 오른쪽 돌벽에 새겨진 문구를 살펴보았다.

건축가 데스탕주, 1875년

그 옆의 건물인 23번지에도 똑같은 글이 새겨져 있었다.

여기까지는 조금도 이상할 게 없었다. 그렇다면 앙리 마르탱 가에는 어떤 글이 새겨져 있을까?

마침 영업용 마차가 지나갔다.

"마부, 앙리 마르탱 가 134번지로 가 주게. 서둘러서."

마차 안에서도 그대로 일어선 채 그는 말을 독려했고, 마부에게는 팁을 주겠다고 약속하면서 호들갑을 떨었다.

"빨리! 좀 더 빨리!"

퐁프 가의 모퉁이 부근에서 그는 조바심으로 몸이 달아오르는 듯했다. 그가 짐작한 대로 과연 진실의 얼굴을 볼 수 있을까?

134번지 건물의 돌벽에는 다음과 같은 문구가 새겨져 있었다.

건축가 데스탕주, 1874년

그리고 그것과 이웃해 있는 건물 두 채에도 똑같이 '건축가 데스탕주, 1874년'이라고 새겨져 있었다.

셜록 홈즈는 너무나도 커다란 감동을 받은 나머지 마차 구석에 앉아서 한동안 기쁨으로 몸을 떨었다. 드디어 짙은 어둠 속에 한 줄기 희미한 빛이 비추기 시작한 것 같았다. 수많은 오솔길이 뒤얽혀 있는 어둡고 커다란 숲 속에서 드디어 적이 남긴 첫 번째 흔적을 발견해 낸 것이다.

가까이에 있는 우체국으로 달려가, 그는 크로존 성채로 전화 한 통을 부탁했다. 백작 부인이 직접 전화를 받았다.

"여보세요! 부인이십니까?"

"홈즈 씨세요? 잘 되어갑니까?"

"네, 아주 잘 되어갑니다. 급하게 여쭐 게 있는데요. 부인, 여보세요? 한 가지……."

"네, 네."

"크로존 성채는 언제쯤 지어졌습니까?"

"30년 전에 불이 나서 그 후에 다시 지은 겁니다."

"건축가는 누구였죠? 그리고 재건축은 몇 년도에 시행된 건가요?"

"현관문 위에 '건축가, 뤼시엥 데스탕주, 1877년'이라고 새겨져 있어요."

"감사합니다, 부인. 안녕히 계세요."

"데스탕주······. 뤼시엥 데스탕주······. 들어 본 적이 있는 이름 같은데."

그는 이렇게 중얼거리며 우체국에서 나왔다.

그는 즉시 도서관 열람실을 찾아가, 〈인명사전〉을 빌려 그것을 살펴보았다. 그리고 다음과 같은 내용을 옮겨 적었다.

뤼시엥 데스탕주, 1840년 생.

로마 대상 수상. 레지옹 도뇌르 수훈자.

건축 분야에서 뛰어난 업적을 남겼으며······.

그는 거기서 조금 전의 약국으로 그리고 약국에서 왓슨이 옮겨간 병원으로 갔다. 왓슨은 고통스러운 표정으로 침대에 누워 있었다. 한 손에는 깁스를 하고 있었고, 오한으로 몸을 떨며 헛소리를 연신 해 대고 있었다.

"됐네! 됐어! 드디어 실마리를 찾았어."

홈즈가 외쳤다.

"실마리라니?"

"나를 목적지까지 데려다 줄 실마리일세! 이제부터는 탄탄대로일 걸세. 거기에는 발자국과 단서들이 남아 있을 거야."

"담뱃재라도 떨어져 있을 거란 말인가?"

갑작스런 사태의 진전에 기운을 얻은 왓슨이 물었다.

"그 외에도 여러 가지가 있네! 생각해 보게, 왓슨. 내가 드디어 금발의 여인과 관련된 세 가지 사건을 연결하는 비밀 고리를 찾아냈다네. 뤼팽이 왜 그 세 가지 사건이 일어난 저택들을 선택했는지 밝혀냈단 말이야."

"그래, 대체 이유가 뭔가?"

"그건 그 저택들이 똑같은 건축가에 의해서 지어졌기 때문일세, 왓슨. 그걸 알아낸 게 뭐 그리 대단하냐고 말할 생각인가? 틀림없이 그럴지도 모르지. 하지만 그래서 아무도 그 생각은 하지 못했던 걸세."

"아무도? 맞아……. 자네 외에는 아무도 생각하지 못했지."

"그렇다네. 나 외의 그 누구도 생각해 내지 못했다네. 하지만 지금 나는 알고 있네. 똑같은 건축가가 유사한 도면을 사용해서 이리저리 짜 맞춤으로써 애당초 불가능할 것 같은 일들이 무척 손쉽게 달성될 수 있었던 거야."

"그랬군. 정말 잘 되었네."

"정말 아슬아슬한 순간이었네, 친구. 이제 슬슬 발동을 걸

때가 되었다네. 벌써 4일째 아닌가?"

"6일밖에 시간이 없는데."

"그래! 지금부터는 척척 진행될 거야."

홈즈는 평상시의 냉정한 태도와는 달리 말이 많고 흥분하여 들뜬 모습으로 안절부절못하고 있었다.

"그건 그렇고…… 조금 전 거리에서 마주친 그 녀석들이 자네 팔을 부러뜨렸을 때, 놈들이 내 팔을 부러뜨렸을 수도 있을 거라는 생각을 하면 등골이 오싹해지네. 왓슨, 자네 생각은 어떤가?"

왓슨은 그런 가정을 하는 것 자체가 끔찍하다는 듯이 몸서리를 쳤다.

홈즈가 계속해서 말했다.

"우리는 이번 교훈을 깊이 생각해 봐야 할 걸세. 안 그런가, 왓슨? 드러내 놓고 뤼팽과 맞서려 했던 것이 실수였네. 그나마 자네만 부상을 당했으니 손실을 반으로 줄인 셈이라 할 수 있겠지."

"나도 다행히 한쪽 손만을 다쳤을 뿐일세."

왓슨이 울상을 지으며 말했다.

"두 팔을 다 다쳤다 해도 할 말이 없었을 걸세. 우리가 쓸데없이 허세를 부렸던 거야. 백주 대낮에 미행을 당하는 입장에서 아무리 용을 써 봐야 내게 승산이 있을 리가 없지. 어둠 속에서 자유롭게 행동할 수만 있다면 적이 제아무리 강하다고 해도 내 쪽이 유리할 걸세."

"가니마르가 자네를 도와줄 걸세."

"그의 도움을 받을 생각은 눈곱만치도 없네. 나는 '아르센 뤼팽이 저기 있다. 여기가 녀석의 은신처다. 붙잡으려면 이렇게 하면 된다.'고 말할 수 있을 때가 되면, 페르골레즈 가에 있는 그의 집이나 샤틀레 광장에 있는 스위스 주점으로 가니마르를 부르러 갈 걸세. 그전에는 나 혼자 움직일 거라네."

그가 침대 곁으로 다가와서 한쪽 손을 왓슨의 어깨에 얹었다. 그것은 물론 아픈 쪽 어깨였다. 그리고 다정한 목소리로 이렇게 말했다.

"몸조리 잘하고 있게나, 친구. 지금부터 자네가 할 일은 아르센 뤼팽의 부하 두어 명을 속이는 일일세. 녀석들은 내 행적을 뒤쫓기 위해서 병문안을 올 나를 목이 빠지게 기다리고 있을 거야. 하지만 기다리다 지치겠지. 이건 아무에게나 맡길 수 없는 아주 중요한 역할일세."

"중요한 임무를 맡겨 주다니 정말 고맙네. 전력을 다해서 성실하게 그 임무를 수행하겠네. 그렇다면 자네는 더 이상 병문안을 오지 말아야 하는 거겠지?"

왓슨이 진심으로 감격한 듯 이렇게 말했다.

"와 봐야 소용없는 일 아닌가?"

"하긴…… 그도 그렇지……. 나도 별일 없는 한 곧 좋아질 테고. 어쨌든 마실 것을 좀 가져다주게나."

"마실 것?"

"몸에 열이 있어서 그런지 목이 말라 죽을 지경이네."

"알았네. 잠깐만 기다리게."

그는 두어 개의 음료수병을 만지작거리다 담배가 눈에 들어오자 자신의 파이프에 불을 붙였다. 그러더니 친구의 부탁 같은 건 까마득히 잊은 듯 갑자기 밖으로 나가 버렸다. 손에 닿지 않는 곳에 따라진 물잔을 안타깝다 못해 원망스러운 눈빛으로 바라보고 있는 왓슨을 놔둔 채……

*

"데스탕주 씨 계십니까?"

건축가 데스탕주가 살고 있는 호화로운 저택은 말제르브 광장과 몽샤냉 가가 만나는 모퉁이에 위치해 있었다.

저택의 현관문을 연 하인이 찾아온 손님을 위아래로 훑어보았다. 희끗희끗한 머리에 덥수룩한 수염, 짜리몽땅한 키에 비해 길다 싶게 느껴지는 검은 프록코트를 어울리지 않게 깔끔하게 차린 사내를 위아래로 흘겨보았다. 하인은 사내의 괴이한 행색을 마뜩찮게 내려다보면서 경멸하는 듯한 어조로 쏘아붙였다.

"데스탕주 선생께서 집에 계신지 안 계신지는 경우에 따라 달라질 수 있는데…… 어디서 오셨나요? 혹시 명함은 있나요?"

사내는 명함 대신 소개장 하나를 내밀었다. 그래서 하인은 그 소개장을 데스탕주에게로 가져다줄 수밖에 없었다. 데스탕주는 그 손님을 안으로 데리고 오라고 명했다.

사내는 본관의 한쪽 편을 차지하고 있는 원형의 넓은 방으로 안내되었다. 그 방의 벽면은 책들로 완전히 둘러싸여 있었다. 건축가가 그에게 말했다.

"당신이 스티크만 씨입니까?"

"네, 그렇습니다."

"비서가 병이 나서 내 지시로 시작한 장서 목록, 특히 독일어판 장서의 목록을 작성하는 일을 계속할 수 없기에 대신 당신을 보낸다고 들었습니다. 이런 일을 해 본 적이 있나요?"

"네, 오랫동안 이 일을 했었습니다."

스티크만 씨가 강한 독일어 억양이 섞인 말투로 대답했다.

이런 식으로 이야기는 눈 깜빡할 사이에 끝나 버렸다. 데스탕주 씨는 한시도 지체하지 않고 새로운 비서와 함께 작업에 착수했다.

이것이 그 집에 들어선 셜록 홈즈의 모습이었다.

뤼팽의 감시를 피하기 위해서 그리고 뤼시엥 데스탕주와 그의 딸 클로틸드가 함께 살고 있는 저택 안으로 잠입하기 위해서 명탐정은 미지의 세계에 뛰어들기도 하고, 수많은 전략을 세우기도 하고, 여러 가명을 이용해서 많은 사람들의 호의를 사고 진심을 이끌어내야만 했다. 그러니까 48시간

동안 복잡하기 짝이 없는 생활을 해야만 했던 것이다.

그렇게 해서 그는 다음과 같은 정보를 얻을 수 있었다. 데스탕주 씨는 몸이 좋질 않아서 휴식을 취하려고 일에서 손을 뗐으며, 지금까지 수집한 건축 관련 서적에 둘러싸여 소일하고 있다는 것이었다. 연극 구경과 먼지 쌓인 고서적 외에 그의 관심을 끄는 것은 아무것도 없다고도 했다.

그의 딸인 클로틸드는 매우 특이한 여자로 알려져 있었다. 아버지와 마찬가지로 저택 내의 한구석을 차지한 채 꼼짝을 하지 않았고, 외출도 좀처럼 하지 않는다는 것이었다.

데스탕주 씨가 불러 주는 책 제목을 표에 적어 넣으며 홈즈는 이렇게 생각했다.

'아직 결정적인 실마리를 잡은 건 아니지만 그래도 상당한 진전이 있었다. 그동안 내가 알고 싶어서 견딜 수 없는 문제들 중 최소한 하나라도 해결할 수 있을지도 모른다. 데스탕주 씨는 아르센 뤼팽과 어떤 관계가 있는 것일까? 관계가 있다면, 아직도 뤼팽을 만나고 있을까? 또한 그 세 채의 건축물에 관한 서류가 아직도 존재할까? 만약 서류가 존재한다면, 혹시 세 건물들 말고도 다른 수상쩍은 건물들에 관해서도 파악이 가능할지, 뤼팽과 그 일당의 아지트로 사용될 만한 건물이 그중에 있는지 없는지 등을 말이다.'

만약 데스탕주 씨가 아르센 뤼팽의 공범자라면? 하지만 레지옹 도뇌르 훈장을 받을 만큼 널리 존경받는 사람이 희대의 도둑과 함께 일을 하고 있다는 가설은 도저히 받아들일 수가 없었다. 그리고 이들이 공범 관계라 하더라도, 데스탕주 씨가 당시 젖먹이 아이였던 아르센 뤼팽이 30년 후에 저지를 도둑질을 예상하여 그런 집들을 설계했을 리는 만무했다.

어쨌든 영국인은 자신의 생각을 고수하려고 했다. 그의 놀라운 직감력과 천부적인 재능이 건축가를 둘러싸고 있는 비밀스런 분위기를 감지했기 때문이다. 뭐라고 딱 꼬집어서 말할 수는 없지만, 이 저택에 처음 들어섰을 때부터 왠지 모를 사소한 의혹들이 도사리고 있다는 인상을 받았던 것이다.

이튿째 아침이 되어서도 그는 아직 이렇다 할 만한 점을 발견하지 못했다. 그러다가 오후 두 시쯤에 그는 서고로 책을 찾으러 온 클로틸드를 처음으로 보게 되었다. 밤색 머리에, 조용한 움직임, 말수가 적은 삼십대 전후의 여인이었다. 자신속에 갇혀서 살아가는 사람 특유의 무심함이 얼굴에 드러나 있었다. 그녀는 데스탕주 씨와 두어 마디를 나누고 나서 홈즈쪽은 거들떠보지도 않고 그대로 방에서 나갔다.

오후 시간은 단조롭게 흘러갔다. 다섯 시가 되자 데스탕주 씨가 외출을 한다고 했다. 홈즈는 둥근 서고의 중간쯤에 만들어 놓은 회랑 위에 홀로 남겨졌다. 해가 기울고 있었기에 그도 돌아갈 준비를 했다. 그런데 그 순간 어디선가 삐걱거리는 소리가 들려왔다. 그와 동시에 서고 안에 누군가 다른 사람이 있는 듯한 느낌이 들었다.

그대로 꽤 긴 시간이 흘렀다. 홈즈는 별안간 소름이 쫙 끼치는 걸 깨달았다. 그의 바로 옆에 있는 회랑의 어두운 부분에서 웬 그림자 하나가 불쑥 모습을 드러냈기 때문이다.

지금까지 존재를 알지 못했던 저 사람은 대체 언제부터 저기에 있었던 것일까? 그리고 어디로 들어온 것일까?

낯선 그림자는 계단을 내려오더니 참나무로 만든 커다란 책장 쪽으로 다가왔다. 홈즈는 회랑 난간에 쳐 놓은 커튼 뒤로 몸을 숨긴 뒤, 무릎을 꿇고 앉아 상대를 지켜보았다. 낯선 사람은 책장에 가득 꽂혀 있는 서류들을 마구 뒤지기 시작했다. 무엇을 찾고 있는 것일까?

그런데 바로 그 순간 갑자기 문이 휙 열리더니 데스탕주 양이 뒤따라오는 누군가에게 하는 말이 들려왔다.

"아빠, 결국 외출은 하지 않는다는 말씀이시죠? 그럼 제가 불을 켤게요. 잠깐만 기다리세요. 거기 가만히 계세요……."

이렇게 말하며 그녀가 안으로 들어왔다.

낯선 사내는 허겁지겁하며 책장 문을 닫고 커다란 창 안쪽으로 돌아가 커튼으로 몸을 가렸다. 데스탕주 양은 왜 저 사내의 모습을 보지 못하는 것일까? 왜 사내가 내는 소리를 듣지 못하는 것일까? 그녀는 차분한 태도로 전등의 스위치를 켰다. 그리고 물러서서 아버지가 들어올 때까지 다소곳하게 기다렸다. 두 사람은 마주 보고 앉았고, 그녀는 자신이 가지고 온 책을 읽기 시작했다.

"비서는 벌써 돌아갔나요?"

잠시 뒤 그녀가 물었다.

"응, 보다시피……."

"아버지는 그 비서가 여전히 마음에 드세요?"

그녀는 비서가 몸이 아파서 스티크만이 대신 와 있다는 사실을 전혀 모르는 사람처럼 계속해서 물었다.

"그래, 여전히 마음에 든다."

데스탕주 씨의 머리가 좌우로 흔들리기 시작했다. 졸고 있는 것이었다.

한동안 시간이 흘렀고, 딸은 여전히 책을 읽고 있었다. 그런데 바로 그때였다. 창의 커튼이 움직이기 시작하더니 그 낯선 사내가 벽을 따라서 문 쪽으로 미끄러지듯 움직였다. 그는 졸고 있는 데스탕주 씨의 뒤쪽, 그러니까 클로틸드의 정면으로 지나갔다. 덕분에 홈즈는 그를 확실하게 볼 수 있었다. 그 사람은 의심할 필요도 없이 아르센 뤼팽이었다.

순간, 영국인은 속으로 쾌재를 불렀다. 그의 계산이 정확하게 맞아떨어지는 순간이었던 것이다. 예상했던 장소에 뤼팽이 나타나다니…… 홈즈는 그야말로 수수께끼투성이인 사건의 중심을 정확히 짚었다는 생각이 들었다.

그런데 맞은편에 앉아 있는 클로틸드가 이 사내의 움직임을 모를 리가 없을 텐데, 웬일인지 미동도 하지 않은 채 책에

만 고개를 파묻고 있었다.

그런데 뤼팽이 거의 문에 다가서서 서둘러 손잡이 쪽으로 팔을 내미는 순간, 무엇인가가 그의 옷깃에 스쳐 테이블 위에서 굴러 떨어졌다. 데스탕주 씨가 깜짝 놀라 눈을 떴다.

하지만 아르센 뤼팽은 어느새 모자를 한쪽 손에 들고서 빙그레 웃으며 노인 앞에 서 있는 것이 아닌가.

"막심 벨몽 아닌가? 막심 벨몽이 오다니, 정말 기쁘군! 무슨 바람이 불어서 온 거지?"

데스탕주 씨가 반갑다는 듯이 외쳤다.

"선생님과 클로틸드가 보고 싶어서 왔습니다."

"어디 여행이라도 다녀왔는가?"

"네…… 어제 돌아왔습니다."

"그렇군. 그럼 우리랑 같이 저녁을 하고 가게나."

"아닙니다. 친구들을 레스토랑에서 만나기로 해서요……."

"그렇다면 내일은 어떤가? 클로틸드, 내일 찾아와 달라고 졸라 보렴. 아, 이 친구 막심…… 정말 반갑네. 그러지 않아도 요즘 부쩍 자네 생각이 났었네……."

"정말입니까?"

"정말이지 않고. 예전의 서류들을 정리하는 중인데 그 안에서 우리의 마지막 건수(件數)를 발견했지 뭔가."

"건수요? 무슨 건수를 말씀하시는 겁니까?"

"왜 있지 않나. 앙리 마르탱 가의 서류 말일세."

"뭐라고요? 그런 서류를 아직도 가지고 계십니까? 아무 필요도 없는 걸……."

잠시 후 세 사람은 넓은 프랑스 창을 통해서 둥근 서고와 분리해 놓은 아담한 살롱으로 자리를 옮겼다.

'그런데…… 저 사람이 정말 뤼팽이란 말인가?'

홈즈는 문득 의아한 생각이 들었다.

그렇다! 그는 틀림없는 뤼팽이다. 그러나…… 어쩌면 여러 점에서 그와 유사한 다른 인물일지도 모른다……. 그렇지만…… 특유의 개성, 독특한 특징, 그만의 눈빛, 특징 있는 머리카락 등 모든 것은 영락없이 뤼팽이 틀림없다.

상체에 꼭 들어맞는 연미복, 하얀 넥타이에 부드러운 셔츠를 입은 그는 아주 경쾌하게 이야기를 늘어놓았다. 그의 이야기에 데스탕주 씨는 진심으로 밝게 웃었으며, 클로틸드의 입가에도 미소가 번졌다.

두 사람의 모습을 보면서 아르센 뤼팽은 의기양양해하며 얘기에 더욱 열을 올렸다. 그의 재치 있는 얘기와 명랑한 목소리, 활기 있는 태도 덕분인지 클로틸드의 차가운 표정이 어느새 사라지고 점차 생기를 띠어가는 것이 무척 이채롭게 보였다.

홈즈는 이런 생각이 들었다.

'두 사람은 서로 사랑하고 있군. 그렇다면 클로틸드 데스탕주와 막심 벨몽 사이에는 대체 어떤 공통점이 있는 걸까? 그녀는 알고 있을까? 막심 벨몽이 바로 아르센 뤼팽이라는

사실을······.'

홈즈는 두려움에 떨면서도 저녁 일곱 시가 될 때까지 살롱 쪽에서 들려오는 말 한마디 한마디에 귀를 기울였다. 그런 다음 아주 조심스럽게 회랑에서 내려와 살롱에서는 절대 볼 수 없도록 벽을 에둘러 서고에서 빠져나왔다.

밖으로 나온 홈즈는 문 앞에 사람을 기다리는 어떤 자동차 나 마차가 없다는 사실을 확인한 다음, 말제르브 대로를 따라 절뚝이는 걸음으로 걷기 시작했다. 그러다가 다음 골목에 다 다르자 그는 지금까지 팔에 걸치고 있던 외투를 걸치고 모자 의 형태를 바꾸고서 몸을 곧게 폈다. 이렇게 모습을 바꾸고서 다시 말제르브 광장으로 돌아와, 거기서 데스탕주 저택의 문 을 지켜보며 기다렸다.

아르센 뤼팽이 문밖으로 나온 건 그리 오래 지나지 않아서 였다. 잠시 후, 그는 콩스탕티노플 가와 롱드르 가를 지나서 파리의 중심으로 향했다. 셜록 홈즈는 백 걸음 정도 뒤로 쳐져 서 아르센 뤼팽을 따랐다······.

*

아, 얼마나 흐뭇한 시간인가! 영국인은 이제 막 지나간 사 냥감의 냄새를 맡은 훌륭한 사냥개처럼 맛있다는 듯이 공기를 들이켰다. 적수의 뒤를 쫓는다는 이 사실이 그에게는 견딜 수 없이 즐거웠던 것이다.

지금 미행당하고 있는 건 자신이 아니라 아르센 뤼팽이었다. 신출귀몰하다던 아르센 뤼팽이었다. 홈즈는 마치 끊을 수 없는 쇠사슬에 묶여 있기라도 한 것처럼 상대를 자신의 시선에 꼭 붙들어 매고 있었다. 지나가는 사람들 사이로 자신의 사냥감을 바라보며 그는 커다란 즐거움을 느꼈다.

하지만 그런 즐거움도 잠시…… 문득 깨달은 이상한 현상하나가 그의 기분을 흔들어 놓았다. 자기와 아르센 뤼팽 사이의 가운데쯤 되는 곳에 몇몇 사람들이 같은 방향으로 걸어가고 있는 것이 아닌가! 그중 왼쪽 보도로는 중절모를 쓴 두 건장한 사내가, 그리고 오른쪽 보도로는 사냥 모자를 쓰고 입에 담배를 문 두 사내가 걸어가고 있는 것이었다.

어쩌면 이는 단순한 우연일지도 모르는 일이었다. 하지만 홈즈는 뤼팽이 담배 가게에서 발걸음을 멈췄을 때 네 사람역시 발걸음을 멈췄다는 사실에 섬뜩함을 느꼈다. 아니나 다를까, 뤼팽이 다시 움직이는 것과 동시에 네 사람 전부가 둘씩짝을 이루어서 아까와 마찬가지로 보도를 걷기 시작했을 때는 한층 더 놀라지 않을 수 없었다.

'아뿔싸! 녀석을 미행하는 자가 나 말고도 또 있잖아!'

홈즈는 속으로 이렇게 중얼거렸다.

다른 사람들이 아르센 뤼팽을 미행한다는 생각은 홈즈를

화나게 만들었다. 그것은 다른 사람들에게 영예를 빼앗길지도 모르기 때문이 아니라 — 이는 전혀 문제될 것이 없었다. — 자신만의 힘으로 지금까지 겪어본 적이 없을 정도로 무시무시한 적을 해치우는 키다란 즐거움과 열렬한 의욕을 빼앗길지도 모른다는 생각 때문이었다.

오해의 소지는 조금도 없는 것 같았다. 네 명의 사내들은 다른 한 사람의 발걸음에 맞춰서 걸어가고 있으면서도, 그런 자신들을 다른 사람이 눈치채지 못하도록 신경 쓴다는 것이 역력하게 눈에 들어왔다.

'혹시 가니마르가 풀어 놓은 사람들은 아닐까? 가니마르는 뤼팽에 대해서 내게 말한 것보다 더 많이 알고 있는 게 아닐까? 그가 나를 가지고 노는 건 아닐까?'

홈즈는 또다시 속으로 중얼거렸다.

홈즈는 이렇게 고민할 게 아니라, 네 사내들 중 한 명에게 다가가 말을 해 볼까도 생각해 보았다. 그런데 큰길이 가까워짐에 따라서 사람들이 점점 더 많아져, 뤼팽을 놓칠까봐 정신없이 걸을 수밖에 없었다.

겨우겨우 인파를 뚫고 빠져나오자, 뤼팽은 헬더 가 모퉁이에 있는 헝가리 음식점의 계단으로 올라가고 있었다. 입구가 커다랗게 열려 있었기에, 홈즈는 대로 건너편에 있는 벤치에 앉아서 꽃까지 화려하게 장식된 풍성한 식탁에 앉는 뤼팽의 모습을 볼 수 있었다. 그곳에는 연미복을 입은 세 신사와 매우 세련돼 보이는 두 여자가 미리 와 있었는데, 아주 과장스러운 모습으로 그를 반갑게 맞아들였다.

셜록 홈즈는 아까의 네 사내를 찾아보았다. 그들은 레스토랑 옆 카페에서 집시 연주자들의 연주를 들으려고 모여 있는 사람들 사이에 드문드문 섞여 있었다. 이상한 점은 그들이 신경 쓰는 것이 아르센 뤼팽이라기보다는 자신들 주위에 있는 사람들인 듯하다는 점이었다.

갑자기 그들 중 한 사람이 담배를 꺼내더니 프록코트 차림에 실크 모자를 쓴 신사에게로 다가갔다. 신사는 피우고 있던 담배의 불을 빌려 주었는데, 홈즈는 언뜻 그들이 이야기를 주고받는 것 같다는 인상을 받았다. 단순히 담배에 불을 붙이는 것 치고는 너무 많은 시간이 걸렸던 것이다.

그러더니 실크 모자를 쓴 신사가 식당 계단을 올라가 안쪽을 힐끗 살피는 것 같았다. 그는 뤼팽을 발견하자 곧장 다가가 몇 마디를 주고받더니 옆 테이블에 자리를 잡고 앉았다. 순간, 홈즈는 그 신사가 앙리 마르탱 가에서 말을 타고 달려와 자신과 부딪친 기수라는 사실을 깨달았다.

그제야 홈즈는 자신의 무릎을 쳤다. 아르센 뤼팽은 미행을 당하고 있었던 것이 아니었다. 이 사내들은 그의 부하들로서, 두목의 안전을 위해 경호를 하고 있었던 것이다! 그들은 그의 호위병이자, 추종자, 그의 의장대였던 것이다. 두목이 어디를 가든 주변을 호위하면서, 잠재된 위험을 알려주는 것은 물론이고 방어할 태세를 완전하게 갖춘 똘마니들을 불러들일 준비를 완벽하게 하고 있는 것이었다. 저 네 명의 사내들도 부하이고, 프록코트를 입은 신사도 부하인 것이다!

알 수 없는 전율이 영국인의 등줄기를 꿰뚫고 지나갔다. 과연 자신이 철통같이 완벽하게 경호를 받고 있는 자를 붙들 수 있을까? 이 정도 두목의 지배 아래서 완벽한 단결력을 보이고 있는 패거리들의 힘이 얼마나 클지 상상이 되질 않았다.

홈즈는 수첩을 한 장 뜯어서 연필로 몇 줄을 갈겨쓰더니 그것을 봉투에 넣었다. 그리고 벤치에서 빈둥대고 있던 15세 정도로 보이는 소년에게 말했다.

"애야, 지금 마차를 타고 샤틀레 광장에 있는 스위스 여관으로 가서 그곳 카운터에 이 편지를 좀 전해 주렴. 아주 급하단다."

그는 소년에게 5프랑 짜리 은화를 주었다. 소년이 그 길로 달음질쳐 갔다.

30분이 지났다. 사람들이 더욱 많아졌고, 홈즈는 간간이 뤼팽의 부하들을 확인할 수 있을 뿐이었다. 그 순간 누군가가 홈즈의 옷깃을 슬쩍 스치는가 싶더니 한 목소리가 그에게 이렇게 속삭였다.

"왜 그러십니까? 홈즈 선생, 무슨 일이라도 있습니까?"

"아, 당신이었군요. 가니마르."

"네. 여관에서 편지를 받고 달려왔습니다. 무슨 일입니까?"

"바로 저기에 있어요."

"정말입니까?"

"저쪽이요. 저 레스토랑 안쪽……. 고개를 오른쪽으로 기울여서 보세요. 녀석이 보이나요?"

"안 보입니다."

"옆자리의 여자에게 샴페인을 따르고 있는 남자 말이요."

"아닙니다. 저 사람은 녀석이 아니에요."

"무슨 소립니까? 틀림없이 녀석이에요."

영국 탐정의 완강한 태도에 가니마르는 눈을 비볐다.

"어디 다시 한 번 봅시다. 허어, 녀석인가……? 그렇군. 그것 참, 어떻게 저렇게 닮았을 수가 있지? 그럼 옆에 있는 저 사람들은 공범들입니까?"

가니마르가 신기하다는 듯 중얼거렸다.

"아니요. 녀석 옆자리에 있는 여자는 클리브덴 양이고, 또 다른 여자는 드 클리스 후작의 부인, 정면에 있는 사람은 런던 주재 스페인 대사예요."

가니마르가 무턱대고 뛰쳐나가려 했다. 홈즈는 놀라며 재빠르게 그를 말렸다.

"경솔하게 굴지 마시오! 당신은 혼자예요!"

"녀석도 혼잡니다."

"아니에요. 패거리들이 거리에 쫙 깔려서 망을 보고 있어요. 그리고 레스토랑 안에도…… 신사 한 명이……."

"하지만 내가 아르센 뤼팽의 멱살을 잡고 녀석의 이름을 외치기만 해도 레스토랑 안의 모든 손님들과 종업원들이 나를 도와줄 겁니다."

"그런 사람들의 도움보다는 경찰의 도움을 받는 편이 나을 거요."

"그렇게 하면 뤼팽의 일당들이 눈치채고 말 겁니다. 홈즈 선생, 안 그렇습니까? 지금으로선 달리 선택의 여지가 없습니다……."

가니마르의 말이 옳았다. 홈즈도 그 사실을 잘 알고 있었다. 흔치 않은 이번 기회를 이용해서 승부를 내야 했다. 그러면서도 그는 가니마르에게 이렇게 당부하는 것을 잊지 않았다.

"되도록이면 당신이 접근한다는 걸 일찌감치 눈치채지 않도록 각별히 주의하시오."

홈즈는 그렇게 말한 뒤 신문 판매대 뒤쪽으로 슬그머니 몸을 숨긴 다음 뤼팽에게서 시선을 떼지 않았다. 뤼팽은 옆자리의 여자에게 바짝 다가가 앉아 미소를 짓고 있었다.

가니마르는 아주 급한 볼일이 있는 사람처럼 두 손을 주머니에 넣은 채 대로를 가로질렀다. 그러다가 반대편 보도에 올라서자마자 갑자기 방향을 바꾸더니 레스토랑의 계단을 뛰어올랐다.

순간 귀청을 찢을 듯한 휘파람 소리가 울려 퍼졌고, 가니마르가 지배인과 마주쳤다. 지배인은 입구를 가로막고 서서 레스토랑의 호사스러운 분위기를 망칠 것 같은 더러운 복장의 침입자를 저지하겠다는 듯이 그를 밀어냈다. 순간, 가니마르가 비틀거렸다. 바로 그때 프록코트를 입은 신사가 밖으로 나왔다. 그는 뜻밖에도 형사 편을 들면서 지배인과 격렬한 말싸움을 벌였다. 그러다가 한 사람은 가니마르를 끌어안고 한 사람은 그를 밖으로 밀어내려고 하면서, 각기 양쪽에서 가니마르를 밀고 당기고 하는 것이었다. 그 바람에 세 사람이 한데 뒤엉켜 몸싸움을 벌이는 것 같은 모양이 되었고, 그 와중에서 몸부림치던 가니마르는 그만 계단 아래까지 밀려나고 말았다.

곧 사람들이 몰려들었다. 소동이 벌어진 것을 알고 달려온 두 경관이 사람들 틈을 비집고 들어가려 했지만 알 수 없는 어떤 힘이 작용해서 두 사람을 움직이지 못하게 했다. 그들은 자신들을 밀쳐내는 어깨와 앞길을 가로막는 사람들의 몸 사이에 갇혀서 오도 가도 못하는 상황에 놓이고 만 것이었다.

그러한 상태가 얼마나 지속되었을까. 문득 사태가 진정되는 기미가 보이기 시작했다. 알고 보니 지배인이 오해를 인정하고 깍듯이 사과를 해 왔고, 프록코트의 신사도 더는 문제를 삼지 않겠다면서 물러났다. 그리하여 군중들이 하나둘씩 흩어지자 경관들도 손을 털고 물러나는 것이었다.

가니마르는 그제야 그 여섯 명이 있던 테이블을 향해서 다가갔다. 그런데 어찌 된 일인가? 아까까지 여섯 명이 앉아

담소를 나누던 그 테이블에 다섯 명밖에 없는 것이 아닌가. 그는 부리나케 주위를 둘러보았다. 방금 자신이 들어온 출입구 말고는 다른 통로는 없는 듯했다.

"여기 이 자리에 앉아 있던 한 사람은 어디 갔습니까? 당신들은 여섯 명이었소. 안 그렇소? 나머지 한 사람은 어디 갔느냐 말이오!"

형사가 어안이 벙벙해 있는 다섯 손님에게 외쳤다.

"데스트로 씨 말인가요?"

"아니요, 아르센 뤼팽이오."

그때 종업원 하나가 옆으로 다가왔다.

"그 손님은 2층으로 올라가셨습니다."

가니마르가 후다닥 계단을 뛰어올라갔다. 2층에는 몇 개의 방이 있었으며, 거리로 통하는 비상구가 하나 있었다.

"이런 제길! 또 선수를 쳤구먼!"

가니마르가 신음하듯이 내뱉었다.

*

하지만 뤼팽은 멀리 도망친 것은 아니었다. 기껏해야 200미터 정도 떨어진 곳에 있는, 마들렌과 바스티유를 왕복하는 승합 마차에 타고 있었다. 승합 마차는 세 마리의 말에 이끌려 유유하게 오페라좌 앞의 광장을 지나 카푸신 가로 멀어져 가고 있었다.

승강구 가까운 곳에서는 중산모를 쓴 두 거한이 서서 이야기를 나누고 있었고, 계단을 오르자마자 있는 2층 좌석에는 몸집이 작은 노인이 앉아 꾸벅꾸벅 졸고 있었다. 물론……이 사람은 셜록 홈즈였다.

마차가 덜컹거리는 데 따라서 고개를 끄덕거리며 영국인은 생각했다.

'그 믿음직한 왓슨이 지금의 내 모습을 봤다면 얼마나 자랑스러워할까……. 제길! 그 휘파람 소리가 난 순간에 일이 그르쳐졌다는 걸 왜 모르느냔 말이야! 그때 벌써 나처럼 그 레스토랑 주변에서 감시하는 게 낫다는 것을 알았어야지……. 그런데도 실제로 그 악마 녀석을 상대로 할 때는 2 더하기 2는 4가 아니라는 생각이 드니 정말 이상하단 말이야……. 아무튼 그 뤼팽이라는 녀석, 억세게 운이 좋단 말이야.'

종착역에 다다르자 홈즈는 아래층을 내려다보았다. 아르센 뤼팽이 승강구 가까운 곳에 서 있던 두 호위병 앞을 지나면서 속삭이는 소리가 들려왔다.

"에트왈에서 기다리겠네."

"에트왈에서 기다리시겠다고. 좋습니다. 그럼 거기서 뵙도록 하겠습니다. 저도 반드시 가도록 하겠습니다. 녀석은 택시로 가게 내버려 두고, 나는 마차로 호위병들을 미행해야겠군."

두 호위병들은 걸어서 에트왈 광장으로 들어섰다. 거기서 샬그랭 가 40번지에 위치한 어느 비좁은 집의 벨을 눌렀다. 워낙 인적이 드문 골목이라, 홈즈는 휘어져 들어간 부분에 완벽하게 몸을 숨길 수 있었다.

1층에 있는 두 개의 창문 중 하나가 열리더니, 중절모를 쓴 남자가 나타나 덧문을 닫았다. 그 위의 채광창으로만 불빛이 환히 새어나왔다.

10여 분이 지났을 때, 한 신사가 같은 집으로 찾아와서 벨을 눌렀다. 바로 뒤를 이어서 또 다른 한 사람이⋯⋯. 그리고 마지막으로 택시가 달려오더니 멈춰 섰다. 그 안에서 두 사람이 내리는 것을 볼 수 있었다. 아르센 뤼팽과 두꺼운 외투와 베일로 몸을 감싸고 있는 한 여인이었다.

'흠⋯⋯ 틀림없이 금발의 여인일 거야.'

멀어져 가는 택시를 바라보며 홈즈가 속으로 중얼거렸다.

잠시 시간이 흐르기를 기다렸다가, 홈즈는 그 집으로 다가갔다. 그리고는 창턱으로 기어 올라가 까치발을 하고서 실내를 슬쩍 엿보았다.

벽난로 위 장식장에 기대서 활기차게 이야기를 하고 있는 아르센 뤼팽의 모습이 제일 먼저 눈에 들어왔다. 다른 사내들은 긴장한 채로 뤼팽의 주위에 서서 그의 이야기를 열심히 듣고 있었다.

홈즈는 사내들 중에서 그 프록코트를 입은 신사를 찾아낼 수 있었다. 그리고 조금 전 레스토랑의 지배인처럼 보이는 사내도 분명히 알아볼 수 있었다. 하지만 금발의 여인은 등을 돌린 채 안락의자에 기대 있어서 얼굴을 볼 수가 없었다.

홈즈는 생각했다.

'긴급회의를 하는 모양이군. 조금 전의 일이 녀석들에게 불안감을 심어 주었겠지. 그래서 회의를 할 필요가 생긴 거야. 아! 어떻게든 녀석들을 일망타진할 수 있었으면 좋겠는데.'

그런데 부하 중 한 명이 몸을 움직이는 듯하여 홈즈는 재빨리 창턱에서 뛰어내려 어두운 곳으로 몸을 숨겼다.

잠시 후, 프록코트를 입은 신사와 지배인이 밖으로 나왔다. 그와 동시에 2층에 불이 켜졌다. 누군가가 두 창문의 덧문을 닫아걸었다. 그러자 1, 2층이 모두 캄캄해졌다.

'녀석과 여자는 1층에 남아 있을 거야. 부하 중 한 명이 2층에서 살고 있는 거겠지.'

홈즈는 속으로 이렇게 중얼거렸다.

그는 밤 깊도록 자리를 떠나지 않고 계속해서 그 집을 감시했다. 자신이 없는 사이에 아르센 뤼팽이 다른 곳으로 가 버릴 것이 두려웠기 때문이다.

그렇게 시간이 흘러 네 시가 되었을 때, 골목 끝으로 두 경찰이 지나가는 모습이 보였다. 그는 그들에게 다가가 상황을 설명하고 그 집을 잘 감시해 줄 것을 요청했다.

그런 다음 그는 페르골레즈 가에 있는 가니마르의 집으로 가서 잠을 자고 있는 그를 흔들어 깨웠다.

"녀석을 다시 잡았어요."

"녀석이라면, 아르센 뤼팽 말입니까?"

"그렇소."

"조금 전과 같은 상황이라면 나는 관여하고 싶지 않습니다. 잠을 더 자는 게 나을 것이오……. 그래도 그럴 순 없으니까 우선 서로 가 봅시다."

두 사람은 메스닐 가로 향했다. 그리고 거기서 서장인 드쿠앵트르 씨의 집으로 들이닥쳤다. 그리고는 잠시 후에 여섯 명의 경찰들을 대동하고 샬그랭 가로 되돌아왔다.

"이상 없습니까?"

홈즈가 그곳을 감시하고 있던 두 경찰에게 물었다.

"이상 없습니다."

새벽빛이 하늘 한편을 허옇게 물들일 즈음, 만반의 준비가 된 것을 확인한 경찰서장이 벨을 울리고서 관리인이 있는 방으로 뛰어들었다. 갑작스런 습격에 놀란 여자 관리인이 부들부들 몸을 떨면서 1층에는 사람이 살지 않는다고 대답했다.

"뭐라고? 사는 사람이 없다고?"

가니마르가 외쳤다.

"없습니다. 2층에 살고 있는 르루 씨 형제가 1층도 빌렸어요. 시골에서 올라오는 친척들을 위해서 가구만 들여 놓았을 뿐이에요."

"친척이라면, 그 신사와 숙녀를 말하는 건가?"

"맞아요."

"어젯밤에 그 형제들과 왔었나?"

"글쎄요. 왔었을지도 모르겠지만…… 저는 잠을 자고 있어서……. 하지만 오지 않았을 거예요. 열쇠는 제가 가지고 있거든요. 그런데 열쇠를 달라는 말을 하지 않았으니……."

그 열쇠로 서장이 복도 맞은편에 있는 방의 문을 열었다. 아래층에는 두 개의 방이 전부였는데, 모두 텅 비어 있었다.

"이게 어떻게 된 일이지? 분명히 녀석과 여자가 있는 걸 봤단 말이야!"

홈즈가 소리를 질렀다.

서장이 비웃듯 말했다.

"나도 그랬을 거라고 믿고 있습니다. 하지만 녀석은 이미 이곳에 없습니다."

"2층으로 올라가 봅시다. 틀림없이 2층에 있을 거예요."

"2층에는 르루 씨 형제가 살고 있다지 않소."

"정 뭐하면 그들에게 물어보죠!"

모든 사람들이 2층으로 올라갔다. 서장이 벨을 눌렀다. 두 번째 울려서야 뤼팽의 호위병 중 한 명이 틀림없는 남자가 셔츠바람으로 나타나 인상을 썼다.

"뭐야, 시끄럽게……. 누가 이런 시간에 사람을 깨우는 거야?"

그러다 그는 당황한 듯 말을 끊으며 이렇게 소리쳤다.

"아니, 이거 실례했습니다. 설마 이게 꿈은 아니겠지요? 드쿠앵트르 씨 아닙니까! 그리고 당신은 가니마르 씨가 아닙니까? 그런데 여긴 어쩐 일이십니까?"

순간 너나 할 것 없이 폭소를 터뜨렸다. 특히 가니마르는 웃음을 참지 못하고 배를 움켜쥔 채 얼굴이 새빨개질 정도로 웃어댔다.

"자네였나? 르루. 아! 우스워라……. 르루가 아르센 뤼팽의 공범자였다니……. 아이고! 우스워 죽겠구나……. 르루, 동생을 잠깐 만날 수 있겠나?"

"에드몽, 너 거기 있냐? 가니마르 형사님께서 오셨다."

또 다른 한 사람이 나타났다. 그를 보자 가니마르는 더욱 크게 웃어댔다.

"어떻게 이런 일이 있을 수 있지? 누가 이런 일을 상상이나 했겠어? 자네들 정말 어처구니없는 일을 당했구먼. 이보다 더 황당한 일도 없을 거야. 다행히 이 늙은 가니마르가 달려왔으니 망정이지. 하지만 도와줄 친구도 있으니 걱정할 필요 없네……. 멀리서 일부러 와 준 친구도 있다네!"

그런 다음 홈즈 쪽을 돌아보며 소개를 했다.

"이 사람은 치안국 강력반 형사인 빅토르 르루. 썩 괜찮은 친구지요. 그리고 이 사람은 에드몽 르루. 감식과 주임이지요."

납치

셜록 홈즈는 할 말을 잃은 채 서 있었다. 항변해야 하는 것일까? 이 두 사람을 다그치기라도 해야 하는 것일까? 하지만 소용없는 일일 것이 뻔했다. 당장 이렇다 할 증거도 없지만, 증거를 찾겠다고 시간을 낭비한들 아무도 그의 말을 믿어주지 않을 것이기 때문이다.

비록 인상은 엉망으로 구겨졌지만, 홈즈는 의기양양한 가니마르 앞에서만큼은 자신의 분노와 낭패감을 더 이상 보여서는 안 된다고 생각했다. 그래서 이를 악물고 두 손을 굳게 쥔 채 상대가 눈치채지 못하게 하려고 애를 썼다.

그는 민중의 지팡이인 르루 형제에게 정중하게 인사하고 물러났다. 그리고는 현관에서 지하실 입구처럼 보이는 낮은 쪽문 쪽으로 슬쩍 방향을 바꿨다. 그리고 빨간 돌멩이를 하나 집어 들었다. 그것은 석류석이었다.

집 밖으로 나온 그는 뒤돌아서 집의 번지를 표시하는 40번지라고 적힌 돌벽 부근에 새겨져 있는 문구를 뚫어져라 쏘아보았다.

'건축가 뤼시엥 데스탕주, 1877년'

가만히 살펴보니, 그 옆의 42번지에도 같은 글이 새겨져 있었다.

홈즈는 생각했다.

'여기도 문이 두 개가 있었군. 40번지와 42번지는 서로 연결되어 있는 거야. 왜 진작 그 생각을 못했을까? 밤새 두 경찰과 함께 지켜야 했던 건데……'

그는 어젯밤 그곳을 지키고 있던 두 경찰에게 물었다.

"내가 없는 동안, 저쪽 문을 통해서 두 사람이 나가지 않았소?"

그는 이렇게 말하며 옆집 문을 가리켰다.

"네. 신사 한 명과 여자 한 명이 나갔습니다."

홈즈가 가니마르의 팔을 잡고 길가로 데려가며 말했다.

"가니마르 선생, 내가 사소한 착각을 했기로서니, 너무 웃어대는 것 아니오?"

"아, 나쁜 뜻으로 그런 건 결코 아닙니다."

"그래요? 하지만 제아무리 농담이라 할지라도 때와 장소를 가려서 해야 하는 법이죠. 이제 농담은 그만둬야 할 시간인 것 같군요."

"저도 그렇게 생각합니다."

"오늘이 벌써 7일째예요. 앞으로 3일 후에 나는 런던으로 돌아가야 합니다."

"오…… 저런!"

"나는 런던으로 돌아가기 전에 반드시 마무리 지을 것이오. 그래서 당신에게 부탁을 하는 건데, 화요일에서 수요일 사이의 밤에 출동할 수 있도록 준비해 주기 바랍니다."

"오늘 아침처럼 출동하기 위해서겠죠?"

가니마르가 빈정거리듯 말했다.

"그렇소. 더 말할 필요도 없이 오늘과 같은 출동이에요."

"그래, 그 목표는 뭡니까?"

"뤼팽의 체포입니다."

"그거 정말입니까?"

"내 명예를 걸고 맹세하죠."

홈즈는 가니마르와 작별 인사를 나눈 뒤, 가까이에 있는 호텔로 들어가서 잠시 휴식을 취했다. 다시 기운을 차리고 자신감을 회복한 홈즈는 샬그랭 가로 돌아왔다.

관리인에게 금화 두 개를 쥐어주고 르루 형제가 외출했다는 사실과 이 집이 하밍기트라는 사람의 소유라는 사실을 알아냈다.

그런 다음 촛불을 들고 조금 전에 그 앞에서 석류석을 주웠던 조그만 쪽문을 통해서 지하도로 들어갔다. 계단을 다 내려가자, 거기에 먼저 주운 것과 똑같이 생긴 석류석 하나가 떨어져 있는 것이 눈에 띄었다.

그는 생각했다.

'역시 내 생각대로야! 이곳과 연결되어 있었어. 음, 이건 1층 세입자용 저장실인 모양이군……. 어디, 내 만능열쇠로 열 수 있는지 볼까……? 아, 열렸다! 좋았어. 우선 포도주를 올려놓는 선반을 조사해 봐야겠어. 아! 역시! 이 부분에는 먼지가 없어. 그리고 바닥에는 발자국이 찍혀 있고……'

그렇게 속으로 중얼거리며 조사를 해 나가는데, 문득 부스럭거리는 소리가 들려와 그는 신경을 곤두세웠다. 그는 재빨리 문을 닫고 촛불을 끈 다음 빈 상자가 쌓여 있는 곳 뒤로 몸을 숨겼다.

그리고 조금 있자니, 철제 선반 중 하나가 벽과 함께 조용히 회전하여 앞으로 조금 나와 있다는 사실을 깨달았다. 동시에 등불의 빛이 바깥에서 새어들어 왔고, 팔 하나가 불쑥 나타나는가 싶더니 한 사내가 안으로 들어왔다.

사내는 무엇인가를 찾는 듯, 몸을 웅크렸다. 손가락으로 몇 번이고 먼지를 털어냈다. 그리고 몇 번인가 몸을 일으켜 세우더니 왼쪽 손에 들고 있던 상자 속에 무엇인가를 던져넣었다. 그런 다음 사내는 자신의 발자국과 함께 뤼팽과 금발의 여인이 남겼을지도 모르는 흔적까지 말끔히 지웠다. 그리고는 포도주를 올려놓는 선반 쪽으로 다가갔다.

바로 그때였다. 사내가 찢어지는 듯한 비명을 지르더니 그대로 쓰러져 버렸다. 홈즈가 달려든 것이었다. 눈 깜빡할 사이에 벌어진 일이었다. 참으로 간단하게 일이 끝나 버리고 말았다. 사내는 두 팔과 다리를 묶인 채 맥없이 뻗고 말았다.

영국인이 몸을 웅크리고 물끄러미 쳐다보며 말했다.

"얼마를 주면 입을 열겠나? 네가 알고 있는 사실을 전부 말해 봐."

사내가 비웃는 듯한 미소로 답하는 것을 보고, 홈즈는 이 제안이 아무런 효과도 발휘하지 못할 것이라는 사실을 깨달았다.

그는 사내의 주머니를 뒤지는 것으로 만족할 수밖에 없었다. 하지만 주머니에서는 열쇠꾸러미 하나와 손수건 한 장, 그리고 좀 전에 사내가 뭔가를 집어넣었던 판지로 만든 자그마한 상자가 전부였다. 상자 안에는 홈즈가 지하실 입구에서 발견한 것과 같은 석류석이 12개 정도 들어 있었다. 전리품치고는 참으로 보잘것없는 것이었다.

'자, 이 사내를 어떻게 해야 하지? 일당들이 구출하러 올 때까지 기다렸다가 전부 붙잡아서 경찰에 넘겨야 하는 건가? 하지만 그게 무슨 소용이 있겠는가? 그렇게 한다고 해서 뤼팽에게 이길 수 있는 방법이 생기는 것도 아니지 않은가?'

그는 쉽게 결정을 내리지 못했다. 우선은 그 상자를 조사해 보기로 했다. 상자에는 '레오나르 보석점, 라 페 가'라고 적혀 있었다.

그는 사내를 그냥 놓아 주기로 결심했다. 그는 선반을 밀어 놓고 지하실 문을 닫은 다음 그 집에서 나왔다. 우체국으로 가서 속달로 데스탕주 씨에게 내일이나 뵐 수 있을 것 같다는 전갈을 보냈다. 그런 다음 그는 보석점으로 가서 석류석을 건네주었다.

"부인의 심부름으로 이 보석을 가지고 왔습니다. 전부 여기서 산 장신구에서 떨어진 것이라고 하셨습니다."

홈즈의 예상은 맞아 떨어졌다. 보석상이 대답했다.

"네. 알고 있어요. 조금 전에 부인께서 전화를 주셨는데 직접 들르실 거라고 합니다."

보도에 진을 치고 서 있던 홈즈는 두꺼운 베일을 두르고, 행동이 조금 수상하게 여겨지는 부인을 발견했다. 다섯 시가 지난 시각이었다. 상점의 창문 너머로 부인이 매장의 받침대 위에 석류석이 여기저기 박힌 고풍스러운 장신구를 올려놓는 것이 보였다.

그리고 그녀는 곧장 밖으로 나와서 클리시 쪽으로 걸어 올라갔다. 영국인이 처음 와 보는 골목길을 따라 걷다가 몇 번이고 방향을 틀었다.

그는 저녁 어스름에 묻혀서 관리인의 방해도 받지 않고 한 6층짜리 건물로 그녀를 따라 들어갈 수 있었다. 두 동으로 이루어진 건물로 많은 사람들이 살고 있었다. 2층에서 멈춰 선 여자가 한 방으로 들어섰다. 그로부터 2분 후, 영국인은 자신의 운을 시험해 보기로 했다. 조금 전에 빼앗은 열쇠 꾸러미의 열쇠를 조심스럽게 구멍에 꽂아 보았다. 네 번째 열쇠를 꽂자 자물쇠가 반응을 보였다.

　어둠 속에서 그는 깨달았다. 각 방들은 빈 집처럼 텅 비어 있고, 모든 문들이 활짝 열려 있다는 사실을……. 희미한 불빛이 새어나오는 복도 끝으로 간 홈즈는 살금살금 다가가 안을 들여다보았다. 응접실과 인접한 방 사이를 가르는 거울 너머로 그 베일을 두르고 있던 여자가 옷과 모자를 벗더니 그 방에 오직 하나밖에 없는 의자 위에 걸쳐놓았다. 그리고는 벨벳으로 만든 실내복으로 갈아입는 모습이 눈에 들어왔다.

　그리고 이어서 그녀는 벽난로 위 장식장으로 다가가서 벨을 눌렀다. 그러자 장식장 오른쪽 밑 부분에 있는 판자가 흔들리면서 벽면을 타고 미끄러지더니, 이내 옆으로 스르르 밀려가다가 난데없는 출입구가 퀭하니 열리는 것이었다. 여자는 틈이 충분히 넓어지기를 기다렸다가 손에 등불을 들고 그곳으로 들어가…… 모습을 감췄다.

　장치는 매우 간단했다. 홈즈도 어렵지 않게 그것을 작동시킬 수 있었다.

그는 손으로 앞을 더듬으며 어둠 속을 걸어 나갔다. 그런데 얼마 지나지 않아서 얼굴에 물컹물컹한 것이 닿는 것이 아닌가. 그는 허겁지겁 성냥불을 켜 보고 나서 자신이 긴 가운과 옷이 가득 걸려 있는 작은 방에 와 있음을 알아챘다. 옷을 헤치고 나가자 장식용 융단으로 막아 놓은 문이 나타났다. 그때 마침 성냥불이 꺼졌고, 낡은 융단의 올 사이로 새어 들어오는 등불의 빛이 느껴졌다.

옳다구나 싶어서 그는 건너편을 엿보았다. 손만 뻗으면 닿을 만한 거리에 한 여자가 있었다. 그는 금발의 여인임에 틀림없었다.

그녀는 등불을 끄고 전등을 켰다. 그 바람에 홈즈는 처음으로 그녀의 얼굴을 또렷이 볼 수 있었다.

순간, 그는 몸을 떨었다. 수많은 우여곡절과 고생 끝에 마침내 확인한 금발의 여인은 다름 아닌 클로틸드 데스탕주였던 것이다.

*

오트렉 남작을 살해한 하수인도, 푸른 다이아몬드를 훔친 범인도 바로 클로틸드 데스탕주였던 것이다. 아르센 뤼팽의 비밀스런 여자 친구도, 그 금발의 여인도 모두 클로틸드 데스탕주였던 것이다.

그는 생각했다.

'정말 화가 나는군. 나는 왜 그렇게 어리석었을까? 뤼팽의 여자 친구는 금발이고 클로틸드는 밤색 머리라는 이유로 나는 이 두 사람을 함께 생각하려 하지 않았어. 그 금발의 여인이 남작을 살해하고 다이아몬드를 훔친 뒤에도 아무렇지 않게 눈에 띄는 금발로 살아갈 거라고 생각했단 말인가?'

홈즈가 있는 곳에서 그 방의 일부가 보였다. 그곳은 귀중한 장식들과 밝은 벽걸이로 우아하게 꾸며 놓은 여자의 방이었다. 마호가니로 만든 취침용 의자가 조금 높은 단 위에 놓여 있었다. 그곳에 앉은 클로틸드는 두 손으로 머리를 움켜쥔 채 가만히 있었다. 잠시 후, 홈즈는 그녀가 울고 있다는 사실을 깨달았다. 굵은 눈물이 뺨을 타고 흘러 내려와 입가에 맺히더니 한 방울씩 벨벳으로 만든 실내복 위로 떨어졌다. 마치 샘에 솟아나듯 눈물이 그칠 줄 모르고 흘러내렸다. 누가 봐도 가슴을 찡하게 할 만큼 서글픈 모습이 아닐 수 없었다.

그런데 바로 그때, 그녀 뒤편에 있는 문이 열리더니 아르센 뤼팽이 안으로 들어섰다.

두 사람은 오랫동안 아무 말 없이 서로를 바라보았다. 이윽고 그가 그녀 옆에 무릎을 꿇고 앉았다. 뤼팽은 그녀의 가슴에 자신의 머리를 묻고 두 팔로 그녀를 끌어안았다. 그런 그의 몸짓에서 깊은 애모와 수많은 연민이 느껴졌다. 두 사람은 그대로 움직이지 않았다. 부드러운 적막이 두 사람을 하나로

에워싸는 가운데, 그녀의 눈물은 이제 거의 말라 있었다.

"당신을 그토록 행복하게 만들어 주고 싶었는데……."

속삭이는 듯한 목소리로 뤼팽이 말했다.

"저는 지금도 행복해요."

"아니오, 당신이 그렇게 울고 있잖소. 클로틸드, 당신의 눈물이 날 몹시 힘들게 하오."

뤼팽의 그윽한 음성이 그녀의 마음을 따뜻하게 위로해 주는 듯했다. 희망과 행복에 기대고 싶은 심정으로 가만히 그의 목소리에 귀 기울이고 있던 그녀의 입가에 미소가 번지면서 그녀의 얼굴이 점점 부드러워졌다. 하지만 그녀의 미소는 매우 쓸쓸해 보였다. 뤼팽이 그녀에게 애원하듯 말했다.

"슬퍼하지 마, 클로틸드. 슬퍼해선 안 돼. 그건 내가 허락하지 않을 거야."

그녀가 가느다랗고 부드러우며 하얀 두 손을 그에게 내밀어 보이면서 깊은 생각에 잠긴 듯한 표정으로 말했다.

"이 손이 내 손인 한, 나는 슬퍼할 수밖에 없을 거예요……. 막심."

"아니, 왜?"

"사람을 죽인 손이니까요."

그 말에 막심이 외쳤다.

"시끄럽소! 그 일을 생각해선 안 돼. 과거는 이미 죽었소. 과거는 이제 중요하지 않다니까……."

그가 그 창백한 손에 오랫동안 입을 맞추자, 그녀가 그를 가만히 바라보았다. 한 번 입맞춤을 할 때마다 그 무시무시한 기억이 조금씩 옅어지기라도 한다는 듯, 그녀는 좀 더 밝은 미소를 지어 보였다.

"저를 사랑해 주세요, 막심. 제겐 그게 필요해요. 다른 어느 여자도 나만큼 당신을 사랑할 수는 없을 테니까요. 전 모든 행동을 당신의 마음에 들기 위해서 해 왔어요. 그리고 지금도 그렇게 행동하고 있어요. 당신이 시켜서가 아니에요. 그저 당신의 은밀한 욕망을 따라 저 스스로가 그렇게 하는 거예요. 제 모든 본능과, 제 모든 양심이 거부하는 일까지도 나는 마다하지 않고 해 왔어요. 전 차가운 기계처럼 행동했어요. 그 행동이 당신에게 도움이 되고 당신이 그것을 원했기 때문이었죠. 그리고 저는 내일 당장이라도 그것을 반복할 준비가 되어 있어요. 영원히, 언제까지라도……."

그가 괴롭다는 듯이 말했다.

"아! 클로틸드. 나는 왜 내 위험한 인생 속으로 당신을 끌어들였을까? 나는 5년 전에 당신이 사랑해 주었던 그 막심 벨몽으로 남았어야 했소……. 그리고 또 다른 나의 모습을 당신에게 보이지 말았어야 했는데……."

그녀가 낮은 목소리로 말했다.

"저는 또 다른 모습의 그분도 똑같이 사랑하고 있어요. 그리고 저는 아무런 후회도 하지 않아요."

"아니오. 당신은 이전의 생활을, 밝은 곳에서의 생활을 잃은 것을 후회하고 있을 거요……."

"천만에요. 당신만 곁에 있다면, 저는 그 무엇 하나도 후회하지 않아요. 제 눈에 당신의 모습이 어려 있는 한, 잘못도 죄도 존재하지 않아요. 당신과 멀리 떨어져 있을 때 내가 불행해지고, 괴로워하고, 울고, 모든 행동이 혐오스럽게 느껴진다 해도…… 그런 건 상관없어요. 당신의 사랑이 모든 걸 씻어 주니까요. 전 무슨 일이든 받아들일 준비가 되어 있어요. 그러니 언제까지나 저를 사랑해 주셔야만 해요."

그녀가 정열적으로 말했다.

"클로틸드, 내가 당신을 사랑하는 건 반드시 그래야만 한다는 의무감 때문이 아니오. 클로틸드……. 오로지 진정으로 당신을 사랑하기 때문에 사랑하고 있는 것일 뿐이오."

"정말이죠?"

그녀의 목소리에는 깊은 신뢰감이 담겨 있었다.

"당신의 사랑을 믿듯, 나는 내 마음속의 사랑 또한 굳게 믿고 있소. 다만 워낙에 내 삶이 거칠고 험난하여, 원하는 만큼 당신과 함께 지낼 수가 없는 것이 안타까울 뿐이오."

이 한마디에 그녀는 불안함을 느낀 듯했다.

"무슨 일이 있는 거예요? 또 무슨 위험이라도? 어서 말해 보세요."

"아니, 심각한 문제는 아직 아무것도 일어나지 않았어. 하지만······."

"하지만 뭐죠?"

"그러니까 녀석이 냄새를 맡기 시작했어."

"홈즈가요?"

"응. 헝가리 음식점에 가니마르를 난입시킨 것도 녀석이야. 어젯밤, 샬랭 가에서 경찰 두 명에게 감시를 하게 한 것도 녀석이지. 나는 그 증거를 가지고 있어. 오늘 아침에 가니마르와 홈즈가 함께 그 집을 조사하고 있더군. 그리고······."

"그리고 또 뭐죠?"

"사실은 부하 중 한 명의 행방이 묘연하다는 거요······. 자니오 말이오."

"그 관리인 말인가요?"

"그렇소."

"그 사람은······ 내가 브로치에서 떨어진 석류석을 수거해 달라고 오늘 아침에 샬랭 가로 보냈는데요."

"그렇다면 더 이상 의심의 여지가 없어요. 홈즈가 녀석을 덫에 빠뜨려 잡아들인 게 틀림없소."

"그럴 리가 없어요. 라 페 가의 보석상에 석류석이 와 있었는 걸요."

"그럼 그 후에 어떻게 됐지?"

"어머! 막심, 저······ 무서워요."

"두려워할 필요는 없어요. 하지만 솔직히 말하자면 사태가 심각해진 건 사실이오……. 녀석은 지금 어느 정도 알고 있는 걸까? 대체 어디로 잠적해 버린 걸까? 지금처럼 혼자 움직이는 한 그의 힘은 막강한 것이 될 것이오. 도무지 그자를 밖으로 끌어낼 방도가 없소……."

"어떻게 하실 생각이에요?"

"아주 조심해야겠어, 클로틸드. 안 그래도 얼마 전부터 당신도 알고 있는 그 난공불락의 은거지로 거주지를 옮길 생각을 하고 있었소. 그런데 홈즈가 나타났으니 예정을 앞당겨야 할 것 같소. 홈즈 같은 사람이 누군가의 뒤를 밟기 시작했다면 틀림없이 그 목적을 달성한다고 보아야 할 것이오. 그래서 대책을 강구했소. 모레, 수요일에 이사가 시작될 거요. 정오까지는 모든 준비가 끝날 거요. 그리고 두 시가 되면 우리가 생활했던 모든 흔적을 깨끗이 지우고 떠날 수 있도록 계획을 세워 놨소. 이건 보통 일이 아니오. 그러니 그때까지는……."

"그때까지 어떻게 하란 말씀이죠?"

"우린 만날 수 없을 거요. 그리고 당신은 그 누구도 만나서는 안 되오. 외출도 절대 해서는 안 된단 말이오. 나 자신에 대해서는 아무 걱정도 하지 않지만, 당신에 대해서는 잠을 이루지 못할 정도로 모든 게 걱정이오."

"그 영국인의 손이 저한테까지 미치지는 않을 거예요."

"그는 뭐든 가능한 사람이오. 바로 그 점을 내가 두려워하는 거요. 어제 내가 하마터면 당신 아버지께 들킬 뻔했을 때,

나는 데스탕주 씨의 낡은 서류를 찾으려고 간 거였소. 그걸 그대로 내버려 두면 위험할 수 있으니까……. 위험은 여기저기에 도사리고 있소. 적이 어둠 속에서 어슬렁거리고 있고, 곧 습격해 올 것이라는 느낌이 떨쳐지지 않소. 녀석이 우리를 지켜보고 있다는 느낌이 강하게 든단 말이오……. 녀석이 우리 주위에 그물을 치고서……. 이건 내 직감이지만, 이러한 직감은 한 번도 틀린 적이 없었소."

"그렇다면 얼른 돌아가세요, 막심. 그리고 내 눈물 따위는 잊어버리세요. 이제부터 강한 모습을 보여 드릴게요. 그리고 위험이 사라질 때까지 잠자코 기다릴 거예요. 그럼, 어서 가세요. 막심."

이렇게 말한 그녀는 오랫동안 그를 끌어안았다. 그리고 그를 방밖으로 밀어낸 것도 그녀였다. 홈즈는 두 사람의 목소리가 멀어져 가는 것을 느꼈다.

어젯밤 이후부터, 앞뒤 가리지 않고 덤벼들지 않고는 견딜 수 없는 기분에 사로잡혀 있는 홈즈는 용감하게 빈 방으로 뛰어들었다. 그런데 그 끝이 계단과 연결되어 있는 것이 아닌가. 그가 계단으로 막 내려서려는 순간, 아래층에서 이야기를 나누는 소리가 들려왔다. 그래서 그는 또 다른 계단으로 통하는 원주형 복도를 통해 가는 편이 낫다는 사실을 깨달았다.

다른 계단 밑으로 내려온 홈즈는 심하게 놀라지 않을 수 없었다. 낯익은 가구들이 익숙한 구도로 배치되어 있는 것이 눈에 들어왔던 것이다. 의아하게 여긴 홈즈는 문 안으로 슬그머니 들어갔다. 그는 놀랍게도 넓은 원형 방에 들어와 있었는데, 그곳은 바로 데스탕주 씨의 서고였던 것이다.

홈즈가 속으로 중얼거렸다.

'그렇게 된 거로군. 정말 굉장해! 이로써 모든 사실이 밝혀졌어. 클로틸드, 그러니까 금발 여인의 방은 이웃 건물 중 한 집으로 연결되어 있는 거야. 그리고 그 옆집의 출입구는 말제르브 광장 쪽이 아닌 그 옆의 거리, 내 기억이 정확하다면 몽샤냉 가 쪽으로 나 있는 거야. 정말 대단해! 이로써 모든 사실을 설명할 수 있게 됐어. 클로틸드 데스탕주가 절대로 외출하지 않는 사람이라는 소문을 그대로 유지하면서 어떻게 애인을 만나러 갈 수 있었는지……. 그리고 어제 저녁 저 회랑 위에 있던 내 옆으로 아르센 뤼팽이 어떻게 홀연히 나타날 수 있었는지도 알게 됐어. 이 서고와 이웃 건물 사이에 또 다른 통로가 하나 더 있을 거야…….'

거기까지 생각이 미친 홈즈는 이렇게 결론을 내렸다.

'비밀 통로가 있는 집이 또 있을 거야. 건축가는 데스탕주라는 문구가 새겨진 집을 하나만 더 찾으면 된다고! 기껏 여기까지 왔으니 온 김에 그 책장 속도 조사를 해 봐야겠군. 그 외에도 비밀 통로가 있을 만한 집에 대한 자료가 있을지도 모르잖아…….'

홈즈는 회랑 위로 올라가 난간에 쳐 놓은 커튼 뒤로 몸을 숨겼다. 그는 매우 늦은 시각까지 그곳에 숨어 있었다.

얼마 후 하인 하나가 전등을 끄러 들어왔다. 그로부터 한 시간쯤 지나서 영국인은 자신의 손전등을 켰다. 그리고 책장 있는 쪽으로 다가갔다.

이미 알고 있던 대로 그 책장 속에는 건축가 데스탕주 씨의 화려한 경력이 묻어나는 오래된 문서들과 설계도들, 견적서, 회계 장부 등이 들어 있었다. 특히 안쪽에는 연대순으로 분류해 놓은 서류가 가지런히 정리되어 꽂혀 있었다.

그는 최근 서류들부터 차례대로 뽑아들어, 특히 'H'자로 시작되는 내용을 중점적으로 살폈다. 그러던 중 급기야는 63이라는 숫자와 함께 적혀 있는 '하밍기트(Harmingeat)'라는 글자를 찾아냈다. 63쪽을 펼쳐서 읽어 보았다.

'하밍기트, 샬그랭 가 40번지'

이어서 고객이 소유하고 있는 가옥 내에 난방 장치를 설치하는 공사에 대한 세부 사항들이 기재되어 있었다. 그리고 한편 구석에 다음과 같은 메모가 적혀 있었다.

'서류 M.B. 참조'

'그래, 바로 이거야! 서류 M.B.가 바로 내가 찾고 있던

거야. 덕분에 뤼팽이 현재 머물고 있을 그 잘난 거처를 알게 됐군.'

홈즈는 거의 동틀 무렵이 되어서야 한 파일 묶음의 뒷부분에서 문제의 서류를 찾아낼 수 있었다.

그것은 총 15쪽으로 구성되어 있었다. 맨 앞에는 샬그랭 가의 하밍기트 씨와 관계된 서류의 사본이 있었다. 그다음에는 클라페이롱 가 25번지의 소유주인 바티넬 씨의 요청으로 행해진 공사에 대한 자세한 내용이 있었다. 그다음은 앙리마르탱 가 134번지의 오트렉 남작에 관한 것이었다. 그다음은 크로종 성채에 관한 내용이었고, 그리고 나머지 열한 쪽은 파리의 몇몇 소유주들과 관련된 내용이었다.

홈즈는 그 열한 명의 이름과 주소를 재빨리 옮겨 적었다. 그러고 나서 그 서류들을 원래 있던 장소에 꽂아 놓은 다음, 창문을 열고서 지나는 사람이 없는 광장 쪽으로 뛰어내렸다. 세심하게 덧문을 내려놓는 것도 잊지 않았다.

호텔의 자기 방으로 돌아와 그는 평소와 다름없이 파이프에 불을 붙였다. 그리고 연기의 구름 속에 휩싸여 서류 M.B. 그러니까 막심 벨몽, 혹은 아르센 뤼팽이라 불리는 사내에 관한 서류에서 얻을 수 있는 결론을 찾기 위해 몰두했다.

그리고 여덟 시, 그는 가니마르에게 다음과 같은 속달을 보냈다.

나는 오전 중에 페르골레즈 가로 갈 것 같습니다. 그리고 반드시 신병을 확보해야만 할 매우 중요한 인물을 당신에게 맡길 것이오. 그러니 오늘 밤부터 내일 정오까지는 댁에 계시기 바랍니다. 그리고 우선 30명 정도의 경관이 동원될 수 있도록 해 주시기 바랍니다.

그런 다음 홈즈는 큰길로 나와서 대기하고 있는 택시들 중에서 상냥하고 선량하며 그다지 영리해 보이지 않는 얼굴의 운전기사가 있는 차를 골라잡아 탔다. 그는 말제르브 광장의 데스탕주 저택에서 조금 떨어진 곳에서 내렸다.

"기사 양반, 시동을 꺼 주시오. 바람이 차니 옷깃을 세운 다음 느긋하게 기다려 주기 바라오. 그리고 한 시간 반 정도가 지나면 시동을 걸어 놓길 바라오. 내가 돌아오면 바로 페르골레즈 가로 갈 수 있도록 말이오."

데스탕주 저택의 문 앞에 서서 그는 마지막으로 다시 한번 망설였다. 뤼팽이 이사할 준비를 거의 마쳐가고 있는 이 중요한 시점에서 이처럼 금발의 여인에게 연연할 필요가 있을까 하는 생각이 들었기 때문이다. 차라리 그 건물 목록을 참고해서 놈의 아지트를 밝혀내는 것이 급선무가 아닐까 싶기도 했다.

'정신 차려! 금발의 여인을 잡기만 하면, 상황은 내 쪽으로 유리하게 풀릴 테니까……'

그는 그렇게 마음을 추스르고서 벨을 눌렀다.

데스탕주 씨는 벌써 서고에 와 있었다. 한동안 묵묵하게 일을 하다가, 홈즈는 클로틸드 양의 방으로 갈 구실을 찾기에 여념이 없었다. 바로 그때 그 젊은 아가씨가 난데없이 모습을 드러내더니 아버지에게 아침인사를 했다. 그리고 옆의 조그만 살롱으로 가서 뭔가를 쓰기 시작했다.

홈즈가 일하는 쪽에서 그녀의 모습이 보였다. 그녀는 탁자 위로 몸을 수그리고 뭔가를 열심히 쓰다가 때때로 펜을 멈추고서 생각에 잠기는 듯했다. 그는 한동안 기회를 엿봤다. 그러다가 책 한 권을 손에 든 채로 데스탕주 씨에게 말했다.

"따님이 발견하는 대로 가져다 달라던 책을 발견했습니다."

그는 옆의 살롱으로 들어갔다. 그리고 그녀의 아버지가 있는 곳에서는 보이지 않는 곳에 자리를 잡고 클로틸드 앞에 똑바로 서서 말을 꺼냈다.

"저는 아버지의 새로운 비서 스티크만이라고 합니다."

"어머, 그러세요? 아버지가 비서를 바꾸셨군요."

그녀가 별 생각 없이 말했다.

"그렇습니다, 아가씨. 그런데 아가씨께 드릴 말씀이 있습니다."

"잠깐 앉으세요. 금방 끝나니까요."

그녀는 쓰던 편지에 몇 자를 더 적어 넣은 다음, 서명을 하고 봉투를 봉했다. 그리고 전화의 호출 벨을 눌렀다. 자신의 재봉사를 부른 다음 갑자기 필요하게 됐으니 여행용 외투를 서둘러 만들어 달라고 부탁했다. 그리고 나서야 비로소 홈즈를 보며 말했다.

"기다리게 해서 죄송해요. 그런데 아버지 앞에서는 할 수 없는 얘기인 모양이죠?"

"그렇습니다, 아가씨. 그리고 부디 목소리를 낮춰서 얘기해 주시기를 부탁드리겠습니다. 데스탕주 씨가 듣지 않는 것이 좋을 테니까요."

"누구한테 좋다는 얘기죠?"

"당신을 위해섭니다, 아가씨."

"아버지가 들어서 안 될 얘기라면 저도 듣고 싶지 않아요."

"하지만 이 이야기는 꼭 들으셔야만 합니다."

두 사람은 동시에 자리에서 일어나 서로를 노려보았다. 곧 그녀가 입을 열었다.

"그럼 말씀해 보세요."

홈즈가 여전히 선 채로 말했다.

"만약 내가 사소한 점에서 잘못된 사실을 말한다 하더라도 이해해 주시기 바랍니다. 지금부터 드릴 말씀의 중요한 부분은 정확한 사실이라고 미리 보장할 수 있으니까요."

"미사여구를 늘어놓을 필요는 없어요. 요점만 간단하게 말씀하세요."

여자의 말투로 보아서, 이 젊은 여자가 경계하고 있다는 것을 홈즈는 알아챘다. 그는 계속해서 말했다.

"알겠습니다. 그럼 바로 본론으로 들어가겠습니다. 즉 5년 전에 당신의 아버님께서는 막심 벨몽 씨와 알게 되었습니다. 자신을 사업가…… 혹은 건축가라고 소개했을 겁니다. 그 점에 대해서는 확실히 알고 있지 못합니다. 어쨌든 데스탕주 씨는 이 젊은이에게 호의를 갖게 되었습니다. 그리고 건강이 나빠져 일을 할 수 없게 되자, 데스탕주 씨께서는 평소에 남다른 호감을 갖고 있던 벨몽 씨에게 오랜 손님들로부터 받은 일감들 중 그의 능력에 적합하다고 생각되는 몇 가지 일들을 맡기셨습니다……."

홈즈가 잠시 말을 끊었다. 그는 젊은 아가씨의 얼굴이 한층 더 창백해졌다는 사실을 알 수 있었다. 그럼에도 불구하고 그녀는 아주 차분한 목소리로 말했다.

"무슨 말씀을 하시는 건지 저는 잘 모르겠어요. 그리고 그런 얘기를 내가 왜 들어야 하는지도……."

"하지만 다음 얘기를 들어 보면 생각이 달라지실 겁니다, 아가씨. 그러니까 막심 벨몽 씨의 본명은, 당신도 저처럼 알고 계시겠지만 아르센 뤼팽입니다."

순간 여자가 난데없이 웃음을 터뜨렸다.

"말도 안 돼요. 아르센 뤼팽이라고요? 막심 벨몽 씨가 아르센 뤼팽이라는 말인가요?"

"말씀드린 대로입니다. 아가씨, 제가 요점만 말씀드린다고 해서 일부러 모르는 척하신다면 저도 자세하게 말씀드릴 수밖에 없습니다. 아르센 뤼팽은 이 댁에서 자신의 악행을 성취하는 데 필요한 한 여자 친구, 아니 여자 친구 이상의 맹목적인 공범자…… 그것도 정열적으로 심취해 있는 공범을 찾아낸 것입니다."

그녀가 자리에서 일어났다. 그러나 아무런 동요도 보이지 않았다. 아무런 동요를 보이지 않았기에 오히려 홈즈가 놀랐을 정도였다.

그녀가 침착하고 또렷한 어조로 말했다.

"당신이 무엇 때문에 그런 말씀을 하시는 건지 저는 도저히 이해할 수가 없네요. 그리고 알고 싶지도 않고요. 그러니까 더 이상 아무런 말씀도 마시고 이 방에서 나가 주세요."

"처음부터 많은 시간을 뺏을 생각은 아니었습니다. 단 이 집에서 나 혼자 나가지는 않겠다고 결심했습니다."

홈즈가 그녀만큼 조용한 목소리로 대답했다.

"그럼 누구와 함께 나가겠다는 말이죠?"

"당신입니다."

"저요?"

"그렇습니다, 아가씨. 함께 이 집에서 나가는 겁니다. 그리고 당신은 아무런 저항도 하지 말고, 단 한마디도 하지 말고 저를 따라와 주시기 바랍니다."

이해할 수 없는 점은 두 사람 모두가 너무나도 냉정했다는 것이었다. 그들의 태도, 그들의 목소리만을 놓고 보자면, 그들의 모습은 필사적인 대결이라기보다는 오히려 의견을 달리하는 두 사람의 은근한 논의처럼 느껴졌다.

열어 놓은 프랑스 창 너머로 데스탕주 씨가 원형 서고 안에서 천천히 책을 만지고 있는 모습이 보였다.

클로틸드가 가볍게 어깨를 한 번 들썩인 다음 자리에 앉았다. 홈즈가 시계를 꺼내 보았다.

"10시 30분입니다. 5분 후에는 나가도록 합시다."

"안 나간다면?"

"안 나가신다면 데스탕주 씨께 모든 걸 말씀드리겠습니다."

"무슨 말을?"

"사실을 밝히겠습니다. 막심 벨몽의 베일에 싸인 생활과 그 공범자의 이중생활에 대해 얘기할 생각입니다."

"그 공범자의?"

"그렇습니다. 금발의 여인이라 불리는 그 여자. 원래는 금발머리가 찬란했던 그 여자의 생활을⋯⋯."

"증거로 아버지께 뭘 보여 주실 생각이시죠?"

"아버님을 샬그랭 가로 모시고 가겠습니다. 그리고 아르센 뤼팽이 위임받은 공사를 이용해서 자신의 부하에게 만들게 했던 40번지와 42번지 사이의 통로, 당신들 두 사람이 어젯밤에 이용했던 그 통로를 보여 드리겠습니다."

"그리고요?"

"그리고 데스탕주 씨를 드티냥 변호사의 집으로 모시고 가서 당신이 뤼팽과 함께 가니마르의 손에서 벗어나기 위해 내려갔던 뒷문 쪽 사다리를 함께 내려갈 생각입니다. 그리고 두 사람이 함께 이웃 건물과 통해 있을 게 분명한 유사한 비밀 통로를 찾아볼 겁니다. 그 출입구는 클라페이롱 가가 아닌 바티뇰 대로로 나가게 되어 있을 테지만 말입니다."

"그리고서는요?"

"그리고 데스탕주 씨를 크로종 성채로 모시고 가겠습니다. 그렇게 하면 그 성채를 재건할 때 아르센 뤼팽이 시공한 공사의 종류를 잘 알고 계시는 아버님께서는 아르센 뤼팽이 부하들에게 만들게 한 비밀 통로를 쉽게 발견하실 수 있을 겁니다. 그리고 아버님께서는 모든 걸 알게 되실 겁니다. 밤중에 금발의 여인이 그 통로를 통해서 백작 부인의 방으로 숨어들어 벽난로 위 장식장에 놓아두었던 푸른 다이아몬드를 훔쳤고, 그로부터 2주일 뒤에 블라이셴 영사의 방으로 숨어들어 이 푸른 다이아몬드를 치약병 속에 숨겼다는 사실을……. 왜 그런 행동을 했는지 저로서는 조금 이해하기 힘들지만, 어쩌면 여자들이 흔히 보여 주는 조그만 복수였을지도 모르겠습니다. 어쨌든 그것은 그리 중요한 문제가 아닙니다."

"그리고…… 또 있습니까?"

홈즈가 엄숙한 목소리로 말했다.

"그리고 데스탕주 씨를 앙리 마르탱 가의 134번지로 모시고 가겠습니다. 거기서 둘이 함께 오트렉 남작이 어떤 식으로……."

"그만, 그만하세요! 용서하지 않겠어요. 그러니까 당신은 그 범인이 나라고 말하고 싶은 거죠?"

겁을 먹은 젊은 아가씨가 갑자기 더듬거리며 중얼거렸다.

"당신이 오트렉 남작을 살해했다고 나는 확실하게 말할 수 있습니다."

"아니, 아니에요. 그건 억울한 누명이에요!"

"아가씨, 당신은 오트렉 남작을 살해했습니다. 당신은 푸른 다이아몬드를 훔칠 목적으로 앙투아네트 브레아라는 가명을 사용하여 남작의 집에 고용된 겁니다. 하지만 결국엔 사람까지 죽였습니다."

여기서 다시 한 번 대답이 궁해진 그녀가 애원하는 듯한 투로 이렇게 중얼거렸다.

"이제 그만하세요. 제발 부탁입니다. 그렇게 모든 것을 잘 알고 있다면, 제가 남작을 살해하지 않았다는 사실도 당연히 알아야 할 것 아닙니까……."

"나는 당신이 남작을 고의로 살해했다고는 말하지 않겠습니다. 남작에게는 발작 증세가 있는데 그것을 진정시킬 수 있는 사람은 오직 오귀스트 수녀뿐입니다. 그 수녀가 없었기 때문에 남작은 당신에게 달려들었을 겁니다. 그렇게 격투를 벌이는 동안 자신의 생명을 지키기 위해 당신은 남작을 찔렀을 겁니다. 그리고는 자신이 한 짓이 두려워서 당신은 벨을 눌렀습니다. 그리고 당신은 도망쳤습니다. 푸른 다이아몬드를 훔치려고 그 집에서 살기 시작했음에도 불구하고 그것을 피해자의 손가락에서 빼내는 것도 잊은 채……. 잠시 후, 당신은 옆집에 하인으로 있는 뤼팽의 부하를 데려왔습니다. 당신은 남작을 침대로 옮기고 방 안을 정리했습니다. 그렇지만 역시 푸른 다이아몬드를 훔칠 마음은 들지 않았습니다. 이상이 사건의 전말입니다. 그러니까 다시 한 번 말씀드리지만, 당신은 남작을 고의로 살해하지 않았습니다. 하지만 그래도 역시 남작을 찌른 건 당신의 그 손입니다."

그녀는 섬세하고 가녀린 손가락으로 이마를 가린 채 한동안 움직이지 않았다. 그리고 손을 내리면서 고통스런 표정으로 말했다.

"아버지께 말씀드리려 했던 건 그게 전부인가요?"

"그렇습니다. 그리고 그 외에도 제게는 금발의 여인을 알고 있는 쉬잔 양이라는 증인이 있으며, 앙투아네트 브레아를 알아볼 수 있는 오귀스트 수녀도 있고, 드 레알 부인을 알아볼 수 있는 크로존 백작 부인이 있다는 사실도 말할 생각입니다. 이상이 제가 아버님께 말씀드리려 했던 내용의 전부입니다."

"절대로 그렇게 하도록 내버려 두지 않을 거예요."

그녀는 그의 위협으로 닥쳐온 위험을 앞에 두고 오히려 냉정함을 되찾으며 이렇게 내뱉었다.

그러자 홈즈는 자리에서 벌떡 일어나 서고를 향해서 발걸음을 옮겼다. 그제야 클로틸드가 그를 불러 세웠다.

"잠깐만요!"

침착함을 완전히 되찾은 그녀가 잠시 생각에 잠겼다가 냉정한 어조로 이렇게 물었다.

"당신이…… 셜록 홈즈 씨죠?"

"그렇습니다."

"제가 어떻게 하시길 바라는 거죠?"

"어떻게 하시길 바라냐고요? 나는 아르센 뤼팽에게 결투를 신청했는데, 무슨 수를 써서든 이길 생각입니다. 이제 그리 멀지 않은 결말을 앞둔 상황에서, 당신과 같은 귀중한 인질을 손에 넣는다면 그건 내 적에게 확실한 치명타가 될 것이라고 생각합니다. 그러니까 아가씨, 저를 따라오시기 바랍니다. 나는 당신을 내 동료 중 한 명에게 맡길 생각입니다. 일단 내 목적이 달성되면 당신을 바로 자유롭게 해 드리겠습니다."

"그것뿐인가요?"

"그것뿐입니다. 나는 국가의 경찰이 아닙니다. 따라서 시비곡직을 가릴 만한 권리가 있는 것도 아니고, 그럴 만한 입장도 못 됩니다."

그녀는 드디어 결심한 듯했다. 그녀는 잠시 시간을 달라고 부탁했다. 그리고 눈을 감았다. 홈즈가 보기에, 그녀는 자신의 눈앞에 닥친 위험 같은 것에는 전혀 무관심한 채 침착하고 고요한 모습이었다.

영국인은 이렇게 생각했다.

'이 여자, 과연 자신이 위험에 처해 있는 거라고 생각하고 있기나 한 걸까? 도저히 그렇게는 안 보이는데. 뤼팽이 보호해 줄 거라고 믿고 있을 테니까……. 뤼팽만 있으면 그 누구도 자신에게 손을 댈 수 없을 거라고 생각하는 거야. 뤼팽은 전능하고, 뤼팽에게 실수란 있을 수 없다고 굳게 믿고 있는 게 분명해.'

마침내 홈즈는 싸늘하게 내뱉듯 말했다.

"아가씨, 아까 5분이라고 말씀드렸는데 벌써 30분이 흘렀습니다."

"방에 가서 필요한 짐들을 챙겨 와도 될까요?"

"그렇게 하고 싶으시면 그렇게 하세요. 몽샤냉 가에서 기다리고 있겠습니다. 나는 건물 관리인인 자니오와 아주 친하게 지내고 있습니다."

"아……! 알고 있었군요……."

그녀가 소스라치게 놀라며 이렇게 말했다.

"여러 가지 사실들을 알고 있습니다."

"그럼 먼저 가서 기다리세요. 내 옷과 모자를 이리로 가져오라고 할 테니까요."

그의 모자와 외투가 옮겨져 오자, 홈즈가 그녀에게 말했다.

"아버님께 우리 두 사람이 함께 외출하는 이유를, 그리고 경우에 따라서는 며칠이 걸릴지도 모르는 당신의 부재를 설명해 둘 필요가 있을 겁니다."

"그럴 필요까진 없을 거예요. 나는 곧 이곳으로 되돌아올 테니까요."

여기서 두 사람의 시선이 다시 한 번 격렬하게 부딪쳤다. 서로가 상대를 비웃는 듯한 조용한 시선이었다.

"그를 굳게 믿고 계시는군요."

홈즈가 말했다.

"무조건 신뢰합니다."

"그가 하는 일은 전부 옳은 일이라고 생각하고 계시죠? 그가 바라는 일은 전부 실현될 거라고 믿고 계시죠? 당신은 그의 모든 것에 찬성하며, 그를 위해서라면 무엇이든 할 각오가 되어 있죠?"

"나는 그를 사랑하고 있으니까요."

열정에 복받치는 듯 몸을 떨면서 그녀가 말했다.

"그래서 이번에도 역시 그가 구해 줄 거라고 믿고 계신 건가요?"

그녀가 어깨를 들썩여 보였다. 그리고 아버지 쪽으로 다가가서 외출하겠다고 말했다.

"스티크만 씨를 잠깐 데려갈게요. 둘이서 국립도서관에 다녀오겠어요."

"점심때는 돌아올 수 있겠니?"

"아마…… 아니 못 올지도 모르겠네요. 하지만 너무 걱정하지 마세요."

그녀가 홈즈를 바라보며 힘차게 말했다.

"그럼 함께 가겠습니다."

"순순히?"

"모든 걸 맡기겠어요."

"도망치려고 하면 나는 큰 소리로 소동을 피울 겁니다. 그럼 당신은 체포되어 투옥되고 말 겁니다. 잘 기억해 두십시오. 금발의 여인에게는 체포 영장이 발부되어 있으니까."

"절대 도망치지 않을 거예요. 제 명예를 걸고 맹세하죠."

"나도 믿겠습니다. 그럼 가시죠."

그가 미리 말한 대로 두 사람은 어깨를 나란히 하고 저택에서 나왔다.

*

광장으로 나와 보니 조금 전의 그 택시가 반대 방향으로 향한 채 정차해 있었다. 운전기사의 등과 모자가 보였다. 찬 바람에 시달린 듯 모자를 외투의 목깃 부분까지 푹 눌러쓰고 있었다. 가까이 다가가자 엔진 움직이는 소리가 들려왔다.

홈즈는 문을 열고서 클로틸드에게 탈 것을 권한 뒤, 자신도 그녀의 옆자리에 앉았다.

자동차가 출발하더니 외곽도로를 타고 오슈 대로를 지나 그랑드 아르메 대로를 달리기 시작했다.

홈즈는 앞으로의 계획을 머릿속에서 요모조모 검토하고 있었다.

'가니마르는 집에서 대기하고 있을 거야. 나는 이 아가씨를 그에게 맡길 거고…… 아가씨의 정체를 밝혀야 할까? 아니, 그렇게 하면 가니마르는 바로 경찰서로 데려갈 거야. 그러면 모든 게 엉망이 되어 버리지. 그 일이 끝나면 M.B 서류의 목록을 바탕으로 집들을 조사하자. 그런 다음 행동 개시다. 드디어 오늘 밤, 늦어도 내일 아침이면 나는 가니마르를 만나러 갈 거고, 약속대로 아르센 뤼팽과 그 일당들을 그에게 건네줄 수 있을 거야.'

그는 양손을 비볐다. 드디어 목적지에 거의 다 도착했으며, 그를 막을 만한 것은 아무것도 없다는 사실에 만족하였다. 그리고 그답지 않게 진심을 털어놓고 싶다는 욕구에 사로잡혀 결국 이런 말을 해 버리고 말았다.

"아가씨, 내가 너무 기뻐하는 것 같아 미안하군요. 하지만 악전고투가 계속됐었기에 그만큼 더 승리감에 도취할 수밖에 없으니까요."

"정당한 승리인 걸요. 기뻐하는 것도 당연하죠."

"미안하군요. 어? 그런데 여기가 어디지? 기사 양반, 아까

내가 한 소리를 잘못 알아들은 거요?"

이때 택시는 뇌일리 문을 통해서 파리 시를 벗어나고 있었던 것이다.

"어떻게 된 거요? 기사 양반, 길이 틀렸소. 페르골레즈 가로 가자니까!"

홈즈가 운전석과 뒷좌석 사이에 있는 창을 내리며 재차 말했다.

"이봐, 기사 양반! 어디로 가는 거야? 페르골레즈 가로 가자니까!"

운전기사는 웬일인지 아무 대꾸도 하지 않았다. 홈즈가 더욱 큰 소리로 다시 한 번 말했다.

"페르골레즈 가로 가자니까!"

그러나 여전히 묵묵부답이었다.

"아! 이봐! 안 들리나? 아니면 일부러 그러는 건가? 난 이런 곳에 아무런 볼일이 없다고. 페르골레즈 가로 가! 차를 돌려서 가능한 한 빨리 가 달라고!"

운전기사는 여전히 침묵을 지켰다.

영국인은 갑자기 불안감이 밀려와서 부르르 몸을 떨었다. 그 와중에 홈즈가 얼핏 클로틸드를 바라보니, 의미를 알 수 없는 미소가 그녀의 입가에서 피어오르고 있었다.

"왜 웃는 거요? 이 정도의 착오 가지고……. 그래도 상황은 아무것도 달라진 게 없습니다."

홈즈가 불쾌하다는 듯이 말했다.

"그야 물론이지요. 그 무엇도 절대로 변하지 않아요."

그녀가 중얼거리듯 대답했다.

바로 그때 어떤 생각 하나가 머릿속에 떠오르는가 싶더니 홈즈의 정신을 송두리째 뒤집어 놓았다.

홈즈는 자리에서 반쯤 일어나 운전기사를 유심히 바라보았다. 처음 본 운전기사보다 어깨가 조금 좁았고 몸가짐도 훨씬 유연했다…… 홈즈는 전신에 식은땀이 흐르는 것을 느끼면서 두 주먹을 불끈 쥐었다.

하지만 생각하기도 싫은 무시무시한 확신이 그의 뒤통수부터 관자놀이까지를 찌릿하게 저며 오는 것이었다.

앞에 앉은 남자는…… 바로 아르센 뤼팽이었던 것이다!

"자, 홈즈 씨. 이 짧은 드라이브에 대한 감상은?"

"상쾌하네, 아주 상쾌해."

홈즈가 대답했다.

이 짧은 말을 목소리의 떨림 없이, 전신의 동요를 조금도 느끼지 않는 듯이 말하기 위해서 이처럼 강한 자제력을 발휘한 적은 지금까지 단 한 번도 없었다. 그야말로 이라도 악물어야 할 판이었던 것이다.

하지만 그것도 잠시뿐, 끓어오르는 분노와 증오의 커다란 물결이 방파제를 부수고 홈즈의 몸과 마음을 휩쓸어가 버렸다. 그는 순간적으로 권총을 뽑아들어 데스탕주 양을 향해 겨눴다.

"뤼팽, 당장 차를 세우게. 아니면 아가씨 몸에 총구멍이 날 것이오!"

"쏘시려거든 이왕이면 볼에다 겨누고 쏘시구려……. 그래야 관자놀이로 관통할 테니까."

뤼팽이 뒤를 돌아보지도 않고 답했다.

클로틸드도 이렇게 중얼거렸다.

"막심, 너무 빨리 달리는 거 아니에요? 돌을 깔아 놓은 도로는 미끄러워서…… 무섭단 말이에요."

그녀는 여전히 미소를 지으며 물끄러미 도로를 바라보고 있었다. 차 앞에 깔린 돌은 그녀의 말처럼 매우 울퉁불퉁했다.

"세워! 세우라고! 내가 무슨 짓을 하려는 건지 모르겠나?"

홈즈가 엉덩이를 들썩거리며 분노를 억제하지 못하고 미친 듯이 소릴 질렀다.

그의 손에 들린 총신이 그녀의 머리채를 이리저리 스치고 있었다.

하지만 여자는 여전히 느긋하게 중얼거렸다.

"막심, 너무 경솔해요! 이렇게 달리면 미끄러진다니까요."

도저히 안 되겠다 싶었는지, 홈즈는 권총을 다시 주머니에 넣었다. 그리고 손잡이를 움켜잡고서 무모하다는 사실을 알면서도 금방이라도 뛰어내릴 준비를 했다.

클로틸드가 그에게 말했다.

"그럼 조심하세요. 뒤에서 자동차가 달려오고 있어요."

홈즈가 얼른 고개를 내밀어서 살펴보니, 과연 자동차 한 대가 쫓아오고 있었다. 앞이 뾰족하고 외관이 멋진 대형 빨간색 자동차에 모피를 입은 네 사내가 타고 있었다.

'제길! 완벽하게 걸려들었군. 일단 참을 수밖에 없겠어.'

그가 생각했다.

홈즈는 느긋하게 기대앉아 팔짱을 꼈다. 운명이 등을 돌렸을 때, 그것을 감수하고 다음 기회를 기다릴 줄 아는 높은 자부심의 소유자라도 되는 것처럼⋯⋯.

자동차가 센 강을 건너 쉬렌, 뤠이, 샤투를 연속해서 지나는 동안 모든 것을 체념한 채, 분노와 슬픔을 가만히 억누르며 꼼짝도 않고 있었다. 그러면서 오직 어떤 방법으로 아르센 뤼팽이 운전기사와 자리를 바꿨는지, 그것을 알아내려고 생각에 생각을 거듭했다.

오늘 아침에 대로에서 잡은 택시의 그 사람 좋아 보이는 젊은 운전기사가 미리 배치해 놓은 뤼팽의 부하라고는 도저히 생각되지 않았다. 그리고 바꿔치기를 한 것은 홈즈가 클로틸드를 협박하고 있는 동안 이루어졌다. 왜냐하면 그 이전에는 그 누구도 홈즈의 이 계획을 알 수 없었기 때문이다. 그런데 홈즈가 클로틸드를 협박한 이후, 두 사람은 한시도 떨어지지 않고 함께 있지 않았는가⋯⋯.

문득 떠오르는 생각이 있었다. 클로틸드가 재봉사와 전화로 얘기를 나눴다는 사실이었다. 그로써 그는 모든 것을 바로 알 수 있었다. 그가 용건을 말하기도 전부터, 단지 데스탕주씨의 새로운 비서로서 이야기를 나누고 싶다고 한 것만 가지고도 그녀는 위험을 느끼고, 상대의 본심과 목적을 꿰뚫어보면서 아주 냉정하게 대처했던 것이다. 그리하여 재봉사와 이야기를 나누는 것처럼 하면서, 그들만의 암호를 통해서 뤼팽에게 구조를 요청했을 것임에 틀림없었다.

아르센 뤼팽이 어떻게 당도했으며, 시동을 걸어 놓은 채 정차해 있는 이 택시를 어떻게 알아봤는지, 어떻게 운전기사를 매수했는지는 중요한 일이 아니었다.

끓어오르는 홈즈의 분노를 일순간에 잠재울 정도로 감탄하게 했던 것은, 비록 사랑에 빠졌다고는 하지만 한낱 여자에 지나지 않는 그녀가 자신의 마음을 제어하고, 본능을 억제하고, 얼굴 표정과 눈빛 하나 흔들리지 않은 채 노련한 셜록 홈즈의 의표를 찔렀다는 바로 그 사실이었다.

이처럼 뛰어난 조수들의 도움을 받는 사내를 상대로 해서 과연 무엇을 어떻게 할 수 있단 말인가? 얼마나 강력한 매력과 카리스마를 갖고 있기에, 한 여인에게까지도 이처럼 커다란 힘과 대담함을 줄 수 있단 말인가?

어느덧 택시는 센 강을 건너 생제르맹 언덕을 올라가고 있었다. 그 거리로 들어서서 500미터 정도 더 간 뒤에야 택시는 속도를 떨어뜨렸다. 뒤따라오던 자동차가 나란히 달리기 시작했다. 곧 두 대가 함께 멈춰 섰다. 주변에서 아무런 인기척도 들리지 않았다.

"홈즈 씨, 미안하지만 차를 바꿔 타십시오. 이 녀석은 너무 굼벵이 같아서……."

뤼팽이 말했다.

"좋습니다. 그렇게 바쁘다면 어쩔 수 없겠죠."

다른 소리를 할 입장이 아니었기에 홈즈는 흔쾌히 그의 말을 받아들였다.

"그리고 이 모피 외투를 입으십시오. 있는 힘껏 밟으면 찬바람이 만만치 않거든요. 샌드위치 두 개도 함께 받으십시오. 언제 식사를 할 수 있을지 알 수 없으니까……."

네 사내들은 이미 자동차에서 내렸다. 그중 한 명이 다가왔다. 얼굴을 가리고 있던 안경을 벗는 순간, 홈즈는 그가 헝가리 음식점에서 봤던 프록코트를 입은 신사라는 사실을 알 수 있었다. 뤼팽이 그에게 말했다.

"자네는 이 택시를 내게 빌려 준 운전기사에게 돌려주게. 레장드르 가의 오른쪽 첫 번째 술집에서 기다리고 있을 걸세. 약속했던 나머지 금액, 1천 프랑을 지불해 주게. 잠깐! 잊을 뻔했군. 자네의 보안경을 홈즈 선생에게 건네주게나."

뤼팽은 데스탕주 양과 뭔가 이야기를 나누더니, 운전석에 가서 앉았다. 홈즈를 옆자리에 앉히고, 뒷좌석에 부하 한 명을 태운 뒤 출발했다.

뤼팽이 '힘껏 밟겠다.'고 한 말은 허풍이 아니었다. 처음부터 현기증이 날 정도로 달렸다. 지평선이 자력에 이끌리듯이 그들 쪽으로 달려들었다. 그리고 달려들었나 싶으면 그 순간 심연으로 빨려 들어가듯 사라졌다. 나무와 집들, 들판과 숲도 심연에 빨려들기 직전의 급류처럼 빠른 속도로 사라져 갔다.

뤼팽과 홈즈는 단 한마디도 나누지 않았다. 두 사람의 머리 위에서 일정 간격으로 서 있는 포플러 잎들이 규칙적으로 커다란 소리를 냈다. 이렇게 망트, 베르농, 가이용 등 여러 도시들이 사라져 갔다. 하나의 언덕에서 또 다른 언덕으로 달려가는 동안, 봉 스쿠르에서 캉틀뢰 로를 지나는 동안, 루앙과 그 외곽 지대, 선착장, 몇 킬로미터에 달하는 해안이 사라져 갔다. 루앙도 한낱 시골 마을처럼 밖에는 여겨지지 않았다. 뒤이어 뒤클레르, 코드벡, 코 지방 특유의 완만한 지형을 스치듯 힘차게 달려 리유본과 키유뵈프를 지났다.

어느덧 그들은 센 강 기슭의 조그만 곳에 도착했다. 그곳에 화려하지는 않지만 튼튼해 보이는 요트가 한 척 묶여 있었고, 굴뚝에서 검은 연기가 무럭무럭 피어오르고 있었다.

마침내 자동차가 멈췄다. 그들은 두 시간 만에 160킬로미터를 질주한 것이었다.

감색 외투에 금장식 줄을 단 모자를 쓴 사내가 나와 인사를 했다.

"수고했소, 선장. 전보는 받았겠지?"

뤼팽이 외쳤다.

"네, 받았습니다."

"제비 호는 준비되었나?"

"출항 준비를 마쳤습니다."

"그럼 홈즈 씨."

영국인이 주위를 둘러보았다. 한 무리의 사람들이 한 카페의 테라스에, 또 다른 한 무리가 보다 가까운 곳에 모여 있는 것이 보였다. 순간 망설였지만, 제 아무리 저항한다 해도 바로 잡혀서 배로 끌려가고 선창 깊은 곳에 던져질 것이 뻔했기 때문에 순순히 트랩에 올라 뤼팽의 뒤를 따라서 선장실로 들어갔다.

선실은 넓고 매우 깨끗한 데다 판자에 발라 놓은 니스와 구리 장식이 반짝여서 매우 밝아 보였다.

뤼팽이 문을 닫았다. 그리고 매우 무뚝뚝한 어투로 다짜고짜 이렇게 말했다.

"그러니까, 당신이 알고 있는 게 뭐요?"

"모든 걸 다 알고 있지."

"모두? 자세하게 말해 보게."

이 영국인에 대해 보여 줬던 조금 비꼬는 듯한 정중한 말투는 이미 사라지고 없었다. 지금 그의 어투는 끊임없이 명령해온, 그리고 그 명령 앞에서는 비록 셜록 홈즈라 할지라도 굴복하지 않을 수 없는, 주인으로서 명령하는 그런 어투였다.

두 사람은 서로를 적으로, 빈틈을 엿보는 적으로서 노려보았다. 신경질적으로 뤼팽이 계속해서 말했다.

"지금까지 몇 번 당신과 부딪쳤어. 차라리 안 만나느니 못한 일이었지. 이제 더 이상 당신이 나를 잡으려 놓은 덫을 피하기 위해 시간을 허비하고 싶지 않아. 여기서 확실하게 말해 두겠는데 당신에 대한 나의 태도는 당신의 답에 따라 달라질 거야. 그러니까 당신은 뭘 알고 있는 거지?"

"몇 번을 물어도 답은 변하지 않아. 모든 걸 다 알고 있어."

뤼팽이 치미는 화를 억누르며 거친 어투로 말했다.

"당신이 알고 있는 걸 내가 대신 말해 보지. 당신은 내가 막심 벨몽이라는 이름으로 데스탕주 씨가 건축한 집 중 열다섯 채를 손보았다는 사실을 알고 있어."

"그래."

"그중에서 당신이 확인한 건…… 그 열다섯 채 중 네 채이고……."

"그래."

"그리고 당신은 나머지 열한 채에 대한 목록도 가지고 있을 것이고……."

"그래."

"당신은 그 목록을 어젯밤 데스탕주 씨 집에서 훔친 거고……."

"그래."

"그 열한 채 중에 내가 동료들과 함께 사용하고 있는 집이 있을 것이라고 생각하여, 그 집을 조사하라고 가니마르에게 의뢰했을 것이고……."

"그건 아냐."

"그렇다면?"

"나는 혼자서 움직여 왔고, 앞으로도 혼자서 움직일 생각이란 말일세."

"그렇다면 나는 더 이상 두려워할 것이 없다는 말이군. 당신이 내 손아귀에 있으니 말이야."

"그래, 당신은 아무것도 두려워할 것이 없어. 내가 당신 손아귀에 있는 동안에는……."

"그 말은, 이대로 가만히 있지 않겠다는 말이군."

"당연하지."

아르센 뤼팽이 영국인에게 한발 다가섰다. 그리고 아주 조용히 그의 어깨에 손을 얹으며 말했다.

"이봐, 어떤가? 나는 더 이상 말씨름하기 싫어. 그리고 당신은 더 이상 나를 막을 수 없는 상태에 있어. 그러니 여기서 이야기를 마무리 짓자고."

"나도 그러길 바라지."

"자네의 명예를 걸고 맹세해 주기 바라네. 이 배가 영국 영해 안에 들어가기 전까지는 탈출을 시도하지 않겠다고."

"내 명예를 걸고 자네에게 맹세하겠네. 모든 수단을 동원해서 탈출하겠다고."

홈즈가 의연하게 말했다.

"정말 알 수 없는 녀석이군. 당신도 잘 알고 있을 게 아니오? 내 한마디면 당신을 완전히 무력하게 만들 수 있다는 사실을. 여기 있는 사람들은 모두 나를 맹목적으로 따르는 사람들이야. 내 손짓 하나면 이 사람들은 자네 목에 쇠사슬을 걸 수도 있다고."

"사슬은 끊어질 수도 있네."

"해안에서 16킬로미터 떨어진 바다 한복판에 당신을 던져 버릴 수도 있어."

"나는 수영을 할 줄 알아."

"멋진 대답이군. 실례했소. 화를 내서……. 용서해 주시오. 이제 결론을 내립시다. 내가 나와 내 친구들의 안전을 위해서 필요한 수단을 강구하는 건 당연한 일이라고 생각지 않으십니까?"

뤼팽이 웃으며 큰 소리로 말했다.

"모든 수단을 강구하는 건 당연한 일이겠지. 하지만 전부 쓸데없는 짓이야."

"쓸데없는 짓일지도 모르겠습니다. 하지만 선생님은 내가 대책을 강구한다고 해서 날 원망하지는 않으시겠죠?"

"원망하지는 않겠네. 그것이 자네의 의무일 테니까."

"그럼 그렇게 하겠습니다."

뤼팽이 문을 열었다. 그리고 선장과 뱃사람 두 명을 불렀다. 그들은 영국인을 붙잡아서 소지품을 빼앗은 뒤 두 다리를 묶어 선장의 침대에 묶었다.

"그만! 내가 이렇게까지 하는 건 전적으로 당신이 너무 완고하고 사태가 워낙 심각해서라는 것을 다시 한번 강조하는 바요."

뱃사람들이 밖으로 나갔다. 뤼팽이 선장에게 말했다.

"선장, 홈즈 씨의 시중을 들 선원 한 사람을 여기에 남겨 두게. 그리고 자네가 가능한 한 상대를 해 드리게. 최선을 다해서 정중하게 모셔야 하네. 포로가 아니라 손님이라는 점을 명심하고. 선장, 자네 시계는 지금 몇 시지?"

"2시 5분입니다."

뤼팽은 자신의 시계와 선장실 안에 걸려 있는 시계를 각각 확인해 보았다.

"2시 5분이라……. 정확하군. 여기서 사우샘프턴까지 얼마나 걸리지?"

"천천히 가면 아홉 시간 정도 걸립니다."

"음…… 열한 시쯤 도착한다는 얘기로군. 여객선 하나가 사우샘프턴에서 자정께 출발해서 아침 여덟 시에 르 아브르에 도착하기로 되어 있는데, 그 기선이 출발하기 전에 입항해서는 안 되네. 알았지? 선장, 다시 말하겠어. 이 신사분이 그 배를 타고 프랑스로 다시 돌아온다면 우리가 엄청난 곤욕을 치를 것이니, 절대로 새벽 한 시 이전에 사우샘프턴 항구로 들어가는 일이 없게끔 각별히 주의를 하라는 말이네."

"알겠습니다."

"그럼 선생님, 저는 이만 실례하겠습니다. 내년쯤 이승이나 저승에서 뵙도록 하겠습니다."

뤼팽이 호기를 부리며 인사를 건네자, 홈즈도 지지 않고 응수했다.

"내일 또 보지."

몇 분 후, 홈즈는 자동차가 멀어져 가는 소리를 들었다.

그 직후 제비 호의 바닥 부근에서 증기가 격렬하게 끓어올랐고, 동시에 배가 움직이기 시작했다.

세 시경, 배는 센 강 하구를 벗어나 바다 가운데로 나갔다. 그때 몸이 묶인 채 침대 위에 누워 있던 홈즈는 깊은 잠에 빠져 있었다.

*

이튿날, 두 호적수가 벌인 싸움의 마지막 날인 10일째 되는 날, 〈에코 드 프랑스〉 지에 다음과 같은 토막 기사가 실렸다.

『어젯밤, 아르센 뤼팽에 의해 영국의 탐정 셜록 홈즈에게 국외 추방 명령이 내려졌다.

정오에 발령된 이 명령은 그날로 바로 실시, 홈즈는 오전 한 시경에 사우샘프턴에 입항했다고 한다.』

아르센 뤼팽, 두 번째 체포되다

아침 여덟 시부터 두 대의 이삿짐 차가 불로뉴 대로와 뷔고 대로를 연결하는 크르보 가를 혼잡하게 만들었다. 그 거리 8번지 5층에 살고 있는 펠릭스 다비 씨가 이사를 하는 중이었다. 그리고 같은 건물 6층과 양옆에 있는 건물의 6층을 하나로 합쳐 살고 있던 감정가 뒤브뢰이 씨도 마침 그날 — 이는 단순한 우연이었다. 두 사람은 전혀 모르는 사이였다. — 수집해 두었 던 가구를 다른 곳으로 보내는 중이었다. 유명한 이 수집품들 때문에 외국의 중개인들이 매일같이 찾아오곤 했었다.

인근의 주민들은 열두 대의 운반차 어느 것에도 이사센터의 이름이 적혀 있지 않았고, 짐을 옮기는 어느 인부도 근처 선술집 같은 데서 시간을 끌지 않았다는 사실을 알고 있었다. 하지만 그것이 사람들 사이에서 화제가 된 것은 후의 일이었다. 인부들 이 아주 열심히 일을 했기 때문에 아침 열한 시쯤 모든 작업이 말끔히 끝났다. 남아 있는 것이라고는 텅 빈 방구석에 떨어져 있는 종잇조각과 걸레조각 몇 개가 전부였다.

펠릭스 다비 씨는 우아하고 기품 있는 젊은 신사였다. 최신 유행의 세련된 복장을 하고 있었지만 손에 쥐고 있는 훈련용 지팡이의 무게로 봐서 대단한 완력의 소유자인 듯했다. 펠릭스 다비 씨는 여유 있는 모습으로 페르골레즈 가 맞은편 어느 거리의 벤치에 조용히 앉아 있었다. 그의 옆에는 소시민의 복장으로 한 여자가 신문을 읽고 있었고, 그 옆에서 남자아이 가 부삽으로 모래더미를 파며 놀고 있었다. 잠시 후, 다비 씨가 여자 쪽은 쳐다보지도 않은 채 말을 건넸다.

"가니마르는?"

"오늘 아침 아홉 시에 나갔습니다."

"어디로?"

"경찰청으로요."

"혼자서?"

"혼자서요."

"간밤에 전보 온 건 없었소?"

"없었어요."

"집에서는 여전히 당신을 믿고 있겠지?"

"변함없습니다. 내가 가니마르 아내의 시중을 들고 있는데, 늘 남편 얘기를 미주알고주알 하곤 합니다. 오늘 아침 나절에 도 함께 있었습니다."

"아주 잘하고 있군! 새로운 지시가 있을 때까지 매일 오전 열한 시에 이곳으로 나오도록 해요."

그는 자리에서 일어났다. 그리고 도핀 문 근처에 있는 중국음식점으로 들어가 달걀 두 개와 채소, 과일 등으로 가볍게 식사를 했다. 그런 다음 크르보 가로 되돌아와 여자 관리인에게 말했다.

"잠깐 올라가서 살펴본 다음 열쇠를 돌려주겠소."

그는 마지막으로 서재로 쓰던 방을 둘러보았다. 거기서 그는 벽난로의 장식장 옆으로 내려와 있는 가스관의 끝부분을 잡고서 구리 마개를 벗겨 냈다. 그리고는 나팔 모양의 조그만 기계를 그곳에 끼운 다음 바람을 불어 넣었다.

잠시 후에 희미한 휘파람 소리가 응답해 오자, 그는 입을 아예 관에다 대고 이렇게 중얼거렸다.

"뒤브뢰이, 아무도 없나?"

"네, 없습니다."

"올라가도 되겠나?"

"올라오십시오."

그는 관을 원래 있던 대로 돌려놓고 나서 속으로 이렇게 중얼거렸다.

'문명이란 참으로 대단한 거야! 오늘의 시대는 인생을 즐겁고 아름답게 해 주는 사랑스러운 발명품으로 넘쳐나고 있다니까. 언뜻 보면 별거 아닌 것 같아도 나처럼 생활에 요긴하게 써먹으면 정말 재미있는 게 많다니까!'

그는 벽난로 장식장의 대리석 장식 중 하나를 회전시켰다. 벽을 둘러싸고 있던 대리석판 자체가 움직이기 시작했다. 그리고 그 위에 있던 거울이 보이지 않는 홈을 따라서 옆으로 미끄러지더니 통로가 나타났다. 이어서 굴뚝 내부에 만들어 두었던 계단이 드러났다. 전부 잘 닦여진 주철과 하얀 타일로 만들어졌는데 아주 말끔했다.

그가 천천히 위로 올라갔다. 6층으로 오르자, 굴뚝 위로 똑같은 크기의 통로가 있었다. 뒤브뢰이 씨가 기다리고 있었다.

"이곳의 준비는 끝났나?"

"끝났습니다."

"완전히 정리했나?"

"완전히 정리했습니다."

"인원은?"

"망보는 친구들 셋만 남았습니다."

"그럼 가세."

그들은 한 사람씩 같은 통로를 통해서 가장 위층인 하인들 전용 층까지 올라갔다. 그리고 세 사내가 있는 다락방으로 들어갔다. 사내 중 한 명이 창밖을 살펴보고 있었다.

"이상 없나?"

"이상 없습니다, 두목님."

"거리는 조용한가?"

"아주 조용합니다."

"이제 10분 후면 나는 완전히 철수할 거야. 자네들도 마찬가지야. 그때까지 거리에서 조금이라도 수상한 점이 발견되면 바로 내게 알리도록!"

"마지막 순간까지 경보 벨에 손가락을 대고 있도록 하겠습니다, 두목님."

"뒤브뢰이, 자네는 이삿짐을 나르는 사람들에게 이 선만은 절대로 만지지 말라고 틀림없이 말해 두었겠지?"

"틀림없이 말해 두었습니다."

"그럼 안심해도 되겠군."

두 신사는 펠릭스 다비의 아파트로 내려왔다. 다비가 대리석의 장식을 원래대로 되돌려놓으며 쾌활하게 외쳤다.

"뒤브뢰이. 경보 장치들과 그 복잡한 전선망들, 공명관들, 비밀 통로, 움직이는 바닥, 숨겨진 계단 등…… 이곳에 있는 이 멋진 장치들을 나중에 발견해 낸 녀석은 도대체 어떤 표정을 지을까? 한 번 보고 싶구면. 마치 동화 속 나라에나 있을 법한 대단한 장치들이 아닌가?"

"아르센 뤼팽이 어떤 인물인지 그제야 알게 되겠죠……."

"그렇겠지……. 하지만 버리기에는 너무 아까운 설비들이야. 뒤브뢰이, 그런데 막상 떠나려고 하니 마음이 착잡해지는구면…… 처음부터 전부 새로 시작해야지…… 완전히 새로운 모델로 말이야. 결코 똑같은 것을 반복해서는 안 되니까. 어쨌든 홈즈 녀석이 원망스럽군."

"그나저나 홈즈라는 녀석, 돌아오지 않았겠죠?"

"어떻게 말인가? 사우샘프턴에서 출발하는 배는 오직 하나, 한밤중에 출발하는 그것뿐이야. 그리고 르아브르에서는 아침 여덟 시에 출발해서 이곳에 11시 11분에 도착하는 열차가 하나 있을 뿐이야. 녀석이 한밤중에 출발하는 배에 타지 못하는 이상 — 선장한테 확실하게 지시를 했으니, 녀석은 틀림없이 타지 못했을 거야. — 프랑스에 들어오려면 뉴헤이븐이나 디에프를 경유해야 하니, 오늘 저녁 이전에 프랑스 땅을 밟기는 그른 셈이지."

"만약 온다면 어떻게 합니까?"

"홈즈는 포기할 줄 모르는 사람이니 반드시 돌아올 거야. 하지만 왔을 때는 이미 늦어……. 우린 아주 멀리 떠나 있을 테니까……."

"데스탕주 양은?"

"한 시간 후에 만나기로 약속했네."

"그분 댁에서요?"

"아니, 그녀는 며칠간 집에 들어가지 않을 것이라네……. 당분간 나도 그녀한테만 신경을 써야 할 입장이고. 하지만 뒤브뢰이 자네는 서둘러야 할 걸세. 우리 모두의 짐을 실으려면 시간이 꽤 걸릴 거고, 자네는 현장에 반드시 있어야 할 거야."

"우리가 분명히 감시당하고 있는 건 아니겠지요?"

"누가 감시를 하겠나? 내가 두려워하는 건 홈즈뿐일세."

뒤브뢰이가 밖으로 나갔다.

펠릭스 다비는 마지막으로 살던 곳을 둘러보면서 휴지 조각 몇 개를 주워 올렸다. 그런 다음 분필 한 조각을 발견하자, 그걸 가지고 부엌의 어두운 벽면에다 커다란 테두리를 그린 다음 마치 기념 패널을 만들 듯이 거기에다 이렇게 써 넣는 것이었다.

'20세기 초, 5년간의 세월을 이곳에서 살다가다.'

― 괴도 신사 아르센 뤼팽

이 짓궂은 장난에 그는 매우 만족한 듯했다. 휘파람으로 쾌활한 곡을 불면서 그 낙서를 바라보다가 큰 소리로 외쳤다.

"이로써 다음 세대의 역사가들에 대한 내 의무도 다한 셈이군. 이제 가 볼까? 서두르게, 셜록 홈즈 선생. 난 3분 이내로 이 집에서 떠날 거야. 그 순간 당신의 패배가 결정되는 거지. 앞으로 2분, 기다리겠소. 위대한 양반……. 앞으로 1분! 오지 않을 생각인가? 그렇다면 나는 당신의 퇴위와 나의 신격을 선언하겠소. 그런 다음 퇴장하도록 하지. 안녕, 내가 군림했던 쉰다섯 개의 방으로 이루어진 여섯 채의 아파트여! 안녕, 나의 밀실이여!"

바로 그때 요란한 벨소리가 울려, 그의 고양된 찬사를 중단시켰다. 날카롭고 요란스러우며 찢어질 듯한 벨소리였다. 두 번 울리고 끊어졌다 다시 두 번 울리더니 소리가 그쳤다. 그건 분명 위층에서 누른 경계하라는 경보였다.

무슨 일이지? 어떤 예상치 못했던 위험이 닥친 것일까? 가니마르일까? 아니, 그건 있을 수 없는 일이고……

그는 지금 막 서재로 돌아가 여기서 빠져나가려던 차였다. 하지만 우선 창으로 다가갔다. 거리에는 아무도 없었다. 적은 이미 실내로 침입한 것일까? 그는 가만히 귀를 기울였다. 그리고 희미하게 들려오는 소리를 들었다. 더 이상 지체하지 않고 그는 서재로 뛰어들었다. 그가 막 방에서 나서려는 순간 복도로 통하는 문에 자물쇠가 채워지는 소리가 들렸다.

"이런! 위험한 순간이군. 이 집은 포위당했을지도 몰라……. 뒤쪽 사다리는 이미 틀렸어. 다행히 아직 굴뚝이……."

그가 중얼거렸다.

그는 잽싸게 장식을 눌렀다. 하지만 장식은 움직이지 않았다. 한층 더 힘을 주어 눌러 보았지만 그래도 역시 움직이지 않았다.

그 순간 맞은편 문이 열리더니, 발소리가 뚜벅뚜벅 선명하게 들려왔다.

"제길! 이 장치가 계속 움직이지 않으면 나는……."

그가 저주하듯 말했다.

그의 손가락이 장식 주위에서 움직임을 멈췄다. 전신의 체중을 실어서 밀어 봤다. 그러나 무엇 하나도 움직이질 않았다. 무엇 하나도……. 조금 전까지만 해도 잘 움직이고 있던 장식이 심술궂은 운명의 장난처럼 먹통이 되어 버린 것이었다.

그는 온 신경을 집중했다. 온몸을 떨었다. 대리석 덩어리는 여전히 미동도 하지 않았다. 이런 장애물이 그의 앞길을 가로막다니, 이게 가당키나 한 일인가? 그는 대리석을 마구 두드렸다. 격분에 차서 주먹을 굳게 쥐고 두드렸다. 발길질을 하면서 마구 욕을 해댔다.

"이런, 뤼팽 씨. 무슨 일인가요? 마음에 들지 않는 일이라도 있나요?"

공포심으로 깜짝 놀란 뤼팽이 뒤를 돌아보았다. 셜록 홈즈가 그의 앞에 서 있는 것이 아닌가!

틀림없는 셜록 홈즈였다. 뤼팽은 마치 기분 나쁜 유령이라도 본 것처럼 눈을 깜빡이며 그를 바라보았다.

셜록 홈즈가 파리에 나타났다! 어젯밤, 그가 위험물을 다루듯 조심스럽게 영국으로 발송한 셜록 홈즈가 그의 눈앞에, 자유롭게, 그것도 기고만장한 표정으로 저렇게 서 있다니!

아! 불가능한 일이 아르센 뤼팽의 의지와는 반대로 현실이 되어 기적처럼 일어났으니…… 이것은 순간적이나마 모든 자연법칙이 뒤집히고, 비논리적이며 비정상적인 것이 승리를 거둔 것임에 틀림없었다. 셜록 홈즈가 이렇게 멀쩡한 모습으로 그의 앞에 있으니…….

그러자 영국인이 이번에는 뤼팽이 즐겨 쓰던 세련되게 비아냥거리는 듯한 어투로, 또한 상대를 무시하는 듯한 은근한 몸짓으로 말했다.

"뤼팽, 오늘 지금 이 순간 이후로 나는 자네 덕분에 오트렉 남작의 저택에서 보내야 했던 하룻밤도, 내 친구 왓슨이 당했던 봉변도, 자동차로 납치당했던 일도, 자네의 명령으로 갑갑한 침대에 묶여 짐짝처럼 여행을 해야만 했던 최근의 일도 전부 잊겠다고 선언하겠소. 왜냐하면 지금 바로 이 시간이 그 모든 것을 깨끗이 지워 주고 있으니까. 나는 더 이상 아무것도 기억하지 않겠소. 나는 충분히 보상받고 있으니까 말이오. 그것도 지나치게 과분할 정도로……."

뤼팽이 계속 침묵을 지키자 영국인이 말을 이었다.

"자네도 그렇게 생각하지 않나?"

그가 마치 동의를 구하듯, 지난 일에 대한 계산서를 요구하듯 끈질기게 물었다.

한동안 생각에 잠겼다가 — 그 순간 영국인은 뤼팽이 자신의 마음 깊은 곳까지 들어와 모든 것을 살피고 있는 것 같다는 느낌을 받았다. — 뤼팽이 말했다.

"내 생각에 지금 선생이 이 자리에 나타난 것은 나와 함께 옛 추억이나 떠올리자는 뜻은 아닌 것 같습니다만……?"

"물론 그보다 훨씬 진지한 동기가 있다네."

"당신이 우리 선장과 선원들의 감시를 피해서 도망쳤다는 사실은, 우리의 싸움 전체를 놓고 보자면 그리 중요한 일은 아닐 거요. 혹시 충분한 준비를 갖추지 않은 채, 이렇게 감히 아르센 뤼팽 앞에 홀몸으로 나타나신 건 아니겠죠?"

"여부가 있나."

"그렇다면 이 건물은 접수한 거요?"

"포위되었네."

"그렇다면 이웃하는 두 건물도?"

"물론이네."

"이 위층 집들도?"

"뒤브뢰이 씨가 쓰던 6층의 세 아파트도 포위되었네."

"그러니까 결국……."

"그러니까 결국 뤼팽 자네는 체포된 거나 다름없다는 얘기지. 자네의 생각과는 상관없이 체포된 거야."

자동차로 납치당했을 때 홈즈가 느꼈던 그 기분을 지금 뤼팽이 고스란히 맛보고 있었다. 자신에게로 향하는 격분, 반항……. 하지만 결국은 운명의 섭리에 순응하는 수밖에 별다른 도리가 없었다.

강한 면이 있는 만큼, 정당한 패배 역시 깨끗하게 인정할 줄 아는 사람이었다.

"이제 우린 비긴 셈이군요."

뤼팽이 확실하게 말했다.

영국인은 이 말이 매우 기쁜 모양이었다. 두 사람은 한동안
아무런 말도 하지 않았다. 잠시 후, 뤼팽이 마음을 가다듬고
빙그레 웃으며 말했다.

"하지만 나는 분하다고는 생각지 않아요. 싸울 때마다 이기
는 것도 지겹거든요. 나는 팔을 조금만 뻗어도 당신의 가슴
한가운데를 찌를 수 있었으니까. 하지만 지금은 입장이 바뀌
었군요. 내가 당했습니다, 선생님."

그가 마음껏 껄껄대며 호들갑을 떨었다. 그리고 다시 말을
이었다.

"이로써 세상 사람들도 즐거워 할 겁니다. 천하의 뤼팽이
독안에 든 쥐 신세가 되고 말았으니. 아! 선생님 덕분에 나는
살얼음을 걷는 듯한 기분입니다. 이런 것이 인생의 묘미가
아닐까요?"

그는 속에서 주체할 수 없이 넘쳐흐르는 장난기를 억누르
기라도 하듯, 굳게 쥔 주먹으로 자신의 관자놀이를 마구 비비
며 꾹꾹 눌러댔다. 그러면서도 또다시 어린애 같은 짓궂은
표정으로 영국인에게 이렇게 말했다.

"그런데 지금 뭘 기다리는 거요?"

"기다리다니?"

"가니마르도 와 있을 테고 경찰들도 쫙 깔렸을 텐데, 왜

들이닥치지 않는 겁니까?"

"내가 들어오지 말라고 부탁했기 때문일세."

"그러겠다고 하던가요?"

"그가 내 지시대로 움직인다는 조건을 전제로 그의 협력을 구했네. 그리고 그는 아직도 펠릭스 다비가 뤼팽의 공범자에 불과하다고 여기고 있네."

"그럼 조금 전의 질문을 다른 식으로 다시 묻겠습니다. 그렇다면 당신은 왜 혼자 들어온 겁니까?"

"무엇보다도 자네와 할 이야기가 있기 때문일세."

"아, 아! 하실 말씀이 있다고요?"

뤼팽은 홈즈의 그 말이 묘하게 마음에 드는 듯했다. 세상에는 행동보다도 말이 더 필요할 때도 있는 법이다.

"그러고 보니 홈즈 선생에게 권할 의자 하나도 없는 것이 안타까울 뿐입니다. 반쯤 부서진 이 낡은 상자에라도 앉아 주시겠습니까? 아니면 이 창턱이 좋으시겠습니까? 하다못해 맥주 한잔이라도 있었으면 좋았을 텐데…… 흑맥주를 좋아하십니까, 아니면 그냥 맥주를 좋아하십니까? 어쨌든 우선 좀 앉으십시오."

"앉을 필요 없네. 얘기만 하면 돼."

"그럼 말씀해 보십시오."

"단도직입적으로 말하지. 내가 프랑스에 머문 이유는 자네를 체포하기 위해서가 아니었어. 자네를 추적하게 된 것은 내 참된 목적을 달성하기 위해 달리 방법이 없었기 때문이지."

"그렇다면 그 목적은?"

"푸른 다이아몬드를 찾는 일이었어!"

"푸른 다이아몬드 말입니까?"

"그렇소. 블라이쉔 영사의 치약병 속에서 발견된 것은 진품이 아니었기 때문이지."

"맞습니다. 진품은 금발의 여인이 내게 보냈습니다. 나는 처음부터 그것과 똑같은 모조품을 만들어서 바꿔치기할 생각이었습니다. 당시 나는 백작 부인의 다른 보석도 노리고 있었고, 블라이쉔 영사는 이미 용의자로 지목되었기 때문에 금발의 여인이 자신이 의심받지 않도록 하기 위해서 가짜 다이아몬드를 영사의 짐 속에 몰래 넣어 둔 것입니다."

"그렇게 해 놓고 자네는 진품을 가지고 있었겠지?"

"물론입니다."

"나는 그 다이아몬드가 필요하네."

"죄송하지만, 그건 안 됩니다."

"나는 크로존 백작 부인에게 그 다이아몬드를 찾아주겠다고 약속했네. 나는 틀림없이 그걸 손에 넣을 걸세."

"이미 내 것이 된 물건을 당신이 무슨 수로 빼앗는단 말이오?"

"바로 당신 소유가 되어 있기 때문에, 내가 되찾을 수 있다는 거요!"

"내가 그것을 순순히 돌려줄 거란 말입니까?"

"그렇지."

"자발적으로?"

"내가 사겠네."

뤼팽이 갑자기 밝은 목소리로 말했다.

"역시 영국인이시군요. 모든 일을 거래로 생각하시니."

"거래는 거래일세."

"그렇다면 대신 내게 무엇을 제안하겠습니까?"

"데스탕주 양의 자유."

"데스탕주 양의 자유라고요? 그녀가 어디 갇혀 있기라도 한 것 같은 말투로군요."

"당장은 아니지만, 나는 가니마르에게 필요한 정보를 넘겨줄 생각이네. 그리고 자네의 비호가 없다면 그녀는 곧 붙잡힐 운명이오."

이 말을 듣고 뤼팽이 폭소를 터뜨렸다.

"선생님, 선생님은 자기 것도 아닌 물건을 달라고 하고 있습니다. 그리고 당신 수중에도 없는 걸 내게 주겠다고 하시는구려. 데스탕주 양은 지금 지극히 안전하게 있으며, 그 무엇도 두려워할 필요가 없습니다. 차라리 다른 제안을 해 주시기 바랍니다."

영국인이 뺨까지 붉히면서 자못 당황한 눈치였다. 그러더니 갑자기 한 손을 뤼팽의 어깨에 얹으며 말했다.

"만약 내가 이런 제안을 한다면……."

"나를 풀어 주겠다고 말이오?"

"아니오. 그렇다는 것이 아니라…… 내가 일단 이 방에서 나가 가니마르와 의논을 해 볼 수는 있소……."

"내게도 생각할 시간을 주기 위해서입니까?"

"그렇다네."

'그게 이제 와서 무슨 소용이란 말인가? 이 빌어먹을 장치들이 움직이지 않는 지금에 와서…….'

뤼팽은 속으로 이렇게 중얼거리면서 벽난로 위 장식장의 테두리를 만지며 신경질적으로 눌러댔다.

그런데 이게 웬일인가……? 그는 놀라움으로 튀어나오려던 외침을 꿀꺽 집어삼켰다. 뜻밖에도 운이 되돌아왔는지 대리석 덩어리가 그의 손가락 아래서 움직였던 것이다!

이것이야말로 하늘이 돕는 것이 아니고 무엇이겠는가. 탈주가 가능하다는 얘기였다.

그렇다면…… 이렇게 된 이상 무엇 때문에 홈즈의 제안에 연연한단 말인가?

그는 잠시 생각을 정리하는 척하며 방 안을 이리저리 왔다갔다 했다. 그러고 나서 문득 멈춰 서더니, 이번에는 홈즈의 어깨에 자신의 한 손을 얹으며 말했다.

"홈즈 선생, 아무리 생각해 봐도 내 일은 내 스스로 해결하는 게 낫겠습니다."

"하지만……."

"아니, 그 누구의 도움이나 타협은 필요 없습니다."

"자네가 일단 가니마르에게 붙잡힌다면 모든 게 끝장이라네. 더 이상 절대로 도망칠 수 없을 거야."

"글쎄요?"

"이봐, 정신 차려! 그것은 미친 짓이나 다름없네. 이 건물의 모든 출입구는 이미 봉쇄됐네."

"아직 한 군데 남아 있습니다."

"어딜 말하는 건가?"

"내가 선택할 출입구는 바로 그곳입니다."

"말장난 그만두게! 자네는 이미 체포된 거나 다름없어."

"그럴 리가 있겠습니까?"

"그렇다면 기어코……."

"나는 기어코 푸른 다이아몬드를 내놓을 수 없다는 얘기지요."

홈즈는 더는 못 참겠다는 듯 호주머니에서 시계를 꺼내 보았다.

"지금이 2시 50분일세. 정확히 세 시가 되면 가니마르를 불러들이겠어."

"그렇다면 우리는 아직 10분 동안 이야기를 나눌 수 있다는 말이군요. 홈즈 씨, 그 10분을 충분히 이용하도록 하겠습니다. 우선 나의 절실한 호기심을 위해서 대답해 주시지 않으시겠습니까? 어떻게 내 주소와 펠릭스 다비라는 가명을 알아낸 거요?"

뤼팽이 갑자기 여유 만만해졌다는 사실이 마음에 걸려 주의 깊게 감시하면서도, 홈즈는 자신의 자존심을 자극하는 뤼팽의 질문에 기꺼이 대답을 했다.

"자네의 주소 말인가? 금발의 여인이 가르쳐 줬다네."

"클로틸드가?"

"그렇다네. 생각나는가? 어제 아침 내가 그녀를 자동차로 납치하려 했을 때 그녀가 재봉사에게 전화했다는 사실을?"

"그랬죠."

"하지만 나는 그 재봉사가 다름 아닌 자네였다는 사실을 나중에 깨닫게 되었다네. 그리고 어젯밤 그 배 속에서 내 자랑할 만한 기억력 덕분에 자네의 전화번호가 73이라는 숫자로 끝난다는 사실을 떠올렸지. 자네가 손본 집들의 목록을 가지고 있었기 때문에 오늘 아침 열한 시에 파리에 도착하자마자 전화번호부 속에서 끝자리가 73인 집을 찾아보았고, 펠릭스 다비 씨의 이름과 주소를 알아낼 수 있었지. 그 이름과 주소를 알아낸 뒤에 나는 가니마르 씨에게 협력을 요청했고……."

"멋집니다. 정말 대단합니다! 고개가 저절로 숙여집니다. 그런데 내가 이해할 수 없는 건 어떻게 르아브르에서 기차를 탈 수 있었는가 하는 점입니다. 또 제비 호에서는 어떻게 도망을 친 겁니까?"

"나는 결코 도망치지 않았네. 순순히 내려 주기에 내린 것뿐이오."

"하지만……."

"자네는 선장에게 새벽 한 시 전에는 사우샘프턴에 입항하지 말라고 명령했네. 하지만 그는 자정께에 내려 주었고, 그래서 르아브르 행 배에 오를 수 있었던 거지."

"선장이 나를 배신했단 말인가? 당치 않는 소리!"

"선장은 자네를 배신하지 않았네."

"그렇다면 어째서?"

"문제는 선장의 시계에 있었다네."

"선장의 시계라고요?"

"그렇다네. 선장의 시계가 문제였지. 내가 한 시간 앞으로 돌려놓았거든."

"어떻게 그런 일이 가능했던 겁니까?"

"시계를 맞출 때 쓰는 태엽을 돌려놓았지. 우리는 가까이 마주 보고 앉아서 이야기를 나눴어. 그가 흥미를 느낄 만한 이야기를 해 줬지. 그는 전혀 눈치채지 못한 듯했네."

"브라보! 브라보! 훌륭한 계략이었습니다. 나도 잘 기억해 둬야겠습니다. 그렇다면 벽시계는 어떻게 한 겁니까? 선장실에 걸려 있던 벽시계 말입니다."

"아! 벽시계는 좀 더 까다로웠지. 난 발이 묶여 있었으니까. 다행히 선장이 자리를 비웠을 때 나를 지키던 선원이 바늘을 조금 움직여 주었다네."

"설마 그 녀석이? 순순히 응하던가요?"

"아! 자신의 행동이 얼마나 중요한 의미를 갖는지 모르고 한 일이라네. 나는 무슨 일이 있어도 런던 행 첫차를 타야 한다고 말했지. 그러자…… 녀석이 내 말대로 해 줬다네."

"그에 대한 보답은?"

"보답으로는 조그만 선물을 하나 했지. 그는 선량한 사람이니 곧 그걸 자네에게 당당하게 건네줄 걸세."

"어떤 선물입니까?"

"아주 하찮은 물건이라네."

"뭐냐니까?"

"푸른 다이아몬드."

"푸른 다이아몬드를?"

"그렇다네. 자네가 백작 부인의 다이아몬드와 바꿔치기한, 그리고 부인이 내게 맡긴 그 모조 다이아몬드……."

갑자기 커다란 웃음소리가 터져 나왔다. 뤼팽은 배를 움켜쥐고 눈물을 글썽이며 웃었다.

"이건 정말 웃지 않을 수 없군. 내 가짜 다이아몬드가 그 선원의 손에 들어가다니! 그리고 선장의 시계에, 벽시계까지…… 그 시계바늘들은 어떻고……."

하지만 홈즈는 그런 뤼팽의 모습 속에서 그 어느 때보다도 격렬한 전의(戰意)를 느끼고 있었다. 홈즈는 자신의 뛰어난 본능의 힘으로 — 도가 지나칠 정도로 쾌활함과 호들갑을 떠는 뤼팽의 태도 속에서 — 잠깐 흩어졌던 모든 능력을 다시 끌어

모아 맹렬히 집중시키는 한 무시무시한 사내의 집념을 깨달을 수 있었던 것이다.

뤼팽이 점점 다가왔다. 영국인은 뒤로 물러섰다. 그리고 손을 조끼의 주머니 속으로 자연스럽게 가져갔다.

"세 시일세, 뤼팽."

"벌써 세 시입니까? 안타깝군요. 이제부터 한참 재미있어지려는 참이었는데……."

"어서 내 제안에 대한 대답이나 해 주시오."

"대답? 우리의 승부도 이것으로 끝나는 마당에…… 원, 보채기기는……. 물론 판단은 내 자유이지!"

"다이아몬드를 내놓겠나?"

"좋습니다. 그럼 먼저 패를 내놓아 보시지요. 어떤 수를 쓰시겠습니까?"

"처음부터 끝장을 보겠네."

홈즈는 이렇게 중얼거리며 권총을 뽑아 잽싸게 방아쇠를 당겼다.

"나는 한 방 먹이겠소."

순간 뤼팽이 영국인을 향해 주먹을 날리며 뇌까렸다.

홈즈는 가니마르에게 급히 도움을 청할 필요가 있다는 사실을 깨닫고 허공에다 총을 쏘았다. 하지만 뤼팽의 주먹을 명치에 정통으로 맞은 홈즈는 창백한 얼굴로 비틀거렸다.

뤼팽은 단걸음에 벽난로 위 장식장 쪽으로 달려갔다. 그러자 대리석 판이 움직이기 시작했다. 그런데 그 순간, 현관문이 요란한 소리를 내며 열어젖혀지는 것이 아닌가. 아뿔싸……! 이미 늦은 모양이다.

"항복해! 뤼팽. 아니면……."

가니마르는 뤼팽이 생각하고 있었던 것보다 훨씬 더 가까이에 있었던 듯했다. 그는 권총을 겨눈 채 문 앞에 서 있었고, 그 뒤로는 스무 명쯤 되는 그의 부하들이 하나 가득 들어차 있었다. 그가 조금이라도 저항을 하면 무지막지하게 완력을 행사할 기세로 몰려 있는 것이었다.

그는 침착하게 손을 내저었다.

"항복할 테니…… 손대지 말게."

그는 이렇게 툭 뱉고서 팔짱을 꼈다.

그 순간, 누구나 할 것 없이 모두가 멍한 표정이 되었다. 가구와 장식품이 모두 사라져 버린 텅 빈 방 한가운데서 아르센 뤼팽의 목소리가 메아리치며 긴 여운을 남겼기 때문이다.

누가 감히 '항복할 테니……'란 그의 말을 곧이들을 수 있겠는가. 사람들은 이번에도 그가 연기처럼 훅 하고 사라지거나, 벽의 일부가 빙그르르 돌면서 감쪽같이 모습을 감추지나 않을까 하고 적이 불안해하는 눈치였다. 하지만 그런 뤼팽이, 지금 항복하겠다고 말한 것이다!

가니마르가 흥분을 가까스로 잠재우고서 천천히 다가갔

다. 그리고는 이런 순간에 어울릴 법한 진지한 표정으로 그에게 손을 내밀며 이렇게 말했다.

"뤼팽, 체포하겠네."

뤼팽이 몸을 부르르 떨며 능청스럽게 말했다.

"어이구, 가니마르 형사. 정말이지 감동했소이다……. 그런데 왜 그런 표정을 짓고 있는 거요? 친구의 무덤에서 조사(弔辭)라도 읽는 것처럼……."

"자네를 체포하겠네."

"많이 놀란 것 같군. 법의 충실한 집행자인 가니마르 형사께서 법의 이름으로 악당 뤼팽을 드디어 체포하셨으니……! 이거야말로 역사적인 순간이 아니오. 또한 세상의 시선을 한 몸에 받을 수 있는 좋은 기회잖소. 그것도 이번이 두 번째 아닌가? 정말 대단하네, 가니마르. 이제 자네의 앞날은 보장된 거나 다름없겠구려."

말을 마친 뤼팽은 자신의 두 손목을 강철로 만들어진 수갑 쪽으로 내밀었다.

이 일은 조금 엄숙한 빛을 띤 채 이루어졌다. 평소 같으면 뤼팽에 대해서 이를 갈면서 격렬한 반감을 가지고 있던 경찰들도 지금은 이 변화무쌍한 인물에게 손을 댈 수 있다는 사실에 놀랐는지 매우 신중하게 행동했다.

"오, 가엾은 뤼팽……. 고급 주택가에 살고 있는 자네 친구들이 이 굴욕적인 모습을 봤다면 과연 뭐라고 했을까?"

뤼팽은 마치 남의 일이라도 되는 듯, 탄식 섞인 목소리로 자신에게 이렇게 말했다.

그는 전신의 근육에 연속적으로 힘을 주어서 수갑 찬 두 손목을 양쪽으로 당겨 보았다. 어찌나 힘을 주었던지, 그의 이마에 핏발이 섰다. 수갑의 쇠사슬이 그의 살 속으로 파고들었다.

"자, 갑시다. 에잇!"

그가 외치는 순간 사슬이 툭 하고 끊어져 버렸다.

"다른 걸 주게, 친구. 이런 건 아무런 도움도 안 된다니까."

뤼팽이 빈정거리듯 덧붙여 말했다.

"여기! 다른 걸로 다른 걸로 가져오게!"

가니마르의 지시에 따라 곧장 새 수갑이 다시 채워졌다. 뤼팽은 과장된 목소리로 탄성을 질렀다.

"허어, 빠르기도 하시군. 맞아, 무슨 일이든 철저히 대비를 하는 편이 좋지."

그리고는 이번엔 경찰들을 돌아보며 말했다.

"친구들, 대체 몇 명이 온 건가? 스물다섯? 서른? 정말 많이도 왔구먼. 이래서야 달리 방법이 없지. 아, 열다섯 명만 됐어도 어떻게 해 보는 건데……."

그는 당당한 모습을 보였다. 마치 자신이 맡은 연기를 가볍게, 자랑스럽게 자신의 모든 것을 다 바쳐서 열연하는 명배우와 같은 모습이었다.

홈즈는 이 모든 것을 마치 멋진 무대를 감상이라도 하듯 지켜보았다. 그런데 중무장한 서른 명의 경찰들과 수갑을 찬 채 홀로 남겨진 이 사내와의 대결이 전혀 불공평해 보이지 않는 이유는 무엇일까? 양쪽의 실력이 동등하게 느껴지기 때문일까?

"자, 어떻습니까? 선생님. 이게 바로 선생님이 하신 놀라운 업적입니다. 당신 덕분에 뤼팽은 감옥의 눅눅한 지푸라기 위에서 평생을 썩게 생겼습니다. 어떻습니까? 당신도 마음이 그리 편하지만은 않을 것 같은데……?"

뤼팽이 홈즈에게 말했다.

영국인은 자신도 모르게 두 어깨를 들썩였다. 마치 '모든 건 당신한테 달린 문제요!'라고 말하는 것 같았다.

"푸른 다이아몬드를 결코 당신에게 줄 수 없습니다. 생각하기도 싫소. 그것은 내게 너무도 많은 대가를 치르게 했소. 단념하기엔 너무 늦었다고……. 아마, 다음 달쯤 될 것 같은데, 런던으로 당신을 찾아가서 자세한 얘기를 들려 드리겠습니다. 그런데 다음 달에 런던에 계실 겁니까? 아니면 빈으로 찾아가는 게 좋을까요? 아니면 페테르부르크로 갈까요?"

바로 그때였다. 천장 부근에서 갑자기 벨소리가 울리는 것이 아닌가! 그것은 경보용 벨소리가 아니었다. 그건 분명히 전화벨 소리였다. 전화선은 두 창문 사이를 통해서 그의 서재까지 연결되어 있었는데, 수화기가 아직 치워지지 않은 상태로 놓여 있었다.

전화다! 하필 이런 때 전화벨이 울리다니…… 무시무시한 우연히 만들어 놓은 이 덫에 대체 누가 걸려드려는 것일까?

아르센 뤼팽은 성난 짐승처럼 몸부림치면서 수화기를 향해 달려가려고 했다. 자신에게 무엇인가를 말하려고 하는 그 목소리를 막기 위해서…… 아마 그대로 놔두었으면 당장 달려가서 전화기 자체를 아예 산산조각 내 버렸을지도 모를 일이었다.

하지만 가니마르가 먼저 수화기를 집어 들었다.

"여보세요. 648-73…… 네, 여기가 맞습니다."

순간, 홈즈가 서툰 짓을 나무라듯 거칠게 가니마르를 밀어붙였다. 그리고는 수화기를 낚아채더니, 능숙한 솜씨로 손수건을 꺼내 송화기에다 가져다대는 것이었다. 물론 이쪽 목소리를 가능한 한 잘 분간하기 어렵게 위장하려는 뜻이었다.

그러면서 홈즈는 뤼팽을 힐끗 쳐다보았다. 두 사람은 서로의 시선을 통해, 자신들이 같은 생각을 하고 있다는 것을 보여주었다. 그렇다! 전화를 건 사람은 금발의 여인, 그 여자였던 것이다. 아주 당연한 그리고 거의 확실한 가정의 마지막 결론까지 꿰뚫어보고 있다는 증거를 두 사람은 시선을 통해 보여준 것이었다.

그녀가 펠릭스 다비에게, 아니 막심 벨몽에게 전화를 건

것이었다. 하지만 그녀는 홈즈에게 모든 것을 털어놓게 된 상황에 놓이고 만 것이다.

영국인이 더듬거리듯 말했다.

"여, 여보세요! 여보세요……!"

침묵이 흘렀다. 홈즈가 계속해서 말했다.

"그래, 나야. 막심."

생각했던 대로 드라마는 비극적 양상을 띠기 시작했다. 평소 뤼팽은 매우 강인하고 조소적이었지만 지금은 자신의 불안을 감추는 것조차 잊고 있었다. 그는 괴로움에 파랗게 질린 얼굴로 통화 내용을 들으려고, 그 내용을 살피려고 온몸의 신경을 곤두세웠다. 홈즈는 차분하게 대화를 계속 유도하고 있었다.

"여보세요! ……여보세요! 그래, 전부 끝났어. 안 그래도 약속대로 지금 막 당신이 있는 곳으로 가려던 차였어. ……어디라고? 당신이 있는 곳 말이오. 아, 그럼…… 당신이 있는……거기……."

홈즈는 말문이 막혀 버린 듯 잠시 쩔쩔맸다. 그러다가 그대로 입을 다물어 버리고 말았다. 그는 가능한 한 자신은 말을 하지 않으면서 그녀가 지금 어디에 있는지를 밝혀내려고 했지만 생각처럼 되지 않는 모양이었다. 게다가 가니마르가 옆에 있다는 사실이 신경에 거슬리는 듯했다.

'아! 제발 기적이 일어나 이 저주받을 전화선을 끊어 주기

만 한다면……!'

뤼팽은 전력을 다해서, 온 신경을 집중해서 이런 기적이
일어나기를 바랐다!

하지만 홈즈는 계속해서 말했다.

"여보세요! 여보세요……! 여보세요……. 잘 안 들리나?
나도 잘 안 들려……. 알아듣기 힘들어……. 소리가 희미
해……. 듣고 있나? 그래! 그럼…… 가만히 생각해 봤는
데…… 집으로 돌아가는 편이 낫겠어. 위험이라니? 천만
에……. 녀석은 영국에 있소. 사우샘프턴에서 전보가 왔는
데, 녀석이 영국 땅에 도착했다는구먼……."

아, 저런 뻔뻔스러운! 홈즈는 우습기 짝이 없는 말을 아주
즐겁다는 듯이 하고 있었다. 그리고 이렇게 덧붙였다.

"그러니까 당신도 서둘러. 나도 바로 갈 테니까. 보고 싶
소……."

그가 수화기를 내려놓았다.

"가니마르 씨, 당신 부하 세 사람만 빌려 주시오."

"금발의 여인 때문입니까?"

"그래요."

"그게 누구이며, 어디에 있는지 알고 계시는군요."

"그래요."

"대단한 수확물이군! 뤼팽과 함께 그녀까지 잡아들이다
니……. 오늘은 정말 멋진 날이야. 폴랑팡, 두 사람만 불러오

게나. 그리고 홈즈 씨를 따라가게."

영국인이 세 경관을 데리고 출발할 준비를 했다.

이것으로 모든 건 끝났다. 그 금발의 여인도 곧 홈즈의 손아귀에 들어올 것이다! 찬사를 받아 마땅할 그의 노력과 뜻밖의 행운으로 이 승부는 홈즈의 승리로, 뤼팽에게는 돌이킬 수 없는 패배로 끝나가고 있었던 것이다.

"홈즈 선생!"

영국인이 걸음을 멈췄다.

"왜 그러시오, 뤼팽."

아무래도 뤼팽은 이 마지막 일격에 커다란 동요를 느끼고 있는 듯했다. 이마의 깊은 주름이 유난히 눈에 띄었다. 무척이나 지치고 어딘지 모르게 쓸쓸해 보였다. 하지만 곧 마음을 가다듬고 애써 아무렇지도 않다는 투로 외쳤다.

"운명이 나를 괴롭히고 있다는 사실을 당신도 인정할 겁니다. 조금 전에는 내가 이 비밀 통로를 차단해서 나를 당신의 손에 넘겨주었습니다. 그 운명이 이번에는 전화를 이용해서 금발의 여인을 당신에게 넘겨주려 하고 있습니다. 그러니 나도 더 이상 그런 운명에 저항할 수가 없구려……."

"무슨 뜻이지?"

"그러니까 교섭을 재개할 뜻이 있다는 말입니다."

홈즈가 가니마르를 한쪽으로 데려가더니 뤼팽과 단둘이서 이야기를 나누게 해 달라고 부탁했다. 부탁이라고는 하지만 거절할 수 없을 정도로 강한 어조였다. 그런 다음 그는 뤼팽이 있는 곳으로 돌아왔다. 드디어 최후의 담판이 시작됐다.

홈즈는 매우 신경질적인 어조로 툭 던지듯 물었다.

"자네가 바라는 것은?"

"데스탕주 양을 놓아 주시오."

"그 대가가 무엇인지는 알고 있겠지?"

"그렇습니다."

"알면서도 받아들이겠다는 건가?"

"어떤 조건이든 받아들이겠습니다."

"뭐라고? 하지만…… 조금 전 자네는 거절하지 않았나? 자네의 석방과 교환하자 했을 때는……."

영국인이 적잖게 놀라며 말했다.

"그때는 내 일신상의 문제였습니다. 홈즈 선생, 하지만 지금은 한 여인의 신상에 관계된 문제가 되어 버리고 말았습니다. 그것도 내가 사랑하는 여인의 일입니다. 보시는 바와 같이 프랑스라는 나라는 이런 종류의 문제를 매우 민감하게 다룹니다. 가령 그것이 뤼팽이라는 이름을 가진 사내라 할지라도 예외는 아닙니다. 아니, 오히려 뤼팽이기 때문에 그렇게 하는 겁니다."

그는 아무렇지도 않다는 듯이 이렇게 말했다. 홈즈는 간신히 알아볼 수 있을 정도로 고개를 움직여 경의를 표했다. 그런 다음 이렇게 중얼거렸다.

"그럼 푸른 다이아몬드는?"

"벽난로 옆에 세워둔 제 지팡이를 잡으십시오. 한 손으로 손잡이를 누르면서 다른 한 손으로 지팡이의 끝부분의 쇠를 돌리십시오."

홈즈가 지팡이를 가져와 끝부분을 돌렸다. 지팡이를 돌리자 손잡이가 점점 빠져나간다는 사실을 알 수 있었다. 그 손잡이 안쪽에 퍼티로 만든 둥근 구슬이 있었으며, 그 속에 다이아몬드가 소중하게 감싸여 있었다.

홈즈는 그것을 찬찬히 살펴보았다. 틀림없는 푸른 다이아몬드였다!

"데스탕주 양은 자유일세, 뤼팽."

"앞으로도 지금처럼 자유롭게 지낼 수 있습니까? 그녀는 이제 더 이상 당신을 두려워할 필요가 없겠죠?"

"그 누구도 두려워할 필요가 없네."

"무슨 일이 있어도?"

"무슨 일이 있어도. 나는 이미 그녀의 이름과 주소를 잊었네."

"감사합니다. 그럼 다음에 또 뵙도록 하겠습니다. 홈즈 선생, 곧 다시 만날 수 있겠죠?"

"그럴 거네."

잠시 후 영국인과 가니마르가 한동안 신랄한 태도로 뭔가를 논의했는데, 홈즈가 조금 거친 방법으로 그 논의를 중단시켰다.

"가니마르 씨, 당신의 의견에 동의할 수가 없소. 유감스럽게 생각하오. 하지만 내게는 당신을 설득할 시간이 없소. 나는 한 시간 후에 영국으로 떠나야 하오."

"그럼…… 금발의 여인은?"

"난 그런 사람 몰라요."

"하지만 조금 전까지만 해도……."

"앞으로 어떻게 할지는 당신이 결정하시오. 나는 이미 뤼팽을 당신에게 넘겼습니다. 푸른 다이아몬드도 여기 있습니다. 당신이 직접 크로존 백작 부인에게 건네주는 편이 좋을 것이오. 이제 당신에게는 아무런 불평불만도 없을 듯한데."

"하지만 금발의 여인은?"

"당신이 직접 찾아보시오."

그는 모자를 깊이 눌러쓴 뒤 거침없이 밖으로 나갔다. 용건이 끝나면 미적거리는 게 딱 질색인 사람처럼 보였다.

*

"안녕히 가십시오, 선생님. 우리 사이에 맺어진 우정 어린 관계를 난 영원히 잊지 못할 겁니다. 왓슨 선생님께도 안부 전해 주십시오."

뤼팽이 외쳤다. 그러나 아무런 대답이 들리지 않자, 그가 싸늘하게 웃으며 말했다.

"이게 바로 영국식 작별법인가? 안타까운 일이군! 섬나라

샌님에게 우리의 예의 바른 우아함을 기대하는 건 무리겠지……. 가니마르, 한 번 생각해 보시오. 지금과 같은 경우, 프랑스 사람이라면 어떤 식으로 퇴장했을 지를……. 극도로 세련된 예의로 자신의 승리를 포장했을 거요. 그런데 가니마르, 뭘 꾸물대는 거요? 아, 이제 와서 가택 수사를 하겠다는 거요? 미안하지만 여기는 종이 한 장 남아 있질 않아요. 서류들은 이미 안전한 장소로 옮겨 놓았지……."

"하지만 무엇인가 발견할 수 있을지도 모르는 일 아닌가?"

뤼팽은 단념했다. 가니마르의 아둔한 고집을 어쩔 수가 없었다. 두 경관 사이에 끼어서, 수많은 경관들에 둘러싸인 채 잡다한 조사를 벌이는 모습을 참을성 있게 바라볼 수밖에……. 결국 조사를 시작한 지 20분이 지났을 때, 더는 못 참겠다는 듯이 크게 한숨을 내쉬며 말했다.

"서둘러 주게, 가니마르. 이래서 언제 끝나겠소?"

"그렇게 바쁜가?"

"그렇소. 급해! 급한 일이 나를 기다리고 있다고요!"

"감옥에서?"

"아니, 시내에서요."

"오, 그러셔……. 그래, 몇 시에?"

"두 시에 약속을 했다고요."

"벌써 세 시가 다 됐는데."

"그러니까 난처하다는 거죠. 난 늦었단 말이오. 난 약속에

늦는 걸 제일 싫어한다고요."

"앞으로 5분만 더 기다려 주게."

"그 이상은 기다리지 않겠소."

"고맙구먼……. 서둘러 보리다."

"당신은 말이 너무 많소. 그 책장도 살펴볼 생각이오? 그 안에는 별거 없소."

"하지만 편지가 꽤 들어 있는 걸?"

"오래된 청구서들이오."

"흠…… 천만에. 리본으로 정성스럽게 묶어 놓았는데?"

"붉은색 리본 말이오? 오! 가니마르, 부탁이니 그것만은 풀어 보지 말아요."

"여자에게서 받은 것이군."

"그렇소."

"귀부인인가?"

"그것도 최상류층의."

"그녀의 이름은?"

"가니마르 부인이오."

"쓸데없는 농담하지 마! 장난도 정도껏 하라고!"

형사가 벌컥 소리를 질렀다.

이때 각 방들을 조사하기 위해 흩어졌던 형사들이 아무런 성과도 올리지 못했다는 보고를 해 왔다.

그러자 뤼팽이 웃으며 말했다.

"자네들은 내 동료들의 명단이나, 내가 독일 황제와 관계가 있다는 사실을 증명해 줄 증거물을 찾아낼 생각이었겠지? 하지만 가니마르, 당신들이 찾아야 할 건 이 아파트에 숨겨진 여러 가지 비밀들이오. 그러니까 이 가스관은 통화관이고, 이 벽난로 뒤로 계단이 있으며, 이 벽 뒤에 동굴이 있다는 사실 같은 것 말이오. 그리고 복잡하고 신기한 경보 장치들! 자, 가니마르, 이 단추를 한 번 눌러 보겠소?"

가니마르가 뤼팽의 말대로 했다.

"아무런 소리도 들리지 않죠?"

뤼팽이 물었다.

"안 들리는데."

"나도 마찬가지요. 하지만 당신은 방금 기구를 담당하고 있는 내 부하에게 운전 가능한 기구를 한 대 준비하라는 명령을 내린 셈이오."

"쓸데없는 소리 마. 장난은 그만두고 이제 나가기로 하세."

가니마르가 앞장서 걷기 시작했다. 경관들이 그의 뒤를 따랐다. 하지만 뤼팽은 한 발짝도 움직이려고 하지 않았다. 경관들이 그를 밀어 보았지만 소용없는 짓이었다.

"이봐! 지금 저항하는 건가?"

가니마르가 어금니를 깨물며 으르렁댔다.

"경우에 따라서 다르오."

"어떤 경우를 말하는 건가?"

"나를 어디로 데려가느냐에 달렸단 말이오."

"당연히 감옥이지!"

"그럼 절대로 움직이지 않겠소. 난 그곳에는 볼일이 없는 몸이니까……."

"자네 미친 거 아닌가?"

"조금 전에 급한 약속이 있다고 말한 걸 잊은 거요?"

"뤼팽!"

"가니마르, 아직도 모르겠소? 금발의 여인이 내가 오기만을 기다리고 있단 말이오. 당신도 내가 여자를 불안 속에 버려둘 만큼 예의 없는 사람이라고 생각하는 거요? 그야말로 신의를 저버리는 일 아니오?"

조롱하는 듯한 뤼팽의 말에 일일이 대답하기 귀찮아진 가니마르가 말했다.

"이보게 뤼팽. 나는 자네에게 극도의 친절을 베풀었지만 모든 일에는 정도가 있는 법일세. 잔소리 말고 날 따라와."

"갈 수 없소. 나는 약속을 했단 말이오. 그러니 약속 장소로 가겠소."

"내 말을 듣지 않겠다는 건가?"

"갈 수 없소."

가니마르가 신호를 보냈다. 두 형사가 양옆에서 팔짱을 끼고 뤼팽을 들어 올렸다. 그런데 그다음 순간, 그들은 고통에 찬 신음소리를 올리며 뤼팽에게서 손을 뗐다. 뤼팽의 두 손끝이 전광석화 같은 솜씨로 경찰관의 급소를 찌른 것이었다.

화가 난 다른 경관들이 그에게 달려들었다. 동료를 위해서 복수를 하고 지금까지 당했던 모욕을 갚아야겠다는 생각에 그간 품고 있던 원한이 폭발한 것이었다. 그들은 그를 마음껏 때리기도 하고, 걷어차기도 했다. 그중에서도 아주 강렬한 주먹이 그의 관자놀이에 일격을 가하자, 그제야 뤼팽은 그 자리에 쓰러졌다.

"자네들, 이 친구를 골로 가게 만들 작정이야! 그러면 정말 골치 아파진다고……. 만약 부상이라도 당한다면 그냥 두지 않겠어!"

가니마르가 벌컥 화를 내며 외쳤다.

그러면서 그는 허겁지겁 몸을 숙여 뤼팽을 살폈다. 하지만 뤼팽이 자유롭게 숨을 쉬고 있는 것을 보고 형사들에게 손발을 들라고 명령한 뒤, 자신은 그의 허리를 들었다. 아예 짐짝처럼 운반하기로 한 것이다.

"아주 천천히 가라고! 흔들리지 않게……. 아! 난폭한 녀석들. 하마터면 죽을 뻔했잖아. 이봐, 뤼팽, 기분이 어떤가?"

뤼팽이 눈을 떴다.

"가니마르, 상쾌한 편은 아니로군. 그런데 이래도 되는 거요? 나를 때리게 내버려 두다니……."

"이런 빌어먹을…… 자네가 잘못한 걸세. 멍청한 녀석. 그렇게 고집을 피우니까 그렇지. 어쨌든 유감이오. 그런데 정말 괜찮은 건가?"

가니마르가 풀죽은 목소리로 말했다.

층계가 있는 곳으로 나왔을 때, 뤼팽이 신음 소리를 내며 하소연하듯이 말했다.

"가니마르⋯⋯. 엘리베이터로 가면 안 되겠소⋯⋯? 아무래도 내 뼈가 으스러질 것만 같소."

"좋은 생각이군. 묘안이야. 게다가 계단은 너무 좁아서 내려 갈 수 없을 테니⋯⋯."

가니마르가 그의 말에 찬성하며, 곧장 엘리베이터를 끌어올렸다. 경관들이 조심조심 뤼팽을 의자에 앉혔다. 가니마르가 뤼팽의 옆으로 올라타면서 부하들에게 지시했다.

"자네들은 계단으로 내려가서, 관리인의 방 옆에서 기다리게. 알겠나?"

말을 마치자마자 가니마르가 엘리베이터 문을 닫았다. 그런데 문이 채 닫히기도 전에 비명 소리가 들려왔다. 그리고는 실이 끊긴 풍선처럼 엘리베이터가 갑자기 위로 오르기 시작하는 것이었다. 아울러 조롱하는 듯한 웃음소리가 으스스하게 울려 퍼졌다.

"이런 제길!"

가니마르는 희미한 어둠 속에서 손전등을 켜들고 하강 버튼을 찾기 위해서 필사적으로 더듬거렸다. 하지만 그 버튼이 보이지 않자, 고함을 질러대기 시작했다.

"6층이다! 6층 문을 지키고 있어!"

경찰들이 서둘러 계단을 올랐다. 그런데 믿을 수 없는 이상한 일이 벌어졌다. 엘리베이터가 가장 위층의 천장을 뚫고 그대로 솟구친 듯했기 때문이다. 경찰들의 시야에서 벗어난 엘리베이터는 그 위의 하인들이 사용하는 공간을 파고들 듯 불쑥 솟아오르더니 그제야 멈춰 섰다.

그런데 그곳에서 세 명의 사내가 대기하고 있었고, 엘리베이터가 멈추자 문을 열었다. 그중 두 사람이 가니마르를 제압했다. 멍한 상태의 가니마르는 꼼짝도 하지 못한 채 저항할 엄두를 내지 못했다. 세 번째 사람이 뤼팽을 부축했다.

"내가 미리 경고하지 않았소, 가니마르. 기구가 준비되어 있을 거라고……. 이게 다 당신 덕분이오. 앞으로는 나를 너무 동정하지 마시구려. 그리고 아르센 뤼팽은 그럴 만한 특별한 이유가 없는 한 얻어맞거나 상처 입지 않는다는 사실을 기억해 두시오. 그럼 잘 있게나, 가니마르……."

뤼팽의 부하들이 준비해 둔 기구의 문이 닫히자마자, 엘리베이터는 가니마르를 실은 채 밑으로 곤두박질쳤다. 그 속도가 어찌나 빠른지, 가니마르는 순식간에 관리인의 방 옆에서 대기 중인 경찰들 앞에 당도하게 되었다.

한마디도 하지 않고 그들은 서둘러서 정원을 가로질렀다. 그리고 부엌 쪽에 있는 비상계단으로 올라가서 탈주 현장이었던 하인들이 쓰는 가장 위층에 다다랐다. 이것이 유일한 방법이었다.

번호가 붙어 있는 조그만 방들이 양쪽으로 늘어서 있는 구불구불한 긴 복도 끝에 자물쇠가 걸려 있지 않은 문이 있었다. 그 문 너머로 옆집의 복도가 연결되어 있었는데, 그 복도 역시 구불구불했으며 양옆으로 조그만 방들이 늘어서 있었다. 그 복도의 끝은 부엌으로 통하는 계단이었다. 가니마르가 그곳을 통해서 내려가 정원과 현관을 가로질렀다. 그리고 거리로 뛰쳐나갔다. 그곳은 피코 가였다.

가니마르는 그제야 이 두 건물이 서로 이어져 있다는 사실을 깨달았다. 그리고 각각의 정면은 교차하는 두 개의 길이 아니라 평행으로 달리는 두 개의 길에 면해 있고, 둘 사이에는 60미터나 되는 간격이 있다는 사실을 알 수 있었다.

그가 관리인의 방으로 들어섰다. 그리고 신분증을 보이며 말했다.

"네 명의 사내가 이곳을 지나가지 않았소?"

"지나갔습니다. 5층과 6층에 살고 있는 하인 두 사람과 그 친구 두 사람이었습니다."

"5층과 6층에는 누가 살고 있소?"

"포벨 씨 형제와 그의 사촌형인 프로보 씨가 살고 있었는데…… 오늘 이사했습니다. 조금 전 나갔던 하인 두 사람만 남아 있다가…… 방금 전에 떠난 거지요."

가니마르는 관리인 방에 있는 긴 의자에 쓰러지듯 주저앉으며 혼잣말을 중얼거렸다.

"빌어먹을! 아까운 기회를 놓쳤군! 그 일당들이 이 일대 건물에서 살고 있을 줄이야……."

*

그로부터 40분 후, 북부 역으로 마차를 타고 달려온 두 신사가 짐꾼 하나와 함께 칼레 행 급행열차 쪽으로 서둘러서 다가갔다.

그들 중 한 명은 한쪽 팔에 붕대를 감아 목 뒤로 매고 있었는데, 안색으로 봐서 몸 상태가 그리 좋아 보이지 않았다. 그와 대조적으로 한 사람은 매우 기쁘다는 표정을 하고 있었다.

"서두르게, 왓슨. 이 열차를 놓쳐선 안 돼……. 아, 왓슨! 지난 열흘 동안의 일을 평생 잊을 수 없을 걸세."

"나도 마찬가지야."

"아! 정말이지 멋진 싸움이었어."

"정말 대단했을 거야."

"중간 중간 어려움이 있기는 했지만……."

"뭐 별것 아니었지……."

"결과적으로는 모든 싸움에서 커다란 승리를 거둔 거지. 뤼팽은 체포되었고, 푸른 다이아몬드도 되찾았으니 말이야."

"내 한쪽 팔은 부러졌고……."

"이 정도 만족할 만한 성과를 거뒀으니, 팔 하나쯤 부러진 건 문제될 게 없지 않은가……."

"특히 그게 내 팔일 때는 더욱 그렇겠지……."

"그래, 옳은 말이야! 생각나나, 왓슨? 영웅처럼 괴로워하며 자네가 약국으로 옮겨졌던 바로 그 순간에, 나는 어둠 속에서 한 줄기 빛을 발견했다네."

"정말 대단한 행운이었지!"

열차의 문이 닫히기 시작했다.

"여러분, 서둘러서 승차해 주십시오."

짐꾼이 문이 열려 있는 객차의 계단으로 올라섰다. 그리고 선반에 트렁크를 올려놓았다. 그러는 동안 홈즈는 몸이 불편한 왓슨이 열차에 오르는 것을 돕고 있었다.

"이봐, 어떻게 된 거야, 왓슨. 언제까지 꾸물거릴 거냐고? 힘을 내게, 친구."

"힘은 넘쳐나고 있네."

"그럼 뭐가 문제지?"

"한쪽 손을 쓸 수가 없어서."

"그 정도 가지고 엄살인가? 누가 들으면 세상에 팔을 다친 사람이 자네 하나밖에 없는 줄 알겠네. 그럼 팔이 없는 사람은 어떻겠나? 정말로 팔이 없는 사람은? 자, 잘했네. 이젠 됐어."

그가 짐꾼에게 50상팀 짜리 은화를 건네주며 말했다.

"고맙소. 자, 여기 있소."

"감사합니다, 홈즈 선생."

순간, 영국인은 기겁을 하며 눈을 들었다. 그 짐꾼은 다름 아닌 아르센 뤼팽이었던 것이다!

"자, 자네가……. 어떻게 여기를……."

영문을 알 수 없다는 듯한 표정으로 홈즈가 말을 더듬었다. 왓슨도 한쪽 손을 휘저으며 더듬더듬 말했다.

"당, 당신이! 하지만 당신은 체포되지 않았소? 홈즈에게서 그렇게 들었는데……. 홈즈가 떠나왔을 때만 해도, 당신은 가니마르와 그의 부하 30명에게 둘러싸여 있다고……."

"그럼 당신은 내가 작별 인사도 하지 않는 실례를 범할 거라고 생각했소? 그렇게도 각별한 우정을 나눴는데! 내가 그런 실례를 범할 거라고 생각했다면 그건 상당히 섭섭한 일이군요."

그때 발차를 알리는 기적 소리가 요란하게 울렸다.

"뭐, 그 정도는 용서해 드리도록 하겠습니다. 그런데 빠뜨린 물건은 없으신가요? 담배와 성냥…… 모두 챙기셨죠? 그리고 석간은? 내 체포에 대한 자세한 기사가 실려 있습니다, 선생님. 또한, 당신이 세운 공적과 무용담도 자세히 실렸습니다. 그럼 이만 실례하겠습니다. 선생님을 좀 더 깊이 알게 된 것을 영광으로 생각하고 있습니다. 진심으로 즐거웠습니다. 앞으로도 나를 만나고 싶어 하신다면 무한한 행복으로 여기겠습니다."

뤼팽은 플랫폼으로 훌쩍 뛰어내리더니 아래쪽에서 기차의 문을 닫았다.

아르센 뤼팽은 넋을 잃은 표정으로 창문을 내다보고 있는 두 사람을 향해 밖에서도 어전히 손수건을 흔들어댔다. 그러면서 이렇게 소리쳤다.

"안녕히 가십시오. 편지를 쓰겠습니다. 선생님, 답장을 주실 거죠? 그리고 왓슨 씨, 부러진 팔은 좀 어떻습니까? 두 분의 소식을 기다리고 있겠습니다. 엽서라도 상관없으니 종종 보내 주시기 바랍니다. 주소는 '파리의 뤼팽'이면 충분할 겁니다. 우표도 필요 없습니다. 안녕히 가십시오. 조만간 다시 뵙겠습니다. 그럼……."

유대식 램프

제1장

셜록 홈즈와 왓슨은 커다란 벽난로 양옆에 각각 자리를 잡고 앉아 활활 타오르고 있는 불꽃 쪽으로 다리를 길게 뻗고 있었다.

은테가 둘러진 짧은 브라이어 파이프에 불이 잦아들자, 홈즈는 재를 털어 내고 다시 담뱃가루를 채운 다음 불을 붙였다. 그리고서 실내 가운의 옷깃을 여미면서 깊이 들이마신 담배 연기를 능숙하게 천장 쪽으로 뿜어냈다.

왓슨은 그런 홈즈를 가만히 지켜보았다. 벽난로 앞 카펫에서 몸을 둥그렇게 만 채 — 동그랗게 뜬 눈을 깜빡이지도 않으면서, 주인이 무슨 동작을 취할까 하고 말똥말똥 바라보고 있는 충견처럼 — 천진한 눈빛으로 그를 바라보고 있었다.

주인의 침묵은 언제쯤 끝날 것인가? 그 깊은 사색의 비밀은 언제쯤 공개될 것인가? 평범한 사람에게는 접근이 허락되지 않는 그 심오한 명상의 왕국 문은 언제쯤이나 열릴 것인가?

하지만 홈즈는 여전히 입을 다문 채로 있었다. 마침내 왓슨이 참다못해서 먼저 입을 떼었다.

"요즘…… 조용한 날들이 계속되는군. 이렇다 할 사건 하나도 없고 말이야."

홈즈는 묵묵부답이었다. 하지만 그가 내뿜는 연기는 갈수록 더욱 또렷한 동그라미를 그려갔다. 사실 왓슨이 조금만 더 눈치가 빨랐다면, 홈즈가 지금 머릿속을 텅 비운 채 담배연기로 그저 그런 장난을 치면서 자기 만족감에 젖어 있다는 것을 알아챘을 것이다.

실망한 왓슨은 자리에서 일어나 창가로 다가갔다.

빗줄기가 추적추적 내리는 우중충한 하늘 아래로 을씨년스러운 모습을 한 집들을 따라 길들이 풀어지듯 길게 누워 있었다. 그때 2인승의 마차가 연이어 지나갔다. 왓슨은 얼른 수첩을 꺼내 그 마차들의 번호를 적었다. 언제, 어떤 도움이 될지 누가 알겠는가…….

"아, 우체부가 왔나 보네."

왓슨이 외치자마자, 하인의 안내를 받아 우체부가 안으로 들어왔다.

"등기우편 두 통입니다. 서명 부탁드립니다."

홈즈가 수령증에 서명을 했다. 그리고는 문까지 나가 우체부를 배웅한 다음 봉투 하나를 뜯었다.

잠시 후 왓슨이 불쑥 말했다.

"뭐 좋은 소식이라도 있나?"

"이건 아주 흥미로운 제안인 걸. 자네, 늘 사건을 기다리고 있지 않았나? 이걸 한번 읽어 보게……."

왓슨은 얼른 받아서 그 편지를 읽었다.

안녕하십니까?

다름이 아니라, 경험이 풍부한 귀하의 도움을 얻고자 이렇게 글을 올립니다.

저는 근래에 커다란 도난을 당했는데, 지금까지의 조사로는 이렇다 할 성과가 없습니다.

사건에 대한 내용이 실린 몇 종의 신문기사를 따로 보내드릴 예정이니, 검토해 주셨으면 합니다.

만약 선생님께서 이번 사건을 맡아 주실 의향이 있으시면, 언제라도 저의 집을 방문해 주십시오. 그리고 이미 서명을 마쳤으니, 동봉한 수표에 희망하는 보수를 적어 넣으십시오.

아울러 이 제안에 대한 답변은 가급적 전보를 통해서 해 주시면 고맙겠습니다. 그럼 늘 평안하시기를 진심으로 바랍니다.

— 빅토르 앵블발 남작

파리, 무리요 가 18번지

"어떤가? 재미있을 것 같지 않은가? 잠깐 동안 파리로 여행 가는 셈치고 말일세. 아르센 뤼팽과 결전을 치른 후 한동안 파리를 잊고 있었는데, 그때보다 평온한 분위기에서 그 도시를 구경하는 것도 그리 나쁘지는 않을 거야……."

홈즈는 그렇게 말하며 수표를 네 조각으로 찢었다. 그리고 팔이 아직도 완전하게 자유롭지 못한 왓슨이 파리에 대해서 투덜거리는 동안 두 번째 봉투를 뜯었다.

그런데 편지를 읽는 그가 왠지 불편한 기색을 보였다. 읽는 동안 이마에 깊은 주름이 생기는가 싶더니, 편지를 구겨서 바닥에 힘껏 내팽개쳤다.

"왜 그러나? 무슨 일이야?"

왓슨이 놀라서 소리치며, 구겨진 편지를 서둘러서 집어 들었다. 그리고 그것을 펴서 읽기 시작했는데, 왓슨의 표정에도 황당해 하는 기색이 역력하게 드러났다.

친애하는 홈즈 선생님,

선생님께서는 제가 선생님께 품고 있는 존경심과 선생님의 명성에 대해 각별한 관심을 갖고 있음을 잘 알고 계시리라 생각합니다.

하지만 파리에서 선생님께 의뢰한 그 사건에는 부디 관계하지 말아 주시기를 부탁드립니다. 그 사건에 선생님께서 관여하시면 귀찮은 문제들이 생길 것이며, 선생님의 노력은 비참한 결과로 끝나고 말 것입니다. 뿐만 아니라 공개적으로 망신만 당할 것이 뻔합니다.

선생님께서 이와 같은 굴욕을 당하지 않도록 해야겠다는 일념 하에 저는 우정의 이름으로 충고를 드리는 것이며, 선생님께서 부디 평온하게 난롯가에 앉아 계시기를 간절히 부탁드리는 것입니다.

왓슨 씨에게도 안부 전해 주십시오.

친애하는 선생님께 다시 한번 경의를 표하면서
— 아르센 뤼팽

"아르센 뤼팽!"

왓슨이 황당하다는 듯 버럭 소리를 지르자, 홈즈가 주먹으로 테이블을 내리치며 말했다.

"드디어 그 녀석이 소란을 피울 모양이로군! 마치 어린애 취급하며 나를 놀리고 있는 거야. 내가 만천하에 망신을 당할 거라고? 무슨 헛소리야? 그 푸른 다이아몬드를 되찾은 것이 바로 나라는 사실을 잊은 건 아니겠지?"

"이 녀석, 무서워서 이러는 걸 거야."

왓슨이 그의 기분을 맞춰 주며 말했다.

"어림없는 소리 말게. 아르센 뤼팽은 절대로 누군가를 무서워하는 위인이 아닐세. 이렇게 나를 자극하는 것이 그 증거라고 할 수 있지."

"그건 그렇고, 녀석은 앵블발 남작이 우리에게 편지를 보냈다는 사실을 어떻게 알았을까?"

"그걸 내가 어떻게 알겠나. 어리석은 질문 좀 하지 말게."

"하지만 나는 또 자네가……."

"뭔가? 내가 점쟁이라도 되는 줄 알았단 말인가?"

"그런 건 아니지만…… 자네가 기적을 보여 주는 모습을 옆에서 숱하게 지켜봤기 때문에……."

"그 누구도 기적을 일으킬 수는 없어! 나도 그렇고, 누구라도 마찬가지야. 다만 나는 사고하고, 추론하고 그리고 결론을 내릴 따름이야. 하지만 넘겨짚는 일 따위는 하지 않아. 그건 멍청한 자들이나 하는 짓이니까……."

왓슨은 야단맞은 개처럼 한쪽 구석에 다소곳이 앉았다. 그리고 멍청한 사람이 되지 않기 위해서, 왜 홈즈가 화난 표정으로 방 안을 성큼성큼 돌아다니는지를 절대로 넘겨짚지 않으려고 노력했다. 하지만 홈즈가 하인을 불러 트렁크를 가져오라고 지시하자, 자신에게도 생각할 권리가 주어진 것처럼 눈을 반짝였다. 즉 이만하면 이미 명확한 물증이 있으니, 자신도 추론했던 결론을 내려도 무방하다고 은근히 넘겨짚는 것이었다. '홈즈가 행동에 나서려고 한다.'고…….

"홈즈, 파리로 가려는 거지?"

"그럴지도 모르겠네."

"자네가 파리로 가는 건 앵블발 남작의 요구에 응한다기보다는 뤼팽의 도전을 받아들이기 위해서지?"

"그럴지도 모르네."

"셜록, 나도 따라가겠네."

"친구, 자네는 왼팔도 오른팔과 같은 신세가 되고 싶어서 그러나?"

홈즈가 방 안을 돌아다니던 발걸음을 멈추고서 말했다.

"뭐가 두렵겠는가? 자네가 함께 있어 줄 텐데."

"정말 그렇게 생각하나? 듣던 중 반가운 소리군. 우리가 함께 가서 녀석에게 확실하게 본때를 보여 주자고. 그 따위로 무례하게 도전장을 보낸 걸 후회하도록 말일세. 서두르게 왓슨, 첫 기차를 타도록 하세."

"남작이 보내 준다던 신문은 기다리지 않을 생각인가?"

"필요 없어."

"미리 전보라도 칠까?"

"쓸데없는 짓이야. 그건 나의 도착을 뤼팽에게 알리는 거나 다름없는 일일 뿐이야. 왓슨, 이번에야말로 완벽에 완벽을 기해야 하네."

*

그날 오후, 두 사람은 도버에서 배에 올랐다. 항해는 순조로웠다.

칼레에서 파리로 가는 급행열차 안에서 홈즈는 세 시간 정도 깊은 잠을 잤다. 그러는 동안 왓슨은 객실 입구에서 망을 보면서 멍한 눈빛으로 생각에 잠겨 있었다.

홈즈는 기분 좋게 눈을 떴다. 다시 한 번 아르센 뤼팽과 대결을 펼칠 생각을 하니 힘이 솟는 모양이었다. 그는 뭔가 즐거움을 맛볼 준비가 된 사람처럼 만족스럽다는 표정으로 두 손을 비비며 주위를 두리번거렸다.

왓슨이 잠에서 깬 홈즈를 보며 말했다.

"자, 슬슬 기지개를 켜야지."

그러면서 왓슨도 두 손을 비벼댔다.

역에 도착하자 홈즈는 외투를 손에 들었다. 그리고 두 개의 트렁크를 든 왓슨은 그들의 표를 역무원에게 건네주며 활기찬 모습으로 역에서 나왔다.

"날씨 한번 좋구먼. 왓슨, 저 햇살 좀 보게. 파리가 우리를 위해 축제를 준비한 것 같지 않은가……."

"엄청나게 사람이 많군."

"고마운 일 아닌가, 왓슨. 덕분에 우리가 사람들 눈에 띄지 않을 테니. 이런 인파 속에서는 아무도 우릴 알아보지 못할 거야……."

바로 그때였다.

"실례지만, 홈즈 씨죠? 그렇죠?"

이 말을 들은 홈즈는 무언가에 놀란 사람처럼 걸음을 멈췄다. 도대체 누가 자신을 정확하게 알아보고 이름을 부른단 말인가? 그의 옆에 웬 여자가 한 명 서 있었다. 젊은 아가씨였다. 단출한 옷차림이 오히려 품위 있는 모습을 자아내고 있었는데, 아름다운 얼굴에는 알 수 없는 불안과 고뇌의 기운이 서려 있었다.

여자가 다시 한 번 말했다.

"그렇죠? 선생님이 바로 홈즈 씨 맞죠?"

홈즈가 습관이 되어 버린 조심스러움과 낭패감 때문에 대답을 하지 않자 그녀가 세 번째로 같은 질문을 했다.

"제가 말씀을 드리고 있는 분이 틀림없이 셜록 홈즈 씨죠?"

"나한테 무슨 볼일이라도?"

그제야 까다로운 이 영국 신사는 수상쩍다는 표정을 노골적으로 드러내며 짜증 섞인 목소리로 퉁명스럽게 대꾸했다.

여자가 그의 앞을 가로막으며 이렇게 말했다.

"제발, 제 얘기 좀 들어 보세요. 아주 중요한 일이에요. 선생님은 무리요 가로 갈 것이라고 알고 있는데요."

"뭐라고?"

"전, 알고 있어요. 무리요 가…… 18번지로 가시는 거죠? 하지만, 안 돼요. 절대로 가시면 안 돼요! 틀림없이 후회하실 거예요. 이렇게 말씀드린다고 해서 이상하게 생각하실지 모르지만, 전 사실 거기와는 전혀 상관없는 사람이에요. 하지만 이건…… 그저 제 진심이, 제 양심이 저에게 시키기 때문에 드리는 말씀이에요."

홈즈가 별일 다 보겠다는 투로 그녀를 밀쳐내려 했지만, 여자는 좀처럼 물러나려 하지 않았다.

"오! 제발 부탁이에요. 제발 고집 부리지 마세요. 아! 어떻게 해야 내 말을 믿으실까……? 제 마음속을, 제 눈 속을 들여다보세요. 진심으로 드리는 말씀이에요."

그러면서 여자는 진지하고 맑은 눈빛으로 홈즈를 쳐다보았다. 그녀의 거짓 없는 마음이 그대로 담겨 있는 듯했다.

마침내 왓슨이 고개를 끄덕이며 끼어들었다.

"이 숙녀 분은 진지하게 얘기하는 것 같네, 홈즈."

"맞아요. 그러니까 제발 저를 믿어 주세요."

여자가 더욱 간절한 어조로 말했다.

"믿습니다, 아가씨."

왓슨의 말에 여자는 한껏 고무되는 모양이었다.

"어머! 정말 다행이에요! 선생님도 저를 믿어 주시겠죠? 그렇죠? 전 알 수 있어요. 틀림없어요. 정말 기뻐요! 이제 모든 일이 다 잘될 거예요. 아주 잘됐어. 역시 생각했던 대로야! 선생님, 20분 뒤면 칼레 행 열차가 출발할 겁니다. 그러니 그 열차에 올라 주세요. 어서, 제가 안내해 드릴게요. 이쪽으로 오세요. 서두르면 탈 수 있을 거예요."

홈즈는 자신의 옷소매를 마구잡이로 끌어당기는 여자의 팔을 낚아채면서, 되도록 부드러운 어투를 고르려고 애를 쓰면서 말했다.

"아가씨, 미안합니다. 나는 절대로 아가씨의 뜻에 따를 수 없어요. 나는 일단 일에 손을 대면 중간에서 그만두는 사람이 아닙니다……."

"그래서 이렇게 간절히 부탁드리는 거예요. 아! 어떻게 해야 이해시킬 수 있을까?"

홈즈는 아랑곳하지 않고 그 자리에서 떠났다.

뒤에 남은 왓슨이 그 아가씨에게 말했다.

"걱정 말아요. 저 사람은 언제나 끝장을 보는 성격인데, 지금까지 단 한 번도 실패를 한 적이 없으니까요."

그런 다음 그는 종종걸음으로 홈즈를 따라갔다.

바로 그때였다.

셜록 홈즈 대 아르센 뤼팽

막 걸음을 떼어 놓은 두 사람의 눈앞에 이렇게 적힌 커다란 글자가 나타났다. 두 사람은 그 글자가 있는 곳으로 다가갔다.

한 무리의 샌드위치맨이 묵직한 쇳덩이가 박힌 지팡이로 박자에 맞춰서 바닥을 두드리며 어슬렁거리고 있었다.

그들은 다음과 같은 글이 적힌 커다란 광고판을 등에 매달고 있었다.

셜록 홈즈 대 아르센 뤼팽의 대결!

영국의 위대한 명탐정, 드디어 도착.

명탐정, 무리요 가의 수수께끼에 과감하게 도전.

자세한 내용은 〈에코 드 프랑스〉 지에 게재.

왓슨이 고개를 흔들며 말했다.

"이보게 홈즈. 은밀하게 수행하려던 일이 엉망이 되어 버린 것 같아. 이대로라면 무리요 가에서 경찰들이 이미 지키고 있고, 샴페인을 터뜨리며 환영한다고 해도 조금도 이상할 게 없겠어⋯⋯."

"자네는 생각해서 얘기를 할수록 더 한심한 얘기를 하니 큰일이야. 도대체 언제나 철이 들 텐가?"

홈즈가 이를 갈며 이렇게 말했다.

그는 샌드위치맨 중 한 사람에게 다가갔다. 억센 손으로 샌드위치맨과 그가 들고 있는 광고판을 단번에 깨뜨려 버리려는 심산인 것이 분명했다. 사람들은 그 광고판 주위로 몰려들어 농담을 나누기도 하고 웃음을 터뜨리기도 했다.

홈즈는 끓어오르는 분노를 억누르며 그 사내에게 말했다.

"언제 고용되어 그 일을 하는 거지?"

"오늘 아침입니다."

"언제부터 그 광고판을 메고 다녔소?"

"한 시간 전부터요."

"그 광고판은 그때 만든 거요?"

"아뇨. 아침에 일하는 사무실에 가니 이미 만들어져 있던 걸요……."

그러니까 아르센 뤼팽은 홈즈가 이 싸움을 받아들일 것을 미리 알고 있었던 것이다. 뿐만 아니라 뤼팽이 보낸 편지는, 그가 이 싸움을 바라고 있을 뿐만 아니라 이 숙적과의 대결을 다시 한 번 계획하고 있었음을 입증하는 것이었다. 왜일까? 무엇이 그에게 이 싸움을 다시 하도록 강요한 것일까?

홈즈는 여기서 다시 한 번 망설였다. 이렇게 과감하게 나오는 것은 뤼팽이 승리를 확신하고 있기 때문일 것이다. 그러니까 이렇게 쉽게 싸움에 뛰어들었다가는 그가 쳐 놓은 함정에 빠져 버릴 수도 있다는 얘기가 아닐까…….

"왓슨, 이제 가세."

그리고 두 사람은 지나가는 마차를 세웠다.

홈즈는 핏대를 세우며 주먹을 쥐더니, 권투 시합을 시작하려는 사람처럼 기세 좋게 마차에 뛰어올랐다.

"무리요 가 18번지까지 가 주게."

홈즈는 흥분으로 몸을 떨면서 마부에게 외쳤다.

*

무리요 가의 길 양편에는 호화로운 저택이 늘어서 있었으며 뒤쪽으로는 몽소 공원이 내려다보였다. 그중에서도 특히 눈에 띄는 것이 18번지의 저택이었다.

아내와 아이들과 함께 이곳에 살고 있는 앵블발 남작은 예술가 겸 천만장자답게 멋진 가구와 장식들로 집을 꾸며 놓고 있었다. 본관 앞에는 정원이 있었으며, 그 양편으로 부속건물들이 줄지어 서 있었다. 뒤쪽에도 정원이 있었는데, 그곳의 나무들은 몽소 공원에서 뻗쳐 나온 나뭇가지들과 사이좋게 어울려 그럴듯한 그늘을 만들어 주고 있었다.

벨을 누른 뒤 두 영국인은 제복 입은 시종의 안내로 정원을 지나 별관 맞은편에 있는 한 작은 방으로 들어갔다.

두 사람은 자리에 앉자마자 그 방에 가득 들어차 있는 귀중품들을 재빨리 훑어보았다.

왓슨이 감탄을 금치 못하며 중얼거렸다.

"정말 대단한 물건들이군. 취미와 자신의 마음에 따라서 이런 것들을 찾아낼 여유를 가지고 있을 정도의 사람이라면 틀림없이 나이가 지긋한 사람일 거야. 한…… 오십대 정도의……."

그가 말을 맺기도 전에 문이 열리더니 앵블발 씨가 부인과 함께 방으로 들어섰다.

왓슨의 생각과는 달리 부부는 모두 젊었다. 말과 행동에 품위가 넘쳐흐르고 있었으며, 활기찬 모습이었다. 두 사람 모두 두서없이 거듭 감사의 인사를 되풀이했다.

"정말이지 이렇게 찾아와 주셔서 대단히 감사합니다. 커다란 폐가 되는 일을 부탁한 거나 아닌지 모르겠습니다. 저희에게 닥친 사건이 오히려 기쁘게 여겨질 정도입니다. 덕분에 이렇게 직접 뵙게 됐으니 말입니다."

'프랑스인들은 사람을 끄는 재주가 있단 말이야.'

그렇게 세심한 예의범절을 전혀 어색하게 느끼지 않는 왓슨이 속으로 중얼거렸다.

"시간은 금이라는 말이 있습니다. 특히 선생님의 시간이야말로 그 무엇보다도 비쌀 겁니다. 홈즈 씨, 사건에 대해서 어떻게 생각하십니까? 해결하실 수 있을 것 같습니까?"

"먼저 사건에 대해서 파악하는 게 순서가 아닐까요?"

"그렇다면…… 아직 사건 내용을 모른다는 말인가요?"

"모릅니다. 그러니 당신이 사건에 대해서 자세하게 설명해 주셔야겠습니다. 대체 어떻게 된 일입니까?"

"도난 사건입니다."

"언제 일어났습니까?"

"지난주 토요일입니다. 토요일에서 일요일에 걸친 밤에 일어났습니다."

"그러니까 6일 전이군요. 한번 들어 보도록 하죠."

"먼저 말씀드리고 싶은 일이 있는데, 아내와 나는 우리 나름의 특수한 상황 때문에 그다지 바깥출입을 하지 않습니다. 우리는 대체로 아이들의 교육, 때때로 열리는 연회, 집안 꾸

미기 이런 것들로 주로 시간을 보내고 있습니다. 그리고 우리는 거의 모든 저녁 시간을 수집한 여러 가지 예술품들이 있는 이 응접실에서 보냅니다. 지난주 토요일에도 평소와 다름없이 이곳에서 있다가 열한 시쯤에 내가 전등을 끄고 아내와 함께 침실로 갔습니다."

"그 침실은 어디에 있나요?"

"바로 옆에 있습니다. 저기 보이는 저 문으로 들어갑니다. 이튿날, 그러니까 일요일에 나는 일찍 눈을 떴습니다. 쉬잔은 — 제 아내의 이름입니다. — 아직 잠들어 있었습니다. 잠을 깨우지 않으려고 가능한 한 조용히 이 방으로 들어왔습니다. 그런데 이 창이 열려 있는 것을 보고 나는 놀라지 않을 수 없었습니다. 전날 밤 우리가 직접 그 창을 닫았으니까요."

"하지만 하인이……."

"아침에 우리가 벨을 누르기 전에는 누구도 이곳에 들어오지 않습니다. 그리고 나는 언제나 옆방으로 통하는 이 문의 빗장을 꼼꼼하게 확인하고 걸어 둡니다. 그러니 이 창은 틀림없이 밖에서 연 겁니다. 그 외에도 다른 증거가 있었습니다. 오른쪽 창문의 걸쇠 옆에 있는 두 번째 유리가 잘려나가 있었습니다."

"그럼 이 창문은……."

"창을 보면 아시겠지만 석조 발코니로 둘러싸인 조그만 테라스로 통합니다. 우리가 있는 곳은 2층으로, 본관 뒤쪽으로 펼쳐진 정원과 철책을 사이에 두고 자리한 몽소 공원이 훤히 내려다보입니다. 그러니까 범인은 몽소 공원을 통해서 들어와 사다리로 철책을 넘은 뒤, 테라스로 기어오른 것이 틀림없을 겁니다."

"왜 그렇게 생각하시죠?"

"철책 양편에 있는 화단의 부드러운 흙 위에서 사다리를 놓았던 흔적이 발견되었습니다. 그리고 그것과 똑같은 자국이 테라스 밑에도 남아 있었습니다. 또 발코니에도 사다리와의 접촉으로 생긴 것이라고 확실하게 알 수 있는 흔적이 두 군데 남아 있었습니다."

"몽소 공원은 야간에 폐쇄되지 않나요?"

"폐쇄되지 않습니다. 그리고 14번지에 건축 중인 집이 한 채 있는데 그쪽으로도 쉽게 들어올 수 있습니다.

한동안 생각에 잠겨 있던 셜록 홈즈가 다시 입을 열었다.

"이제 도난에 대해서 들려주십시오. 그러니까 지금 우리가 있는 이 방에서 도난 사건이 있어났단 말이죠?"

"그렇습니다. 여기 12세기에 만들어진 성모상과 은제 성궤(聖櫃) 사이에 조그만 유대식 램프가 하나 있었는데, 그것이 없어졌습니다."

"도둑맞은 건 그것뿐인가요?"

"그것뿐입니다."

"아! 그렇습니까? 그런데 그 유대식 램프라는 건 어떤 물건입니까?"

"그것은 옛날에 사용되던 놋쇠로 만들어진 램프입니다. 기다란 몸통과 기름을 넣는 접시로 이루어져 있습니다. 이 접시에 부리처럼 생긴 심지가 두어 개 바깥쪽으로 나 있습니다."

"그러니까 그렇게 비싼 물건은 아니군요."

"그렇습니다. 그렇게 비싼 물건은 아닙니다. 문제는……그 속에 숨겨진 비밀함입니다. 우리는 그 안에다 고대 보석 장식품의 걸작으로, 루비와 에메랄드가 무수히 박힌 순금제 키마이라 조각을 숨겨 두는 습관이 있습니다. 한마디로 어마어마하게 값비싼 보물이지요……."

"왜 그런 습관을?"

"그렇게 물으신다면 뭐라 말씀드려야 할지 모르겠지만, 특이한 비밀 장소에 감춰 두는 것이 재미있었다고나 할까요?"

"그 사실을 알고 있는 사람이 있나요?"

"아무도 모릅니다."

이 말에, 홈즈는 즉각 걸고 넘어졌다.

"하지만 그것을 훔친 사람은 알고 있는 거겠죠. 그렇지 않고서야 애써 케케묵은 램프를 훔치지는 않았을 테니까요."

"그렇습니다. 그런데 그 누군가가 그 사실을 어떻게 알아냈을까요? 우리조차도 아주 우연히 그 비밀스러운 장치를 알게 됐는데 말입니다."

"그 누군가도 마찬가지로 우연한 기회에 똑같이 알게 되었겠죠……. 하인이나 친하게 지내시는 분에게도 그런 일이 일어났을지도……. 어쨌든 다음 얘기를 듣도록 하겠습니다. 그래서 경찰에 신고는 하셨겠죠?"

"물론 했습니다. 예심판사가 와서 조사를 했습니다. 커다란 신문사의 형사 담당기자들도 와서 각자 조사를 했습니다. 하지만 편지에서도 말씀드렸듯이 사건 해결의 실마리가 전혀 보이지 않고 있습니다."

홈즈가 자리에서 일어나더니 창가로 다가갔다. 창문과 테라스, 발코니를 살펴보았다. 그리고 돋보기를 사용해서 사다리와의 접촉으로 생긴 두 개의 흔적을 살펴본 다음, 앵블발 씨에게 정원으로 안내해 달라고 청했다.

밖으로 나온 홈즈는 천연덕스럽게 등나무 의자에 앉아 꿈꾸는 듯한 시선으로 본관의 지붕을 바라보았다. 그러다가 갑자기 자리에서 일어나더니 조그만 나무상자가 두 개 놓여 있는 곳으로 향해 걸어갔다. 그는 상자를 치운 뒤, 땅바닥에 무릎을 대고 등을 둥그렇게 구부린 다음 코를 지면에서 20센티미터 정도 떨어진 곳까지 가져가 꼼꼼하게 살펴보기도 하고 거리를 재기도 했다. 철책이 있는 곳에서도 이와 같은 조사 작업을 했는데, 철책 부근에서는 좀 더 빨리 조사가 끝났다.

"이제 끝났습니다."

홈즈와 남작이 앵블발 부인이 기다리고 있는 방으로 돌아왔다. 한동안 침묵을 지키고 있던 홈즈가 이렇게 말했다.

"남작님, 처음 얘기를 들었을 때부터 나는 이 범행이 너무나도 단순한 방법으로 행해졌다는 사실에 놀라고 있습니다. 사다리를 사용하고, 유리창을 자르고, 단 하나만을 훔쳐서 나갔다…… 있을 수 없는 일입니다. 일이란 그렇게 간단하게 이루어지지 않거든요. 그런데 이건 너무나도 단순하고 간단합니다."

"그렇다면……?"

"그러니까 유대식 램프를 훔친 범행은 아르센 뤼팽의 지시에 의해 저질러졌다는 겁니다."

"아르센 뤼팽이라고요?"

남작이 외쳤다.

"그러니까 이번 범행은 뤼팽 자신도 나서지 않은 상태에서 이루어졌습니다. 외부로부터는 그 누구도 침입하지 않았습니다. 어쩌면 하인 중 한 명이 다락방에서 테라스로, 조금 전 내가 보았던 빗물받이 홈통을 타고 내려왔던 것일지도 모릅니다."

"무슨 증거라도……."

"만약 아르센 뤼팽이 직접 움직였다면 이 방에서 빈손으로 나가지는 않았을 겁니다."

"빈손이라니요? 그럼 그 램프는?"

"램프를 훔쳤다고 해서, 다이아가 박힌 이 담배 상자나 오팔이 박힌 이 오래된 목걸이를 훔치지 못하는 것은 아닐 겁니다. 잠깐 손만 뻗으면 충분히 훔칠 수 있습니다. 하지만 그렇게 하지 않았던 것은 그렇게 할 수 없었기 때문일 겁니다."

"그렇다면 남아 있던 흔적은?"

"전부 꾸며 낸 연극에 불과합니다. 사실을 교란시키려는 연출이란 말입니다."

"난간에 남아 있던 긁힌 자국은?"

"그것도 조작된 것입니다. 사포로 문지른 자국입니다. 이게 제가 주운 그 사포 조각입니다."

"사다리를 놓았던 자국은? 설마……."

"그런 건 어린애 장난 같은 것입니다. 테라스 밑에 찍힌 네모난 구멍과 철책 옆의 두 구멍을 비교해 보시기 바랍니다. 틀림없이 생김새가 비슷합니다. 하지만 이쪽 것은 평행을 이루고 있는데 저쪽 것은 그렇질 못합니다. 구멍과 구멍과의 간격을 재어 보시기 바랍니다. 저쪽에 있는 것과 이쪽에 있는 것이 서로 다릅니다. 테라스 밑에 있는 것은 23센티미터 떨어져 있는데 철책 옆에 있는 것은 28cm나 떨어져 있습니다."

"그럼 선생님이 내린 결론은?"

"그 모양이 비슷한 걸로 봐서…… 그 구멍은 적당히 깎아 만든 막대기 하나를 박아서 만든 것이라는 겁니다."

"그 막대기를 발견한다면 그보다 더한 증거가 없겠군요."

"이게 바로 그겁니다. 정원에 있던 월계수나무 화분 밑에서 주워온 것입니다."

홈즈가 말했다.

남작도 홈즈를 인정하지 않을 수 없었다. 이 영국인 탐정이 저택 문을 들어선 지 채 40분밖에 지나지 않았는데 벌써 물적 증거를 제시했기 때문에 그동안 사람들이 믿어왔던 것은 이미 흔적도 없이 사라져 버리고 말았다. 그리고는 전혀 새로운 현실이 훨씬 더 굳건한 몇몇 진실들 위에 세워지고 있었다. 바로 셜록 홈즈가 추론해 낸 진실들 말이다.

"우리 집 하인들을 의심하는 건…… 매우 신중하게 고려해야 할 문제입니다. 그들은 가문 대대로 우리를 위해서 일하던 사람들로, 우리를 배신할 만한 사람은 단 한 사람도 없어요."

남작 부인이 말했다.

"만약 그들 중 한 명이 배신한 것이 아니라면 남작에게서 받은 이 편지가 도착한 바로 그날, 어떻게 이런 편지가 함께 도착할 수 있었는지 설명해 보시기 바랍니다."

홈즈는 아르센 뤼팽이 자신에게 보낸 그 편지를 백작 부인에게 내밀었다. 그러자 앵블발 부인이 기겁을 하는 표정을 지어 보였다.

"아르센 뤼팽이……. 그가 어떻게 알았을까요?"

"그 편지를 보낸다는 사실을 알고 있는 사람이 없나요?"

"아니요. 그것은 그날 밤, 저녁 식사를 마친 후 우리들이 생각해 낸 일입니다."

"그 자리에 하인도 있었겠군요?"

"아니, 아닙니다. 우리 아이들 둘만 있었을 뿐입니다. 아참…… 그때는 이미 소피와 앙리에트도 식탁을 떠난 뒤였습니다. 그렇지? 쉬잔."

앵블발 부인이 잠시 기억을 더듬더니 그 사실을 인정했다.

"맞아요. 딸들은 모두 가정교사의 방으로 가고 없었어요."

"가정교사라면?"

홈즈가 물었다.

"알리스 디묑 양이에요."

"그분도 당신들과 함께 식사를 하나요?"

"함께하지 않아요. 자기 방에서 따로 하지요."

왓슨이 갑자기 생각난 듯 물었다.

"내 친구 홈즈에게 보낸 그 편지, 우체통에 넣으셨겠죠?"

"그렇습니다."

"누가 넣었나요?"

"20년 동안이나 우리 집에서 일하고 있는 하인 도미니크가 넣었습니다. 그쪽의 수사는 시간 낭비라고 생각됩니다."

남작의 말에, 왓슨이 단호한 어조로 말했다.

"조사를 하는데, 시간 낭비라는 건 없는 법이오."

첫 번째 수사는 이것으로 끝난 셈이었다. 홈즈가 방으로 가겠다고 말했다.

한 시간 후, 두 사람은 식사를 할 때 앵블발 부부의 사랑스런 두 딸, 소피와 앙리에트를 볼 수 있었다. 앵블발 부부가 애지중지하는 여덟 살과 여섯 살 난 꼬마 아가씨였다.

저녁 식사 분위기는 그다지 활기를 띠지 못하고 다소 서먹서먹하게 느껴졌다. 남작과 부인의 호의에 대해서 홈즈가 지나칠 정도로 무뚝뚝하게 반응했기 때문인지 부부도 결국은 입을 다물어 버리고 말았다.

커피가 나오자, 홈즈는 한 모금 마시고는 바로 자리에서 일어나려 했다. 그때 하인 한 명이 홈즈 앞으로 온 전보를 가지고 안으로 들어왔다. 홈즈가 그것을 펼쳐서 읽어 보았다.

진심으로 경의를 표합니다.
그토록 짧은 시간에 거둔 성과는 놀랍기 짝이 없습니다.
그저 감탄할 뿐입니다.

— 아르센 뤼팽

홈즈가 귀찮다는 몸짓을 보이더니 전보를 남작에게 보이며 이렇게 말했다.

"남작님, 이제 아셨겠지요? 낮말은 새가 듣고 밤 말은 쥐가 듣는다는 사실을?"

"정말 알 수가 없군요."

앵블발 남작이 어이없다는 듯 중얼거렸다.

"나도 어떻게 된 일인지 알 수가 없습니다. 다만 한 가지 분명한 것은, 댁에서 행하는 모든 행동은 반드시 그에게 알려진다는 사실입니다. 단 한마디라도 입에 올리는 말은 반드시 그의 귀에 들어갑니다……."

*

그날 밤, 왓슨은 자신이 할 일은 다 마치고 이제 자는 것 외에는 아무런 일도 남아 있지 않은 사람처럼 기분 좋게 침대에 누웠다. 그 때문이었는지 쉽게 잠에 들 수 있었다. 즐거운 꿈이 차례로 그를 찾아왔다. 꿈속에서 그는 홀로 뤼팽을 추적하기도 하고, 자신의 손으로 그를 체포하기도 했다. 그를 추적할 때의 장면이 너무나도 생생했기 때문에 그는 잠에서 깨어났다.

그런데 누군가 그의 침대 곁에 서 있는 게 아닌가! 그는 얼른 권총을 집어 들었다.

"뤼팽, 조금이라도 움직이면 쏘겠어."

"이야! 아주 잘하고 있군, 친구."

"뭐야, 자네였나? 홈즈, 무슨 일이지?"

"자네의 눈이 좀 필요하네. 잠깐 일어나 주게……."

그가 왓슨을 창문 쪽으로 데리고 갔다.

"저 철책 너머를 보게나."

"공원 안 말인가?"

"그래. 아무것도 안 보이나?"

"아무것도 안 보이는데……."

"아니, 뭔가 보이는 게 있을 걸세."

"앗! 그렇군. 그림자가…… 둘이나."

"그렇지? 철책 바로 옆에……. 보게, 움직이고 있네. 서두르세."

손으로 난간을 더듬으며 두 사람은 계단을 내려갔다. 그리고 정원으로 내려서는 문이 있는 방으로 들어섰다. 유리창을 통해서 내다보니 조금 전에 보았던 곳과 같은 곳에서 두 사람의 그림자가 또렷하게 보였다.

"이상하군. 집 안에서 무슨 소리 안 들리나?"

홈즈가 말했다.

"집 안에서? 그럴 리가 있나, 모두 잠들었을 텐데……."

"잘 들어 보게나."

바로 그때 어렴풋하게 휘파람 소리가 들리는가 싶더니, 분명히 건물의 본관 쪽에서 비춰오는 듯한 희미한 불빛이 감지되었다.

"앵블발 부부가 등불을 밝힌 것 같군. 우리가 있는 이 바로 위가 그들의 침실이니까."

홈즈가 잔뜩 소리를 낮춰 속삭였다.

"우리가 들은 소리는 그들이 낸 소리 같은데……. 어쩌면 부부도 철책을 감시하고 있었을지도 몰라."

왓슨이 말했다.

다시 사람을 부르는 소리가 조금 전보다 더욱 명확하게 들려왔다.

"모르겠네. 도무지 뭐가 뭔지 모르겠다고."

홈즈가 혼란스런 표정으로 말했다.

"나도 모르겠어."

같은 뜻인지는 모르겠으나, 왓슨도 맞장구를 쳤다.

홈즈가 문의 자물쇠를 풀고 빗장을 벗겼다. 그리고 조용히 문을 밀었다.

다시 한 번 사람을 부르는 소리가 들려왔다. 이번에는 소리가 조금 컸으며 아까와는 다른 말투였다. 그러자 두 사람 머리 위에서 나던 소리가 커지더니 점점 분주해졌다.

"아무래도 응접실의 테라스에서 들려오는 소리 같은데 ……."

홈즈가 속삭였다.

그는 문틈으로 머리를 내밀어 밖을 살펴보았다. 그러다 자신도 모르게 나오려던 욕설을 되삼키며 뒷걸음질쳤다. 두 사람 바로 가까이에, 테라스 발코니에 걸쳐 놓은 사다리가 벽에 붙어 세워져 있는 것이었다.

"이런, 제길! 그 응접실에 누군가 있네! 조금 전부터 들려오던 건 바로 그 소리였어. 서둘러서 사다리를 치우세."

홈즈가 말했다.

그런데 바로 그 순간, 사람 그림자 하나가 사다리를 타고 내려오더니 사다리를 어깨에 둘러메고 동료들이 기다리고 있는 철책 쪽으로 서둘리 달려가는 것이 보였다.

홈즈와 왓슨이 얼른 뛰어나가 그를 뒤쫓았다. 그들은 사내가 사다리를 철책에 기대세운 곳까지 뒤를 쫓았다. 철책 너머에서 총성이 두 발 들려왔다.

"맞았나?"

홈즈가 외쳤다.

"괜찮네."

왓슨이 대답했다.

왓슨이 그 사내의 몸을 뒤에서 잡아 밀어붙였다. 그러자 사내가 뒤로 휙 돌아서더니 한 손으로 왓슨을 밀치며 다른 한 손에 쥐고 있던 칼로 가슴을 찔렀다. 왓슨이 크게 숨을 내뱉으며 비틀거리더니 곧 쓰러지고 말았다.

"빌어먹을! 내 친구가 죽었다면 너도 내 손에 끝장이다!"

홈즈가 외쳤다.

그는 왓슨을 잔디 위에 눕혔다. 그리고 사다리를 향해서 달려들었다. 하지만 이미 늦었다. 사다리 위로 뛰어오른 사내는 동료들의 도움을 받아 숲 속으로 이미 도망친 뒤였다.

"왓슨, 왓슨. 상처는 깊지 않지? 어떤가? 그저 스쳤을 뿐이겠지?"

본관의 문이 여기저기서 열렸다. 앵블발 씨가 가장 먼저 달려왔고 뒤이어 하인들이 촛불을 들고 나타났다.

"무슨 일입니까? 어떻게 된 거죠? 왓슨 씨가 다치셨나요?"

남작이 외쳤다.

"아무것도 아닙니다. 그저 스쳤을 뿐입니다."

홈즈는 이렇게 말했지만 이는 그저 자신의 마음을 달래기 위한 것에 지나지 않았다.

왓슨의 몸에서는 피가 넘쳐흐르고 있었으며 얼굴은 창백하게 변해 있었다.

20분 뒤, 의사가 달려와 단도 끝이 심장 4밀리미터 앞에서 멈췄음을 확인했다.

"심장 앞 4밀리미터라고! 정말 큰일 날 뻔했어. 왓슨, 자네는 늘 운이 좋단 말이야."

홈즈가 부럽다는 투로 말하자, 의사가 영 마뜩찮은 표정으로 구시렁거렸다.

"운이 좋다니……. 허 참, 운이 좋다니……."

"괜찮을 겁니다. 이 친구 워낙 강한 체질이니까요. 틀림없이 쉽게 회복될 겁니다."

"6주간은 침대에 누워만 있어야 하고, 2개월간 조용히 지내야 합니다."

"그것뿐입니까?"

"네. 별다른 합병증만 없다면요."

"뭐라고요? 이런 젠장……! 합병증까지 걱정해야 한단 말이오?"

이쨌든 생명에는 지장이 없다는 의사의 진단에 완전히 마음이 놓인 홈즈는 문제의 방으로 가서 남작을 만났다. 이번에 찾아온 침입자는 전번처럼 얌전히 돌아가지 않았다. 수치심도 없이 그는 다이아몬드가 박힌 담배 상자와 오팔로 장식한 목걸이 등 주머니에 넣을 수 있을 만한 여러 가지 물건들을 닥치는 대로 쓸어갔다.

창문은 아직 열려 있는 상태였다. 그리고 유리창 중 하나가 깨끗하게 잘려나가 있었다.

새벽녘에 행해진 간단한 조사 결과, 사다리는 지금 건축 중인 집에서 가져온 것이라는 사실이 밝혀졌다. 이로써 범인의 잠입 경로는 불 보듯 뻔해졌다.

"그러니까…… 유대식 램프를 훔쳤을 때와 똑같은 상황이 재발된 겁니다."

앵블발 씨가 비아냥거리는 투로 말했다.

"맞습니다. 사법 당국이 처음으로 내린 해석을 그대로 수용한다면 그런 셈이지요."

"그럼 선생님은 아직도 그 해석을 받아들이지 못하겠다는 말씀이십니까? 벌어진 이 상황을 눈앞에 보면서도요?"

"흔들어 놓기는커녕 오히려 더욱 확실해졌습니다."

"어떻게 그럴 수가 있습니까? 어젯밤 잠입해 들어온 자가 외부인이라는 확실한 증거가 있는데도, 유대식 램프를 우리 주변에 있는 사람이 훔친 것이라고 고집하시다니⋯⋯."

"주변인 정도가 아니라, 틀림없이 이 저택 안에 살고 있는 누군가가 훔친 것입니다."

"그걸 알아듣게 설명해 주시겠습니까?"

"아무것도 설명하지 않겠습니다. 나는 외면상으로만 유사할 뿐인 이 두 사건을 각각 따로따로 나누어 생각할 것입니다. 그리고 그 안에서 두 사건을 연결하는 고리를 찾아낼 생각입니다."

그의 믿음은 매우 확고한 듯했으며, 그의 행동은 확실한 동기에 바탕을 두고 있는 듯했다. 따라서 남작도 자신의 고집을 꺾을 수밖에 도리가 없었다.

"그렇습니까? 그럴지도 모르겠군요. 그럼 바로 서장에게 알리도록 하겠습니다."

"절대로 알려선 안 됩니다. 절대로 안 돼요! 그들은 필요한 경우에만 부르면 됩니다⋯⋯."

홈즈가 발끈하듯 말하자, 남작은 잠자코 꼬리를 내렸다.

"하지만 총도 사용한 사건인데⋯⋯."

"그런 건 신경 쓰지 않아도 됩니다!"

"하지만 선생님의 친구가⋯⋯."

"친구는 그저 부상당했을 뿐입니다. 남작님께서 의사의 입

을 막아 주시기 바랍니다. 법률적인 책임은 전부 내가 지도록
하겠습니다."

*

특별한 사건 없이 이틀이 흘러갔다. 하지만 그동안 홈즈는
대담하기 짝이 없는 침입자를 생각할 때마다 끓어오르는 자
존심을 억제하기 힘들어서 결코 조용하게 보낼 수만은 없었
다. 그 침입은 홈즈의 눈앞에서 그의 존재를 무시한 채 이루어
졌으며, 홈즈는 그를 막아 내지 못했기 때문이다.

그는 지칠 줄 모르고 정원과 집 안을 샅샅이 뒤지고 돌아다
녔다. 하인들과도 장시간 이야기를 나눴다. 부엌과 마구간에
서도 오랜 시간 머물면서 시간 가는 줄 몰랐다. 결정적인 단서
는 무엇 하나 잡지 못했지만 그래도 낙담한 듯한 모습은 조금
도 보이지 않았다.

'꼭 찾아내고 말겠어. 여기서 꼭 찾아내겠어. 이번 사건은
금발의 여인 사건 때처럼 여기저기 찾아다닐 필요도 없고 나
자신도 모를 길을 따라서, 나 자신도 모를 목표를 향해서 낯설
기만 한 길을 무턱대고 갈 때와는 매우 다르단 말이야. 이번에
는 내가 사건 현장에 있었어. 적은 붙잡히지도 않는 유령 같은
뤼팽도 아니고, 이 저택 안에서 생활하면서 살아 숨쉬고 있는
공범자니까. 아주 사소한 단서만 있어도 나는 틀림없이 그를

찾아낼 수 있을 거야.'

홈즈는 마음속으로 굳게 다짐했다.

홈즈가 탐정으로서의 천재적인 재능을 가장 크게 발휘해 그가 승리를 거뒀던 유대식 램프 사건 해결의 실마리는 그야말로 너무나도 단순한 우연에 의해서 그의 손에 들어왔다.

3일째 되던 날 오후, 사건이 일어났던 방 바로 위에 있는 아이들의 공부방을 조사하던 그는 거기서 작은 딸인 앙리에트를 만났다. 아이는 가위를 찾고 있는 중이었다.

"아저씨, 있잖아요…… 나도 만들 수 있어요. 그때 밤에 아저씨가 받았던 것과 같은 종이를……."

아이가 홈즈에게 다짜고짜 말을 걸어왔다. 홈즈는 아이를 신기하게 바라보며 물었다.

"그때 밤이라니? 언제를 말하는 거지?"

"그때…… 밥을 다 먹었을 때 아저씨가 받았잖아요. 위에 띠가 붙어 있던 종이 말이에요……. 맞아, 전보요……. 놀랐죠? 나도 그거 만들 줄 알아요."

아이가 밖으로 나갔다. 다른 사람 같았으면 이 꼬마 아가씨의 말을 별 생각 없이 흘려버렸을 것이다. 사실 홈즈도 처음에는 그저 한귀로 듣고 한귀로 흘려버린 뒤 계속해서 조사 작업에 몰두했다. 그러다 갑자기 아이의 마지막 말이 마음에 걸려서 서둘러 아이의 뒤를 따라 나갔다. 그는 계단 앞에서 아이를 간신히 따라잡을 수 있었다.

"그럼 너도 종이 위에 띠를 붙일 줄 안다는 거니?"

앙리에트가 아주 자랑스럽다는 투로 말했다.

"그럼요. 글자를 일일이 오려서 그걸 종이에 붙이는 걸요."

"그 놀이는 누구한테 배웠니?"

"선생님이요. 우리 가정교사 선생님한테요. 선생님이 그렇게 하는 걸 여러 번 봤어요. 선생님은 신문에서 글자를 오려서 붙였어요."

"그래, 선생님은 뭘 만들었니?"

"전보나 편지를 만들어서 보내요."

셜록 홈즈는 다시 아이들의 공부방으로 돌아갔다. 아이의 이야기가 묘하게 마음에 걸렸기 때문에 그것이 무엇을 의미하는 것인지 알아내려고 골몰했다.

벽난로 위 장식장에 신문이 한 묶음 놓여 있었다. 그는 그것을 펼쳐 보았다. 과연 아이의 말대로 단어와 행이 깨끗하게 잘려 있는 것이 보였다. 하지만 그 앞뒤의 글자를 읽는 것만으로도 그것은 앙리에트가 가위로 별 뜻 없이 잘라낸 것이라는 사실을 알 수 있었다. 이 신문의 묶음 속에 가정교사가 잘라낸 신문도 섞여 있을지 모르는 일이었다. 하지만 그것을 어떻게 확인할 수 있단 말인가?

홈즈는 별 생각 없이 테이블 위에 쌓여 있던 교과서를 넘겨 보았다. 그다음, 책장 위에 놓여 있던 것을 펼쳐 보았다. 그러다 갑자기 기쁨에 넘쳐 소리를 질렀다. 책장 구석에 쌓여 있던 낡은 메모장 위에 어린이들을 위한 글자 교습용 그림책이 한 권 놓여 있었는데, 그 교습용 그림책을 들춰 보니 비어 있는 공간이 눈에 들어왔기 때문이다.

그는 자세히 살펴보았다. 그것은 각 요일을 적어 놓은 페이지였다. 월요일, 화요일, 수요일, 목요일이라는 글자가 죽 늘어서 있었다. 토요일이라는 글자가 보이질 않았다. 유대식 램프를 도둑맞은 밤이 토요일 아닌가!

홈즈는 갑자기 심장이 옥죄는 듯한 기분이 들었는데, 이는 그가 사건의 실마리를 붙들 때마다 습관적으로 찾아오는 느낌이었다. 진실이 조여드는 듯한 이 기분, 확신에 바탕을 둔 이 감동…… 이 느낌은 단 한 번도 그를 배신한 적이 없었다.

홈즈는 열기에 휩싸인 채 서둘러서 그림책을 넘겼다. 그러자 조금 뒷부분에서 다른 놀라움이 그를 기다리고 있었다.

그것은 알파벳을 늘어놓은 페이지였는데, 그 밑에는 숫자가 한 줄 늘어서 있었다. 그런데 그중에서 알파벳 9개, 숫자 3개가 깨끗하게 잘려나가 있었다.

홈즈는 그것을 수첩에 옮겨 적은 다음 순서대로 나열해 보았다. 그 결과는 다음과 같았다.

CDEHNOPRZ — 237

"도대체 이게 무슨 뜻이지?"

홈즈는 난감하다는 듯 중얼거렸다.

"이들 문자를 전부 사용해서 조합하면 한 개 혹은 두 개, 세 개의 완전한 단어를 만들 수 있는 걸까?"

홈즈는 한동안 이리저리 짜 맞춰 봤지만 헛수고였다.

다만 도저히 떨쳐 낼 수 없는 단어가 딱 하나 있었다. 그것은 끊임없이 글자들을 뒤바꾸어 끼적거려 본 결과 나타난 것이었다. 그리고 점점 그것이 답일 것이라는 확신이 들기 시작했다. 그것은 실제 이론상으로도 일치할 뿐만 아니라 전반적인 상황과도 일치하는 것이었다.

그림책의 한 페이지에 알파벳이 각각 하나씩밖에 나오지 않기 때문에 만들어진 단어는 불완전할 수밖에 없을 것이며, 그것을 다른 페이지에서 오려낸 글자로 보충했을 것이라는 생각도 얼마든지 가능했다. 아니, 오히려 그게 맞을 것이라는 생각까지 들었다. 그렇다면 수수께끼의 글자는 다음과 방식으로 배열시킬 수도 있을 것 같았다.

REPOND( ) — CH — 237

앞 단어가 repondech(답장하라)라는 사실을 아주 분명하게 알 수 있었다. E가 하나 부족한 것은 E라는 글자를 이미 앞에서 사용했기 때문이리라.

한편, 두 번째 불완전한 단어는 틀림없이 237이라는 숫자와 합쳐져 발신인이 수신에게 주소를 알려주는 가운데 누락된 부분일 것이다. 그러니까 토요일에 일을 치르겠다는 사실을 알린 뒤, 답장을 CH237로 보내라고 요청한 것이 분명하다.

CH237은 사서함 번호이거나 아니면 불완전한 어떤 단어의 일부일 것이다. 홈즈는 계속해서 그림책을 넘겨보았다. 글자를 오려낸 페이지는 더 이상 나타나지 않았다. 다른 새로운 사실을 발견해 내기 전까지는 지금 발견한 이 사실에 만족할 수밖에 없는 노릇이었다.

"재밌죠, 아저씨?"

어느 틈엔가 앙리에트가 방에 돌아와 있었다. 홈즈가 대답했다.

"정말 재미있는데. 근데 너 다른 종이는 갖고 있지 않니? 다른 종이나 혹은 오려 낸 글자나……. 그게 있으면 이 아저씨도 붙여 보고 싶은데……."

"종이? 없어요……. 그리고 선생님이 화내실 거예요."

"선생님이?"

"네, 한 번 야단맞았거든요……."

"왜 야단을 맞았지?"

"내가 아저씨한테 얘기해서 그런대요. 좋아하는 사람에 대한 얘기를 다른 사람한테 해서는 안 된대요."

"그래, 그건 맞는 말이다."

홈즈가 수긍하자 앙리에트는 무척 기쁜 모양이었다. 너무 기쁜 나머지 아이는 옷에 핀으로 꽂아 두었던 헝겊주머니에서 헝겊조각과 단추 세 개, 각설탕 두 개, 마지막으로 네모난 종이를 한 장 끼내 그 종이를 홈즈에게 내밀었다.

"여기에도 뭐가 적혀 있어요. 아저씨한테만 보여 줄게요."

그것은 영업용 마차의 번호표로 8279라고 적혀 있었다.

"이 번호표 어디서 났니?"

"선생님 지갑에서 떨어진 거예요."

"언제?"

"일요일, 미사를 볼 때요. 선생님 헌금을 내려고 지갑에서 돈을 꺼낼 때요."

"잘됐구나! 그럼 이번에는 혼나지 않는 방법을 가르쳐 주마. 다음부터는 선생님한테 나를 만났다는 걸 절대로 얘기하지 않는 거야. 알겠지?"

홈즈는 바로 앵블발 남작을 만나러 갔다. 그리고 가정교사에 대해서 노골적으로 이것저것 캐물었다. 남작이 움찔 놀라는 기색을 보였다.

"알리스 드묑 말입니까? 선생님, 설마 그녀를 의심하고 있는 건 아니겠지요? ……절대로 그럴 리가 없습니다."

"언제부터 이 집에서 일했습니까?"

"아직 일 년밖에 안 됐지만, 그처럼 차분하고 믿을 만한 사람도 없을 겁니다."

"난 아직 한 번도 보질 못했는데 어째서일까요?"

"이틀 정도 집에 없었습니다."

"하지만 지금은?"

"돌아오자마자 바로 선생님 친구분을 간호하고 싶다고 하기에 그렇게 하도록 했습니다. 매우 상냥하고 헌신적이기 때문에 간호사 역할도 훌륭히 해 내고 있습니다. 왓슨 씨도 아주 기뻐하고 있는 듯한 눈치입니다."

"아, 그랬군요……."

홈즈는 자신도 모르게 커다란 소리를 지르고 말았다. 그간 친구의 용태를 살피는 것을 완전히 잊고 있었기 때문이었다.

한동안 생각에 잠겨 있던 그가 다시 질문했다.

"그런데 일요일 오전에 그녀는 외출을 했었습니까?"

"도난 사건이 있었던 그다음 날 말입니까?"

"그렇습니다."

남작이 부인을 불러 그녀에게 물었다. 그녀가 대답했다.

"선생님은 그날도 평소와 다름없이 두 아이들을 데리고 열한 시 미사에 참석했습니다."

"열한 시 이전에는요?"

"열한 시 이전에요? 아무 데도 안 간 것 같은데……. 아니, 아니에요. 도난 사건 때문에 너무 경황이 없었기 때문에……. 드디어 생각났어요. 전날 밤, 일요일 아침에 외출을 해도 되겠느냐고 내게 물었어요. 시골에서 파리에 온 사촌언

니를 만나야 한다고 했었어요. 선생님, 설마 그녀를 의심하고 있는 건 아니시겠죠?"

"그럴 리가 있겠습니까? 어쨌든 한 번 만나보고 싶군요."

그는 왓슨이 누워 있는 방으로 올라갔다.

삼베로 만들어진 긴 회색 치마를 입은 간호사 같은 여자가 환자 쪽으로 몸을 웅크리고서 무엇인가를 먹이고 있는 중이었다.

그녀가 뒤돌아보았을 때, 홈즈는 그녀가 북부 역에서 자신에게 말을 걸어왔던 아가씨였다는 사실을 바로 알아보았다.

두 사람 사이에는 아무런 말도 오가지 않았다. 알리스 드묑은 전혀 당황하는 기색 없이 그 사랑스럽고 차분한 눈으로 부드럽게 웃어 보였다. 홈즈는 무슨 말인가를 하려다가 목구멍까지 넘어온 그 말을 그대로 삼켜 버리고 말았다. 그녀도 하던 일을 계속했다. 놀라서 바라보고 있는 홈즈의 눈앞에서 그녀는 매우 침착하게 약병을 치우고, 붕대를 풀었다가 다시 감았다. 그리고 다시 한 번 그녀 특유의 밝은 미소를 그에게 던졌다.

그는 그대로 발걸음을 돌려 방에서 나왔다. 정원 앞에 앵블발 씨의 자동차가 서 있는 것을 보고 그대로 올라타 르 발루아에 있는 영업용 마차의 차고까지 갔다. 꼬마 아가씨가 준 번호표에 주소가 적혀 있었기 때문이었다. 일요일 오전에 8279호

마차를 사용했던 마부 뒤프레는 차고에 없었다. 홈즈는 자동차를 돌려보내고 교대 시간까지 기다렸다.

잠시 후 만난 마부 뒤프레는 이렇게 말했다. 몽소 공원 근처에서 검은 옷에 두꺼운 베일을 쓴 젊은 아가씨를 틀림없이 태웠노라고. 매우 서두르는 듯한 눈치였다는 말도 덧붙였다.

"짐 같은 건 들고 있지 않았나요?"

"들고 있었습니다. 소포꾸러미 같은 걸 들고 있었는데, 꽤 기다란 것이었습니다."

"그래서 어디까지 갔죠?"

"테른 가에 있는 생페르디낭 광장의 모퉁이에 있는 한 건물 앞까지 갔습니다. 그리고 그곳에 15분 정도 있다가, 다시 몽소 공원으로 되돌아왔습니다."

"테른 가의 그 건물을 기억하고 있나요?"

"기억하고 말굽쇼. 거기로 모셔다 드릴까요?"

"나중에 부탁하겠소. 우선은 오르페브르 강변의 36번지까지 가 주세요."

그는 운 좋게도 경찰청에서 가니마르를 만날 수 있었다.

"가니마르 씨, 시간 있나요?"

"뤼팽에 관한 일이라면 거절하겠습니다."

"뤼팽에 관한 일인데요."

"그럼 난 움직이지 않을 겁니다."

"뭐라고요? 포기할 건가요?"

"불가능한 일에는 손을 대지 않을 겁니다. 승산 없는 싸움에 뛰어드는 것도 이젠 신물이 납니다. 비겁하다고, 비열하다고 생각할지 모르겠지만…… 그런 건 아무래도 좋습니다. 뤼팽은 우리보다 한 수 위에 있습니다. 그러니 잠자코 있을 수밖에……."

"나는 절대 포기하지 않아요."

"그 녀석이 당신을 포기하게 만들 겁니다. 다른 사람과 마찬가지로."

"정 그렇다면 정말로 신날만한 구경거리를 하나 놓치는 거요……."

"흐흠, 그래요……. 전에 진 빚도 아직 남아 있으니…… 한번 해 볼까요? 좋소, 갑시다!"

가니마르가 순진한 표정으로 솔직하게 말했다.

두 사람은 기다리고 있던 마차에 올랐다. 마부는 미리 말해둔 대로 그 건물 조금 앞에 있는 대로 반대편의 조용한 카페 앞에 마차를 세웠다. 두 사람은 그곳 테라스에 있는 월계수화분과 참빗살나무 사이에 몸을 숨겼다. 해가 저물어가고 있었다.

"웨이터, 메모할 것도 가져다주게."

홈즈가 말했다.

그는 무엇인가를 메모지에 적었다. 그리고 다시 한 번 웨이터를 불렀다.

"이 편지를 맞은편 건물의 관리인에게 전해 주게나. 저기 챙이 달린 모자를 쓰고 현관문 앞에서 담배를 태우고 있는 저 남자요."

동석한 사람이 가니마르 형사라는 사실을 알고 관리인이 득달같이 달려왔다.

홈즈는 관리인에게 인사를 한 다음, 혹시 일요일 오전에 검은 옷을 입은 젊은 여자가 찾아오지 않았었냐고 물었다.

"검은 옷 말이요? 아, 네! 왔었소. 아홉 시경에…… 3층으로 곧장 올라갔죠."

"그전에도 자주 보던 여자였나요?"

"그런 건 아니고요…… 최근에 자주 오고 있소. 아마 지난 보름 동안은 거의 매일 왔을 거요……."

"그럼 일요일 이후에는요?"

"딱 한 번 왔었소. 오늘 빼고……."

"뭐라고? 오늘도 왔었다고요?"

"네, 지금 와 있는 걸요."

"와 있다고요?"

"10분쯤 전이었을 거요. 평소와 다름없이 타고 온 마차는 생페르디낭 광장에서 기다리고 있을 거요. 입구에서 그녀와 마주쳤었소."

"그럼 3층에는 누가 살고 있지요?"

"두 사람이 있소. 하나는 여자들의 옷을 파는 랑제 양이오.

그리고 한 남자가 1개월 전에 가구가 딸린 방 두 개를 그녀에게 다시 빌렸소. 브레송이라는 이름을 빌려서⋯⋯."

"왜 이름을 빌렸다고 생각하는 겁니까?"

"틀림없이 기명이라고 생각되기 때문이오. 내 마누라가 그 사람 옷을 세탁해 주는데, 같은 이니셜이 새겨진 셔츠는 두 장밖에 없다고 하니 틀림없는 거 아니겠소?"

"생활은 대충 어떤 것 같습니까?"

"외출이 잦고 집에는 거의 들어오지 않는 것 같아요. 3일이나 집을 비우는 일도 허다하니까요."

"그 사람, 지난 토요일에서 일요일에 걸친 밤에는 집에 있었나요?"

"토요일에서 일요일에 걸친 밤이라, 잠깐 기다리쇼. 생각해 볼 테니⋯⋯. 맞아요, 토요일 밤에는 집에 있었소. 그날 이후부터는 꼼짝 않고 있었소."

"으음⋯⋯ 그 친구, 어떤 사람인 것 같습니까?"

"글쎄, 뭐라 해야 좋을지⋯⋯. 워낙 변화무쌍해서! 어떤 때는 체구가 큼지막했다가, 또 어떤 때는 왜소해지고⋯⋯ 뚱뚱한가 싶으면 말랐고⋯⋯. 머리카락이 밤색인가 싶으면 금발이고, 도무지 종잡을 수가 없는 사람입니다. 매번 다른 사람인 줄 안다니까요⋯⋯."

가니마르와 홈즈가 서로의 얼굴을 바라보았다.

"녀석이야, 틀림없어."

가니마르가 중얼거렸다.

순간 늙은 형사는 마음이 불안해진 모양이었다. 그런 그의
심정이 하품과 불끈 쥔 주먹으로 나타났다.

동요하지는 않았지만, 홈즈도 역시 심장이 터질 듯한 기분
을 느꼈다.

그때였다. 관리인이 다급하게 속삭이듯 말했다.

"아! 저기, 그 아가씨가 나오고 있소."

틀림없이 그 가정교사가 현관문에 모습을 드러냈다. 그리
고는 광장을 가로질러 걸어갔다.

"저기……. 이번에는 브레송 씨도 나오는군요."

"브레송 씨라고? 누가? 어디?"

"소포꾸러미를 옆구리에 끼고 있는…… 바로 그 사람이요."

"하지만 아가씨와는 따로 움직이지 않나? 아가씨 혼자 마
차에 오르는데."

"맞소! 저 두 사람이 함께 다니는 걸 한 번도 본 적이 없소."

두 사람이 서둘러 자리에서 일어났다. 그들은 가로등 불빛
을 받은 뤼팽의 실루엣을 확인했다. 그는 광장과는 반대편
방향으로 걷고 있었다.

"당신은 누구 뒤를 밟겠소?"

가니마르가 먼저 물었다.

"녀석이지요, 당연하지 않습니까? 녀석이 핵심이니까요."

"그럼 나는 저 여자를 뒤따르겠습니다."

"그럴 필요 없어요. 여자라면 어디서 찾아낼 수 있는지 내가 알고 있으니⋯⋯. 당신은 내 곁에 꼭 붙어 있으세요."

홈즈가 격렬한 어조로 말했다. 이번 사건을 가니마르에게 알게 하고 싶지 않았기 때문이었다.

일정한 거리를 두고 오가는 사람들과 보도 위의 신문 가판대를 이용해서 몸을 숨겨가며 두 사람은 뤼팽의 뒤를 쫓았다. 비교적 손쉬운 미행이었다. 뤼팽은 뒤돌아보지 않았으며, 오른쪽 다리를 조금 저는 듯한 걸음으로 걷고 있었기 때문이었다. 하지만 거의 알아볼 수 없을 정도로 다리를 절고 있었기 때문에 노련한 관찰력을 가진 자만이 그것을 알아볼 수 있을 정도였다. 가니마르가 속삭이듯 말했다.

"저 녀석, 다리가 안 좋은 척하고 있군."

그리고 계속해서 말했다.

"앗! 경찰 두어 명을 불러서 녀석을 잡아야겠어! 도망칠 위험이 있으니까."

그런데 테른 가에 이를 때까지 경찰은 단 한 명도 보이지 않았다. 그러다가 그가 경계를 훌쩍 넘자, 더 이상은 그 누구의 도움도 기대할 수 없는 상황이었다.

"따로 움직입시다. 이곳은 너무 한적해서 녀석의 눈에 띌지도 몰라요."

홈즈가 말했다.

이곳은 빅토르 가였다. 두 사람은 각각 양쪽 보도로 나뉘어

가로수를 따라 걸었다.

그렇게 20분을 걸었다. 뤼팽은 왼쪽으로 꺾어져 강변으로 접어들더니, 이번엔 센 강을 따라 계속 걸었다. 그는 잠깐 그곳에 머물렀는데, 두 사람이 있는 곳에서는 그가 무엇을 하는지 볼 수가 없었다.

얼마 후, 다시 제방으로 올라온 뤼팽은 가던 길을 다시 되돌아오기 시작했다. 가니마르와 홈즈는 허겁지겁하면서 어떤 철책의 굵은 기둥에 몸을 바짝 붙였다. 그런데 두 사람 앞을 유유히 지나치는 뤼팽의 손에는 아까 들려 있던 꾸러미가 들려 있지 않는 것이었다.

더 이상한 것은, 뤼팽의 모습이 멀어졌을 때 또 다른 한 사람이 거리 모퉁이에서 나와 가로수 사이로 몸을 숨기는 것이었다. 홈즈가 나지막한 목소리로 말했다.

"저 사람도 뤼팽의 뒤를 밟고 있는 듯합니다."

"맞습니다. 아까부터 저 사람을 본 듯합니다."

미행은 뜻밖의 불청객으로 인해 더욱 복잡한 양상을 띠게 되었다. 뤼팽은 왔던 길로 되돌아가 테른의 길목을 지나 생페르디낭 광장에 있는 그 집으로 들어갔다.

가니마르가 그 집으로 다가갔을 때 관리인은 막 문을 닫고 있었다.

"지금 그 사람을 봤겠지?"

"봤소. 계단의 가스등을 끄고 있는데 그 사람이 자기 방문의 빗장을 지르고 있었소."

"저 사람과 함께 사는 사람은 없는가?"

"그럼요. 하인도 두지 않고 있어요. 식사도 여기서는 하지 않는답니다."

"부엌 쪽으로 난 비상계단은 없나요?"

"없소."

가니마르가 홈즈에게 말했다.

"가장 간단한 방법은 내가 뤼팽의 문 앞을 지키고 있는 동안 당신이 드무르 가의 경찰서장을 불러오는 겁니다. 내가 편지를 써 주겠습니다."

그러나 홈즈의 생각은 달랐다.

"그동안 녀석이 도망치면?"

"내가 지키고 있겠다고 하지 않았소."

"녀석을 상대로 일 대 일로 맞붙는 것은 불리해요."

"하지만 내가 무작정 녀석의 집으로 뛰어들 권리는 없습니다. 특히 야간에는……."

홈즈가 어깨를 들썩여 보였다.

"하지만 당신이 체포한 자가 진짜 뤼팽으로 밝혀진다면 어떤 상태에서 잡아들였는지를 문제 삼을 사람은 없을 겁니다. 그리고 그저 벨을 누르기만 하면 되는 겁니다. 대단할 것 없지 않나요? 그런 다음 어떻게 되는지 보면 될 것 아니오?"

두 사람은 일단 계단을 올라갔다. 계단 왼편에 양쪽으로 열게 되어 있는 문이 하나 있었다. 가니마르가 벨을 눌렀다. 하지만 아무런 소리도 들려오지 않았다. 다시 한 번 눌렀다. 역시 아무도 나오지 않았다.

"들어가 봅시다."

홈즈가 나지막하게 말했다.

"좋소, 들어가 봅시다."

하지만 두 사람은 움직이지 않고 자리에 서 있었다. 큰일을 눈앞에 두고 망설이는 사람처럼 두 사람도 주저하는 듯했다. 사실 그들로서는 뤼팽이 진정으로 이곳에 있으리라는 생각을 감히 할 수가 없었던 것이다. 천하의 아르센 뤼팽이 이런 식으로 쉽게 체포될 리가 없을 것이라는 사실을 두 사람은 너무나 잘 알고 있었기 때문이다. 그건 절대로 있을 수 없는 일이었다. 절대로! 그는 이미 여기에 없을 것이다. 이어져 있는 옆집이나 지붕, 적당히 마련해 둔 출구를 통해서 이미 도망쳤을 것이다. 이번에도 역시 뤼팽의 그림자밖에는 붙잡지 못할 것이 분명하다……

순간, 두 사람은 몸을 떨었다. 문 너머에서 작은 소리가 들려와 침묵을 스쳐 지나간 듯했기 때문이다. 그로써 두 사람은 녀석이 나무로 만든 얇은 문 건너편에 있다는 뚜렷한 인상을 받았다. 그가 두 사람의 말에 귀를 기울이고 있는지도 모른다는 생각이 들었다.

어떻게 해야 할 것인가? 사태는 그야말로 비극적이었다.

산전수전 다 겪은 노련한 베테랑들임에도 불구하고 알 수 없는 불안감에 사로잡혀 어쩔 줄 모르는 것이었다. 냉정함조차도 격한 감정에 압도당해 두방망이질 하는 심장의 고동소리가 귀에 먹먹할 정도였다.

가니마르가 눈짓으로 홈즈에게 물었다. 그런 다음 주먹으로 문을 힘껏 내리쳤다. 그러자 안쪽에서 이번에는 발소리가 들려왔다. 자신을 숨기려 들지 않는 뚜렷한 발소리……

가니마르는 문을 더욱 세차게 흔들었고, 홈즈는 맹렬한 기세로 달려와 어깨로 문을 깨뜨려 버렸다. 그런 다음 두 사람은 안으로 뛰어들었다.

두 사람은 그 자리에서 우뚝 멈춰 서고 말았다. 옆방에서 총성이 한 발 들려왔던 것이다. 뒤이어 다시 한 발, 그리고 사람이 쓰러지는 소리……

두 사람은 옆방으로 들어갔다. 벽난로 바로 옆에 한 남자가 쓰러져 있었다. 몸은 아직 꿈틀꿈틀 움직이고 있었다. 권총이 그의 손에서 미끄러져 떨어졌다.

가니마르가 몸을 숙였다. 죽은 자의 얼굴을 돌려보았다. 뺨에 하나, 관자놀이에 하나. 두 군데의 커다란 상처에서 흘러나온 피로 얼굴이 새빨갛게 물들어 있었다.

"누군지 못 알아보겠는 걸."

가니마르가 중얼거리자, 홈즈가 내뱉듯 말했다.

"어쨌든 녀석은 아닙니다."

"당신이 그걸 어떻게 압니까? 조사도 해 보지 않고……."

"당신은 아르센 뤼팽이 자살이나 할 사람이라고 봅니까?"

영국인이 비웃듯 말했다.

"하지만 거리에서는 틀림없는 녀석이었는데……."

"그건 그저 우리가 그렇게 믿고 싶었기 때문에 그렇게 믿은 것뿐입니다. 우리는 그 사람에게 속고 있었던 겁니다."

"그럼 이 사람은 공범자 중 한 명이겠군요."

"아르센 뤼팽의 공범자 중에도 자살이나 할 위인은 아마 없을 겁니다."

"그럼 누굴까요?"

두 사람은 시체를 조사해 보았다. 셜록 홈즈가 주머니에서 텅 빈 지갑을 하나 발견해 냈고, 가니마르는 다른 주머니에서 금화를 몇 개 발견했다. 셔츠에도 이름은 새겨져 있지 않았다. 다른 옷에서도 역시 단서가 될 만한 것은 발견되지 않았다.

커다란 트렁크와 조그만 가방 두 개가 있었는데 옷 이외에는 아무것도 들어 있지 않았다. 벽난로 위에 신문이 높다랗게 쌓여 있었다. 가니마르가 펼쳐 보았다. 대부분이 유대식 램프 도난 사건에 관한 기사가 실린 것이었다.

한 시간 후, 자신들에게 쫓기다 마지막 순간에 자살을 해 버린 이 정체불명의 사내에 대해 아무것도 알아내지 못한 채로 가니마르와 홈즈는 그곳에서 나왔다.

이 사람은 대체 누구란 말인가? 그는 왜 자살한 것일까?

그는 유대식 램프 도난 사건과 무슨 관계가 있는 것일까? 그가 거리를 돌아다닐 때 그의 뒤를 미행했던 것은 대체 누구란 말인가? 모두가 복잡하기 짝이 없는 문제들이었다. 모든 것이 의문투성이였다.

　홈즈는 아주 불쾌한 기분으로 잠자리에 들었다.
　그리고 이튿날 잠이 깨자마자, 다음과 같은 속달이 도착해 있는 것을 발견했다.

　아르센 뤼팽은 자신이 브레송이라는 이름으로 비극적인 최후를 맞았다는 사실을 삼가 고하는 바이며, 오는 6월 25일 목요일, 극비로 행해지는 장례식에 참석해 주시기를 바라는 바입니다.

제2장

　홈즈는 아르센 뤼팽이 보내온 속달을 왓슨의 코앞에다 흔들어 보이며 흥분해서 말했다.

　"이보게 친구. 이번 사건에서 무엇보다 기분 나쁜 것은 그 악마와도 같은 녀석의 한쪽 눈이 늘 나를 주시하고 있는 것 같다는 느낌이 든다는 사실일세. 내가 아무리 은밀하게 한 생각이라 할지라도 녀석은 반드시 꿰뚫어보고 있단 말이야. 엄격한 연출에 모든 동작을 통제받고 있는 배우가 절대적인 명령에 따라서 오른쪽으로, 왼쪽으로 움직이고 있는 것 같은 기분이 드는군. 왓슨, 이런 내 기분을 이해하겠나?"

　만약 왓슨의 체온이 40도에서 41도 사이를 오락가락하지 않았다면, 그 고열로 인해 깊은 잠에 빠져 있지 않았다면 홈즈의 그런 기분을 이해할 수 있었을 것이다. 하지만 왓슨이 듣고 있든지 말든지, 그런 것은 홈즈에게 중요하지 않았다. 그는 계속해서 말했다.

"낙담하지 않기 위해서 나는 전신의 힘을 다 짜내고 모든 능력을 동원해야 할 필요가 있네. 하지만 다행스럽게도 내게 있어서 이 정도의 유치한 장난은 바늘 끝으로 찌르는 것과 다를 바 없는 것으로, 오히려 좋은 자극이 된다네. 아픔이 가라앉고 자존심에 받은 상처가 아물면 나는 언제나 이렇게 자신에게 말하곤 하지. '마음대로 까불어 보라고, 친구. 언젠가는 제 꾀에 넘어가 꼬리를 밟히고 말 테니까.'라고. 친구, 안 그런가? 꼬마 아가씨 앙리에트에게 심어 준 생각을 통해서, 뤼팽과 알리스 드묑 사이에 비밀스러운 통신이 오가고 있다는 것을 내게 알려준 것도 다름 아닌 뤼팽 자신이니까 말이야. 아 참, 자네는 아직 이 사실을 모르고 있지."

그는 친구가 잠에서 깨어날 정도로 커다란 발소리를 내면서 방 안을 돌아다녔다.

"어쨌든 모든 일은 순조롭게 풀리고 있다고 볼 수 있네! 내가 걷고 있는 길은 조금 어둡기는 하지만 방향은 제대로 잡은 셈일세. 우선 브레송이라는 자가 어떤 사람인지부터 알아낼 거야. 나는 브레송이라는 자가 들고 있던 꾸러미를 내던진 센 강 기슭에서 가니마르와 만나기로 했네. 그로써 그 자의 역할이 무엇이었는지를 알 수 있을 걸세. 그다음은 알리스 드묑과 나의 승부네만, 그녀는 결코 무서운 상대가 아닐세. 그렇지 않은가, 왓슨? 어떻게 생각하나? 내가 곧 그 그림책을 오려 쓴 편지의 내용을…… C와 H 두 글자의 의미를 알아낼 것 같지 않은가? 그것이 사건을 푸는 중요한 열쇠가 될 걸세, 왓슨."

바로 이때 가정교사가 안으로 들어왔다. 그리고 커다란 몸짓으로 움직이고 있는 홈즈를 보고 조용한 목소리로 이렇게 말했다.

"홈즈 씨, 환자를 깨우면 제가 가만히 있지 않을 거예요. 몸이 아픈 친구의 잠을 방해하는 법이 어디 있어요. 의사가 절대 안정을 취해야 한다고 하셨어요……."

침착하기 짝이 없는 그녀의 태도에 놀라, 그는 첫 만남 때와 다름없이 한마디도 하지 않고 그녀를 멍하니 바라보았다.

"홈즈 씨, 왜 그렇게 쳐다보는 거죠? 아무것도 아니라고요? 아니, 그럴 리가 없어요. 언제나 무엇인가를 숨기고 있는 것 같아요. 그게 대체 뭐죠? 어서 말씀해 보세요."

그녀는 밝은 얼굴 전체로, 그 천진난만한 시선으로, 미소를 머금은 듯한 입술로, 그런 태도 전체로, 마주 잡은 두 손으로, 그리고 약간 앞으로 숙인 상태로…… 그에게 물었다. 그녀의 순진해 보이는 그런 모습에 영국인은 더욱 화가 났다.

홈즈는 그녀 앞으로 한 걸음 다가서며 말했다.

"지난 밤, 브레송이 자살했습니다……."

그녀가 도무지 이해할 수 없다는 표정으로 되물었다.

"브레송이 자살했다고요?"

그녀의 얼굴에는 아무런 표정 변화도 없었을 뿐만 아니라, 무엇인가를 애써 숨기려는 듯한 기색도 보이지 않았다.

"벌써 알고 있었군요. 그렇지 않았다면 적어도 당신은 놀라기라도 했을 텐데요. 아! 당신 보기보다 대단한 사람이군요. 대체 왜 자신을 숨기는 거죠?"

그는 조금 전 탁자 위에 가져다 놓은 그림책을 집어 들었다. 그리고 글자를 잘라 낸 페이지를 펼쳐 보이며 이렇게 말했다.

"유대식 램프를 도둑맞기 나흘 전, 당신이 브레송에게 보낸 편지의 정확한 내용을 알기 위해서는 이 책에서 잘라낸 글자가 어떤 순서로 배열되어 있는지를 알아야 하는데…… 말씀해 주시지 않겠습니까?"

"어떤 순서……? 브레송……? 도둑맞은 유대식 램프?"

그녀는 천천히 그의 말을 반복했다. 마치 이들 말들이 가진 의미를 찾아내기라도 하려는 듯……

홈즈는 화가 나서 보다 노골적으로 다그쳤다.

"그렇습니다. 여기 이 페이지를 봐요! 이게 그 편지에 사용된 글자들입니다. 이 종이 위에 있는 글자들이……. 브레송에게 뭐라고 써 보낸 거죠?"

"사용된 글자라니요? 내가 써 보낸 편지라니요?"

그녀가 갑자기 웃음을 터뜨렸다.

"아아, 이제 알았어요. 저를 그 도난 사건의 공범자라고 생각하시는 거군요. 브레송이라는 사람이 유대식 램프를 훔쳤는데 그가 자살을 했고요. 저는 그 사람의 애인이라고 생각하고 계시는 거죠? 어머, 아주 재미있는 생각이에요."

"그럼 어젯밤, 테른 가에 있는 건물의 3층에는 누구를 만나러 갔던 거죠?"

"누구냐고요? 모자를 팔고 있는 랑제 양의 집에 갔었죠. 랑제 양과 브레송이라는 사람이 동일인물이기라도 하다는 말씀인가요?"

이쯤 되자 홈즈도 다소 흔들릴 수밖에 없었다. 사람은 상대를 속일 수 있을 정도로 공포와 기쁨, 불안 등의 감정을 가장할 수는 있지만 무관심과 때 묻지 않은 행복한 웃음만은 가장할 수 없는 법이니까……

그럼에도 불구하고 홈즈는 계속 이렇게 말했다.

"그럼 한 가지만 더 묻겠소. 며칠 전 밤, 북부 역에서 왜 말을 걸었던 거죠? 왜 이번 도난 사건에 관여하지 말고 바로 돌아가라고 애원했던 거죠?"

그녀는 여전히 자연스러운 웃음을 보이며 대답했다.

"어머, 홈즈 씨. 당신은 궁금한 것도 많으시군요. 그 벌로 아무것도 말씀드리지 않겠어요. 그리고 제가 약국에 갔다 오는 동안 환자를 살펴보고 계세요. 서둘러서 지어 와야 할 약이 있어요. 금방 다녀올게요."

그녀가 방 밖으로 나갔다.

"한 방 먹었군. 그녀에게서 무엇을 얻어내기는커녕 오히려 내 속내를 들켜 버리고 말았어."

홈즈가 중얼거렸다.

그리고 그는 푸른 다이아몬드 사건과 클로틸드 데스탕주에 대해서 자신이 행했던 신문에 대해 생각해 보았다. 그 금발의 여인도 그에 대해서 이와 같은 태연함을 보이지 않았던가? 이번에도 역시 아르센 뤼팽의 비호를 받으며 그의 직접적인 영향권 아래에서 위험에 몸을 노출시키고 있으면서도 놀랄 정도의 침착함을 보이는 사람들 중 한 명을 상대하고 있는 건 아닐까……?

"홈즈…… 홈즈……."

그는 자신을 부르고 있는 왓슨에게로 다가갔다.

"왜 그러나 친구? 괴로운가?"

왓슨이 입을 움직였지만 소리는 거의 들리지 않았다. 왓슨이 전신의 힘을 짜내 간신히 말했다.

"아닐세……. 홈즈……. 그녀가 아니야. 절대로 그럴 리가 없어."

"무슨 소릴 하는 건가? 내가, 바로 내가 그녀라고 말하지 않나! 뤼팽이 길들이고 그의 조종을 받고 있는 여자 앞에서 나는 황당하고 멍청한 짓을 저지르곤 하네……. 지금 그녀는 내가 그림책 사건을 눈치챘다는 사실을 전부 알아 버렸네. 한 시간도 지나지 않아서 뤼팽이 그 사실을 알게 될 걸세. 한 시간은커녕 벌써 알았을 거야! 약국에 간다는 둥, 급히 지어 와야 할 약이 있다는 둥 하는 건 전부 거짓일세."

그는 바로 방에서 나와 메신 가를 따라 내려왔다. 그리고 약국으로 들어가는 가정교사의 모습을 발견했다. 10분 뒤 그녀는 하얀 종이로 싼 약병을 손에 쥐고 있었다. 그녀가 길을 따라 되돌아오고 있을 때 그녀를 뒤따르던 한 사내가 그녀에 게 말을 걸었다. 모자를 한 손에 든 채, 무엇인가를 구걸하듯 비굴한 태도를 보이고 있었다.

그녀가 발걸음을 멈추고 그에게 적선을 했다. 그런 다음 다시 길을 가기 시작했다.

"무슨 말을 주고받은 것 같군."

영국인이 혼잣말을 중얼거렸다.

확신이라기보다는 직감에 가까운 것이었다. 하지만 그것 은 그에게 전술을 바꾸게 할 만큼 강력한 직감이었다.

홈즈는 아가씨는 그대로 내버려 둔 채, 그 가짜 거지의 뒤를 쫓았다. 그렇게 해서 도달한 곳은 다름 아닌 생페르디낭 광장 이었다. 걸인은 때때로 3층의 창문을 바라보기도 하고 그 건 물을 드나드는 사람들을 지켜보기도 했다.

한 시간 후, 그 걸인은 뇌일리 방면으로 가는 전차의 2층에 올랐다. 홈즈도 그를 따라 전차에 올라 사내와 조금 떨어진 뒷자리에 앉았다. 뒷자리에는 펼친 신문으로 얼굴을 가린 신 사가 앉아 있었는데, 얼마쯤 갔을 때 신사가 살짝 신문을 내리는 것이었다. 홈즈는 그가 가니마르임을 확인했다. 가니마르가 그의 귀에 대고 가짜 거지를 가리키며 이렇게 말했다.

"저 사람이 바로 어제 브레송을 미행하던 그 사람입니다. 한 시간 전부터 광장을 어슬렁거리고 있었습니다."

"브레송에 대해서 알아낸 새로운 사실은 없습니까?"

홈즈가 물었다.

"있습니다. 오늘 아침, 그 앞으로 편지 한 통이."

"오늘 아침에? 그러니까 어제 보낸 거로군. 보낸 사람이 브레송의 죽음을 알기 전에……."

"맞습니다. 예심판사의 손에 넘어갔지만 내용은 기억하고 있습니다.

'그는 어떤 거래에도 응하지 않는다. 첫 번째 몫과 두 번째 몫을 전부 요구했다. 그것이 제대로 안 풀릴 시에는 행동에 옮기겠다.'

서명은 없었습니다. 들으신 바대로 아주 짧은 내용입니다. 별로 크게 도움이 될 것 같지는 않습니다."

가니마르가 말했다.

"나는 그렇게 생각지 않습니다. 가니마르, 이 편지 내용에는 매우 중요한 의미가 담겨 있을 것 같은 느낌이 듭니다."

"어째서죠?"

"그럴 만한 이유가 있어요……."

홈즈는 때때로 동료에게 보여 주는 허물없는 말투로 대답했다.

샤토 가의 종점에서 전차가 멈췄다. 차에서 내린 그 사내가 천천히 걷기 시작했다.

홈즈가 너무 바싹 붙어서 미행을 하자, 가니마르가 걱정스럽다는 듯 말했다.

"저자가 뒤돌아보기라도 한다면 우린 끝장입니다."

"당분간은 뒤돌아보지 않을 걸세."

"그걸 어떻게 압니까?"

"아르센 뤼팽의 공범자니까. 뤼팽의 공범자가 저렇게 주머니에 두 손을 넣고 어슬렁어슬렁 걷는다는 건 자신이 미행당하고 있다는 사실을 알고 있다는 증거일세. 그리고 그는 아무것도 두려워하고 있지 않다는 증거이기도 하지."

"그래도 너무 가까이서 미행하는 것 아닙니까?"

"그렇다고 해서 녀석이 일 분 안에 우리의 수중에서 빠져나갈 수 없는 그런 거리도 아니잖소. 녀석은 자신감에 가득 차 있단 말이오."

"이보세요! 날 너무 놀리지 말아요. 저기 카페의 입구에 자전거를 가진 경찰 두 명이 있습니다. 지금 내가 저 두 사람을 불러서 녀석을 잡는다 해도 녀석이 우리 손아귀에서 빠져나갈지 어디 한 번 두고 봅시다."

"내가 보기엔 이자가 전혀 그런 걸 겁낼 것 같지는 않소. 왜냐하면 그 자신이 경찰을 부를 테니까."

"아니, 지금 무슨 소리를 하는 거요?"

아닌 게 아니라 사내는 마침 자전거 올라 페달을 밟으려고 하는 두 경찰관을 향해 똑바로 다가가고 있었다. 그리고 경찰관들에게 뭐라고 얘기한 다음, 카페 벽에 기대 세워둔 또 다른 자전거에 올라타더니 전속력으로 두 경찰관과 함께 내달리는 것이었다.

순간, 영국인이 난데없이 웃음을 터뜨렸다.

"어때요? 눈 깜빡할 사이에 사라져 버렸죠? 그것도 당신 부하인 경찰들과 함께. 아! 뤼팽 녀석 정말 대단한 솜씨야. 경찰들까지 매수하다니! 내 이래서 녀석이 너무 태연하다고 했던 겁니다."

"이를 어쩐다? 그렇게 계속 웃고만 있을 거요?"

기분이 상한 가니마르가 화난 듯 말했다.

"아, 아. 너무 화내지 말아요. 곧 이 빚을 갚도록 합시다. 지금 내게는 지원군이 필요한데……"

"폴랑팡이 뇌일리 가에서 나를 기다리고 있을 겁니다."

"좋았어! 그리로 가서 그를 데리고 내게 와 주기 바랍니다."

가니마르가 멀어져 가자, 홈즈는 자전거 바퀴 자국을 따라갔다. 자전거 두 대의 바퀴에 흠이 파여 있었기 때문에 길의 먼지 위에 자국이 선명하게 남아 있었다. 바퀴 자국을 따라가던 홈즈는 자신이 센 강가로 가고 있음을, 그리고 그 세 사람이 어젯밤 브레송이 꺾어져 들어갔던 곳으로 꺾어져 들어갔음을 깨달았다.

홈즈는 자신이 어젯밤에 가니마르와 함께 숨어 있었던 그 철책이 있는 곳까지 이르렀다. 그리고 거기를 조금 지난 곳에서 바퀴 자국이 어지러이 찍혀 있는 것을 발견했다. 그것은 그들이 거기서 한동안 멈췄었다는 증거였다. 그 맞은편으로 센 강 쪽으로 내뻗은 기슭에 낡고 조그만 배가 한 척 묶여 있는 것이 눈에 들어왔다.

브레송이 들고 있던 꾸러미를 던져 놓은 곳이, 아니 그의 손에서 떨어뜨린 곳이 바로 그곳일 터였다.

홈즈는 기슭의 경사면을 따라 살짝 내려갔다. 기슭은 완만한 언덕을 이루고 있었으며 강바닥은 매우 얕았다. 세 사람이 그 꾸러미를 건져내지 않았다면, 홈즈는 자신이 그것을 건져낼 수도 있을 것 같았다.

"아니, 아니야. 그 사람들에게 그럴 만한 시간은 없었을 거야. 기껏해야 15분이 지났을 뿐이니까. 그렇다면 놈들이 왜 여기까지 데리고 온 걸까?"

그가 혼자 중얼거렸다.

홈즈는 배 위에 걸터앉아 있는 낚시꾼에게 물어보았다.

"혹시 자전거를 타고 가는 세 사람을 못 봤나요?"

낚시꾼이 보지 못했다면서 손을 내저었다.

그러나 홈즈는 포기하지 않고 끈질기게 물었다.

"왔었을 텐데……. 세 명이오. 당신 바로 옆에서 멈춰 섰을 텐데."

낚시꾼이 낚싯대를 옆구리에 끼고는 주머니에서 수첩을 꺼냈다. 그리고는 거기에 무엇인가를 적더니 그걸 찢어서 홈즈에게 내밀었다.

순간, 영국인은 몸을 크게 떨었다. 받아 든 종이쪽지 한가운데엔 그 그림책에서 오려낸 글씨와 똑같은 글씨들이 다음과 같이 적혀 있는 것이었다.

CDEHNOPRZEO — 237

답답하게 느껴지는 햇빛이 강물 위로 쏟아지고 있었다. 낚시꾼은 챙이 넓은 모자로 얼굴을 가린 채 상의와 조끼를 벗어 옆에 접어놓고는 다시 낚시를 시작했다. 그는 물 위에 떠 있는 찌를 주의 깊게 바라보고 있었다.

1분이 지났다. 엄숙하고 공포심마저 들게 하는 침묵의 1분이었다.

'녀석일까?'

홈즈는 거의 고통에 가까운 불안을 느끼며 생각했다.

곧 모든 사실을 알아차리고 마음속으로 생각했다.

'역시 녀석이야! 틀림없어! 녀석 외에 그 누가 조금도 떨지 않고 저렇게 태연히 있을 수 있단 말인가? 그리고 녀석 외에 그 누가 그림책에 관한 일을 알고 있단 말인가? 알리스란 여자가 사람을 보내서 녀석에게 알린 게 분명해…….'

영국인은 자신의 손이 권총자루를 잡고 있다는 사실을, 그리고 자신의 두 눈이 그 사내의 등을 쏘아보고 있음을 문득 깨달았다. 자신의 몸짓 하나로 참극이 일어나 저 수수께끼 같은 존재의 생명은 그것으로 끝날지도 모를 일이었다.

그럼에도 불구하고 낚시꾼은 꿈쩍도 하지 않았다.

홈즈는 총을 한 방 쏘아 모든 것을 끝내 버리고 싶다는 걷잡을 수 없는 욕망과 자신의 성격에 맞지 않는 행위에 대한 혐오감에 휩싸여 신경질적으로 권총을 움켜쥐었다. 그는 틀림없이 숨을 거둘 것이다. 단 한 발이면 모든 일이 끝나 버리는 것이다…….

'아! 녀석이 일어나 주었으면, 자신을 방어해 주었으면……. 그렇게 하지 않는다면 그건 녀석의 잘못이야. 1초 후에…… 쏴 버리겠어.'

그 순간 발소리가 들려와 그는 뒤를 돌아보았다. 형사들을 데리고 온 가니마르가 숨을 몰아쉬고 있었다.

순간, 생각이 돌변한 홈즈는 생각을 바꿔서 단박에 작은 배 안으로 뛰어올랐다. 그 탄력에 의해서 기슭에 묶어 둔 밧줄이 끊어지고 말았다.

홈즈가 사내에게 달려들어 뒤에서 그의 팔을 잡았다. 두 사람은 배의 바닥을 나뒹굴었다.

"어쩌자는 거야? 이게 무슨 짓이야? 우리 중 한 명이 상대를 제압한다 해도 그걸로 모든 게 끝이라고! 당신은 나를 어떻게 해야 좋을지 모를 거고, 나도 당신을 어디로 보내야 할지 모를 거라고. 둘이서 바보 같은 표정만 짓게 될 기란 말이야."

격렬한 몸싸움 때문에 노 두 개가 물속으로 미끄러져 들어갔다. 배는 물결을 따라 흘러 내려갔다. 기슭에서는 고함 소리가 어지러이 들려왔다. 뤼팽이 계속해서 말했다.

"이런 바보 같은 짓은 그만두라니까! 당신, 판단 능력까지 상실해 버린 거야? 이런 멍청한 짓을 하다니……. 나이 값도 못 하고서 이 무슨 어리석은 짓이란 말이오! 비겁하게……."

뤼팽은 가까스로 홈즈의 손에서 벗어났다.

울컥 화가 치밀어 오른 홈즈는 모든 것을 끝장내겠다는 각오로 주머니에 손을 넣었다. 자신도 모르게 욕설이 입에서 튀어 나왔다.

"이런 빌어먹을……!"

뤼팽이 벌써 그의 권총을 앗아가 버렸기 때문이었다.

홈즈는 얼른 배 바닥에 무릎을 꿇고 앉아 떠내려가는 노를 건져내려 했다. 배를 저어 뭍으로 올라갈 생각이었던 것이다. 뤼팽도 다른 하나의 노를 건지려 애를 썼다. 그는 배를 저어 강 가운데로 나갈 생각이었다.

"누가 먼저 잡을까? 하지만 모두 소용없는 일이오. 당신이 노를 잡으면 내가 젓지 못하게 방해할 거고, 내가 잡으면 당신이 방해할 테니. 그런데도 사람들은 모두 억척스럽게 살아가고 있소. 하지만 덧없는 짓이오. 모든 것은 언제나 운명이 결정하는 법이니……. 이게 바로 그 운이라는 거지. 보세요, 어떻습니까? 운명은 오랜 친구인 뤼팽의 손을 들어 준 것 같소. 내가 이겼습니다. 물이 내게 유리하게 흐르고 있어요."

배는 기슭에서 점점 멀어지고 있었다.

"위험해!"

뤼팽이 외쳤다. 누군가 기슭에서 권총을 겨누고 있었던 것이다.

뤼팽이 고개를 숙였다. 총성이 한 발 들려왔다. 두 사람 근처에서 가볍게 물보라가 일었다. 뤼팽이 낄낄대며 웃었다.

"이거 놀랐는걸. 오랜 친구 가니마르의 짓이야! 천하의 가니마르가 이런 어리석은 짓을 하다니. 가니마르, 자네에게는 정당방위가 성립될 때만 총을 쏠 권리가 주어진다고. 자네가 자신의 의무를 잊을 정도로, 그러니까 이 아르센이 당신을 무모하게 만들었단 말이오? 이런! 또 쏘려는 모양이군. 안 됐지만 그러면 귀하신 분이 다치지……."

그는 자신의 몸으로 홈즈를 가로막았다. 그리고 앉았던 자리에서 일어나 가니마르에게 외쳤다.

"좋아, 이제 됐어! 이제야 마음이 좀 놓이는군. 여기를 노리라고, 가니마르. 심장 한가운데를! 좀 더 위야, 왼쪽! 또 실패로군. 변변찮은 녀석. 한 발 더 쏴 보겠나? 뭐야, 자네 떨고 있는 건가? 가니마르, 내가 구령을 붙여 주길 바라는 건가? 자, 침착하라고! 하나, 둘, 셋, 발사! 또 실패로군! 어떻게 된 거야? 정부에서 자네에게 권총 대신 장난감을 건네준 건 아닌가?"

뤼팽은 길고 두껍고 평평한 권총을 하나 꺼냈다. 그리고 제대로 겨냥하지도 않고 한 발을 쏘았다.

가니마르가 모자에 손을 가져갔다. 그런데 총알이 모자에 구멍을 내놓았다.

"어떤가, 가니마르? 역시 좋은 회사에서 만든 권총이지? 너희 모두 경례하는 게 어때? 이건 바로 내 친구 셜록 홈즈 선생의 권총이라고!"

이렇게 말하고는 크게 팔을 휘둘러 그 권총을 가니마르에게로 던졌다.

홈즈는 사실 자신도 모르게 빙그레 웃으며 칭찬하지 않을 수 없었다. 이 얼마나 넘쳐나는 생명력이란 말인가? 혈기왕성한 배짱! 이 대담무쌍한 재치! 그에게는 위기감을 느끼는 것 자체가 육체적인 기쁨이 되는 듯했다. 그리고 이 예외적인 인물은 위험을 스스로 찾아 나서서 그것을 요리조리 요리하는 데 삶의 희열을 느끼는 것 같았다.

어느 틈엔가 강의 양쪽 기슭에 사람들이 몰려들어 있었다. 가니마르와 부하 경관들은 강의 흐름을 타고 강 한가운데로 아주 조용히 흘러가고 있는 배를 따라서 움직였다. 이제 그는 체포된 것이나 다름없는 상태였다. 그것은 수학 공식과도 같은 것이었다.

"유쾌하시죠? 선생님. 트란스발의 금괴 전부를 준다 해도 지금 당신이 앉은 그 자리를 물려주고 싶지 않은 게 본심일 겁니다! 다 잡은 고기를 놓칠 수는 없다는 생각일 테니까요……. 당신은 지금 특등석 첫 번째 줄에 앉아 있는 거니까요. 하지만 이건 단지 서막일 뿐입니다. ……순식간에 결말이 날 수도 있다는 걸 알아야지. 그것이 끝나면 단숨에 제5막으로 넘어갑니다. 아르센 뤼팽의 탈주냐, 체포냐 하는 막으로 말입니다. 그런데 선생님 한 가지 충고할 것이 있습니다. 애매함을 피하기 위해서 '예, 아니오.'로만 대답해 주시기 바랍니다. 이번 사건에서 손을 떼 주시기 바랍니다. 아직 그리 늦지 않았습니다. 그래야만 당신으로 인해 빚어진 폐해를 복구할 수 있습니다. 하지만 더 시간이 흐르면 나도 어찌할 수가 없습니다. 내 말 알아듣겠소?"

"못 알아들었소."

그때 순간 뤼팽의 표정이 일그러졌다. 홈즈의 고집에 화가 난 모양이었다. 그가 다시 말했다.

"다시 말씀드리겠습니다. 이건 나를 위해서가 아니라 당신을 위해서입니다. 이 사건에 관여한 걸 누구보다도 가장 먼저 후회할 사람이 당신이란 사실을 알고 있기 때문입니다. 마지

막으로 다시 한 번 묻겠습니다. 어떻게 하시겠습니까? '예.'
요, '아니요'요?"

"아니오."

순간, 뤼팽이 몸을 웅크리더니 바닥의 판자를 한 장 뜯어냈
다. 한참 동안 무엇인가를 했는데, 홈즈는 그가 무엇을 하는
지 도무지 알 수가 없었다.

다시 몸을 일으킨 그는 영국인 옆에 앉아 이렇게 말했다.

"선생님, 우리가 이 강가로 나온 건 같은 이유, 그러니까
브레송이 버린 물건을 주우러 온 것이라고 생각되는데 아닙
니까? 나는 몇몇 동료들과 만나서 센 강의 바닥 탐험을 막
시작하려던 차였습니다. 내 복장을 보면 아시겠지요? 그런데
동료 중 한 명이 당신이 오고 있다는 사실을 알려왔습니다.
솔직히 고백하겠는데, 나는 때때로 보고를 받고 있었기 때문
에 당신의 조사가 진척됐다는 사실에는 조금도 놀라지 않습
니다. 아주 간단한 일이거든요. 무리요 가에서 나와 조금이라
도 관계가 있을 만한 일이 일어나면 바로 전화로 내게 알려줍
니다. 물론 당신도 알고 있겠지만……."

그는 말을 멈췄다. 조금 전 그가 뜯어낸 바닥이 위로 솟아오
르더니 조그만 분수가 되어 물이 솟아오르기 시작했다.

"이런! 내가 멍청한 짓을 했나 보군. 이 낡은 배의 바닥에
구멍이 난 것 같습니다. 무섭지 않으십니까?"

홈즈가 어깨를 한 번 들썩였다.

뤼팽이 계속해서 말했다.

"이런 상황에서…… 내가 싸움을 피하려 드는데도 굳이 하겠다고 하니…… 당신과의 대결이 오히려 즐거워졌습니다. 모든 패가 내 손에 쥐어져 있고 결과를 뻔히 알고 있기 때문입니다. 그래서 나는 이 대결에 가능한 한 모든 빛을 비춰야겠다고 생각했습니다. 당신의 패배를 세계에 알려 제2의 크로존 백작 부인, 제2의 앵블발 남작이 나의 일로 당신에게 도움을 청하지 않도록 하기 위해서입니다. 그렇다고 해서……"

그는 다시 한 번 중간에서 말을 끊었다. 그리고 손을 둥그렇게 말아 망원경처럼 눈에 가져다대더니 양쪽 기슭을 바라보았다.

"야! 멋진 배를 하나 건져왔군. 마치 군함 같은데. 맹렬한 속도로 노를 저어 다가오고 있어. 채 5분도 지나기 전에 추격을 당해 모든 게 끝장나고 말겠군. 홈즈 씨, 충고 하나 하겠습니다. 내게 뛰어들어 나를 묶어다 우리나라의 경찰들 손에 넘겨주십시오. 이건 당신의 마음에도 드는 일이겠지요? 하지만 그전에 우리가 침몰해 버린다면 얘기는 또 달라지겠죠. 그때는 유언을 준비하는 수밖에 없을 겁니다. 어떻습니까?"

두 사람의 시선이 부딪쳤다. 홈즈가 드디어 뤼팽의 수를 읽어 냈다. 그는 배의 바닥에 일부러 구멍을 낸 것이었다. 물은 계속해서 솟구쳐 오르고 있었다.

물은 어느새 구두의 뒤꿈치를 적시더니, 이내 그들의 발목까지 찰랑거렸다. 그런데도 두 사람은 움직이려 하지 않았다.

물은 두 사람의 발목 위까지 차올랐다. 그러자 영국인이 담배를 하나 말아 불을 붙였다.

다시 뤼팽이 말을 이었다.

"선생님, 그렇다고 해서 나의 무기력함을 선생님께 겸손하게 고백한 것이라고 생각지는 않으시겠죠? 자신이 선택한 싸움터 이외의 곳에서 일어난 싸움을 피하기 위해서, 나의 승리라는 결과를 미리 알고 있는 싸움만을 받아들인다는 것은 당신한테 어느 정도 지고 들어간다는 뜻일 테니까요. 즉 그것은 내가 무서워하는 유일한 적은 홈즈라는 사실을 인정하고, 홈즈를 제거하지 않는 한 나는 언제나 불안할 수밖에 없다고 언명하는 것과 같으니까요. 친애하는 선생님, 운명이 당신과 대화를 나눌 수 있는 영광을 내게 부여한 기회를 이용해서 나는 바로 이 점을 말씀드리고 싶었던 겁니다. 안타까운 점은 이렇게 중요한 대화를 이처럼 우스꽝스러운 상황에서 하고 있다는 사실이지요……. 아, 이런…… 이제 엉덩이까지 축축해졌구려……."

어느 사이엔가 물은 그들이 앉아 있는 널빤지까지 차올랐으며, 배는 점점 가라앉고 있었다.

홈즈는 동요의 기색을 전혀 보이지 않은 채 담배를 물고 앉아 하늘을 바라보았다. 위험에 둘러싸여 있고, 군중에 둘러싸여 있으며, 경관들에게 쫓기고 있으면서도 유쾌함을 잃지 않고 있는 이 사람 앞에서 절대로 당황한 모습을 보이고 싶지 않았던 것이다.

'뭐라고? 이 정도 가지고 놀라서야 쓰겠나? 강물에 빠져 죽는 것쯤 매일 일어나는 일 아닌가? 그런 건 신경 쓸 가치도 없는 일일세.'

두 사람 모두 이렇게 말하고 있는 듯했다. 이렇게 한 사람은 이야기하고 다른 한 사람은 몽상에 빠져 있었지만, 두 사람 모두가 곧 모습을 드러낼 치명적인 파국에 대한 두려움과 걱정을 무관심이라는 가면 밑에 숨기고 있었던 것이다.

이제 1분 후면 배는 물속으로 가라앉고 말 것이다.

뤼팽이 말했다.

"문제는 우리가 정의의 수호자들께서 도착하기 전에 침몰하느냐, 후에 침몰하느냐 하는 점입니다. 모든 것이 이 한 가지 사실에 달려 있습니다. 어차피 침몰은 막을 수 없는 상황에 있으니까요. 선생님, 드디어 엄숙하게 유언을 남길 때가 되었습니다. 나는 내 모든 재산을 영국의 국민인 셜록 홈즈에게 증여합니다. 아! 정말 대단한 걸. 사법당국의 선수들이 맹렬한 속도로 따라오고 있습니다. 아, 정말이지 용감도 하지……. 일사분란하게 노를 젓는 모습이 보기에도 좋구먼. 능숙한 손놀림! 뭐야, 폴랑팡 자네였나? 군함을 가져오다니, 정말 멋진 생각이야! 내 상관에게 자네를 추천하도록 하지. 폴랑팡 반장, 자네 메달이 받고 싶은 거지? 알겠네. 틀림없이 받도록 해 주겠네. 자네 파트너인 디외지는 어디 있지? 왼쪽 기슭의 백 명 정도 되는 원주민들 속에 섞여 있는 게 디외지 같군. 그렇지? 그러니까 내가 이 배에서 빠져나가게 되면 왼쪽 기슭에 있는 디외지와 그의 원주민들, 혹은 오른쪽 기슭에 있는 가니마르와 뇌일리 주민들에게 잡힌다는 말이군. 이거야말로 진퇴양난인걸……!"

그 순간 배가 심하게 요동치더니 제자리에서 맴돌기 시작했다. 홈즈는 하는 수 없이 노를 끼워 놓는 구멍을 잡을 수밖에 없었다.

"선생님, 웃옷을 벗으십시오. 그게 물속에서는 더 편할 테니……. 싫다고 하시지는 않으시겠죠? 거절하시겠다고요? 그럼 나도 옷을 입도록 하겠습니다."

뤼팽이 말했다.

그가 웃옷을 입었다. 그리고 홈즈와 마찬가지로 단추를 전부 채웠다. 그런 다음 한숨 섞인 소리로 이렇게 말했다.

"대단한 고집쟁이로군! 이런 사람이 그런 사건에 걸려들다니, 정말 안타까운 일이야. 물론 최선을 다했겠지만 모두 물거품이 되고 말았소! 그건 당신의 재능을 낭비하는 일입니다."

"뤼팽, 자네는 말이 너무 많아. 과신과 경박함이라는 죄를 끊임없이 범하고 있소."

한동안의 침묵을 깨고 홈즈가 말했다.

"이거 한 방 먹었습니다."

"그로 인해 자네는 조금 전에 내가 찾고 있던 정보를 제공하고 말았소."

"뭐라고요! 정보를 찾고 있었으면서 내게 그 말씀을 하지 않으셨다고요?"

"나는 누구의 도움도 필요 없어. 앞으로 세 시간 후에 앵블 발 부부에게 수수께끼의 열쇠를 건네주겠네. 이게 내 유일한 대답이야……."

그의 말이 채 끝나기도 전에 배는 두 사람과 함께 물속으로 빨려 들어가고 말았다. 그 직후, 배가 뒤집혀 바닥을 드러내 며 물 위로 떠올랐다. 양쪽 기슭에서 일제히 커다란 외침 소리 가 들려왔다. 잠시 불안한 침묵이 이어지다 갑자기 환호성이 터졌다. 한 사람이 물 위로 떠올랐던 것이다.

그것은 셜록 홈즈였다. 그는 능숙한 솜씨로 크게 물살을 가르며 폴랑팡이 타고 있는 배 쪽으로 향했다.

폴랑팡 반장이 호들갑을 떨면서 말했다.

"힘내십시오, 홈즈 씨. 우리가 갑니다. 기운을 잃어선 안 됩니다. 녀석은 나중에 잡도록 하겠습니다. 이미 독 안에 든 쥐나 다를 바 없으니까요. 괜찮습니다. 자, 조금만 더 힘을 내십시오. 이 밧줄을 잡으십시오."

영국인이 밧줄을 잡았다. 그리고 막 갑판 위로 오르려는 순간 뒤쪽에서 그를 부르는 소리가 들려왔다.

"수수께끼의 열쇠라면 꼭 찾아낼 수 있을 겁니다, 선생님.

아직도 찾아내지 못했다는 게 이상할 정도니까요. 하지만 그 다음은 어떻게 되는 겁니까? 그게 당신에게 무슨 도움이 된다는 거죠? 이미 승부에서 지고 난 후일 텐데 말입니다."

쓸데없는 말을 잘도 떠들어 대면서 배에 기어올라 편안한 자세로 배의 바닥에 걸터앉은 아르센 뤼팽은 엄숙한 몸짓을 보이며 상대를 설복시키려는 듯 계속해서 말을 이었다.

"친애하는 선생님, 잘 알아 두시기 바랍니다. 더 이상 손을 쓸 수 없을 겁니다. 절대로 그럴 수 없을 겁니다. 당신이 처한 상황이 실로 안타깝습니다."

폴랑팡이 말을 끊었다.

"항복해라, 뤼팽."

"무례하군, 폴랑팡 반장. 사람의 말이 끝나기도 전에 말을 끊다니. 그러니까 내 말은……."

"항복해라, 뤼팽."

"시끄럽소, 폴랑팡 반장. 위험에 처하지 않은 이상 항복이란 없는 법이오. 설마 내가 위험에 처했다고 말할 생각은 아니겠지?"

"마지막으로 한 번 더 권한다, 뤼팽. 항복해라."

"폴랑팡 반장, 나를 죽일 생각은 조금도 없는 듯하군. 있다면 기껏해야 내게 부상을 입혀야겠다는 생각뿐이겠지. 내가 도망칠까 겁이 나는군. 하지만 내가 치명상을 입는다면 어떻게 하겠나? 그때 하게 될 후회를 생각해 보게! 멍청이 같은 녀석! 말년에 느끼게 될 마음의 상처를 생각해 보라고!"

순간, 탄환이 날았다.

뤼팽이 그 자리에서 비틀거렸다. 한동안 배를 붙들고 있다가 곧 그것을 놓치더니 이내 모습을 감추고 말았다.

이 일은 정각 세 시에 일어났다.

예고한 대로, 셜록 홈즈는 뇌일리의 한 여관 주인에게 빌린 짧은 바지에 터질 것 같은 외투, 비단 끈이 달린 플란넬 셔츠를 입고 챙이 달린 모자를 쓰고 정각 6시에 미리 약속해 두었던 무리요 가의 내실에 모습을 나타냈다.

부부는 방 안을 이리저리 돌아다니고 있는 홈즈를 보았다. 그의 복장이 너무 우스웠기 때문에 두 사람은 웃음을 참느라 애를 먹었다.

홈즈는 깊은 생각에 잠긴 표정으로 등을 구부정하게 구부린 채 로봇처럼 창에서 문으로, 문에서 창으로 매번 똑같은 방향으로 회전하면서 걷고 있었다. 그러다가 드디어 그가 걸음을 멈췄다. 골동품 중 하나를 집어 들었다. 그리고 기계적으로 그것을 살펴보았다. 그런 다음 다시 걷기 시작했다.

드디어 부부 앞에 멈춰 선 그가 물었다.

"가정교사는 지금 댁에 계신가요?"

"네, 아이들과 함께 정원에 있습니다."

"남작님, 지금부터 하는 얘기는 아주 중요한 얘기니 드묑 양도 함께 들었으면 합니다."

"그렇다면 역시……."

"잠시만 기다려 주십시오, 남작님. 진상은 내가 당신들 앞에서 가능한 한 확실하게 설명할 일련의 사실들 속에서 자연스럽게 도출될 테니까요."

"그렇습니까? 알겠습니다. 당신이 좀 불러오구려."

앵블발 부인이 자리에서 일어났다. 곧 드묑 양을 데리고 돌아왔다. 가정교사는 평소보다 더 창백한 얼굴로 방에 있던 테이블에 기대듯 서 있었는데, 자신이 왜 불려왔는지 그 이유를 물으려 들지 않았다.

홈즈는 그녀를 쳐다보려고도 하지 않은 채, 앵블발 씨를 바라보며 부정할 수 없을 것이라는 어조로 말했다.

"남작님! 며칠간에 걸친 조사 결과, 약간의 사건에 의해서 일시적으로 내 견해가 바뀐 적이 있기는 했지만 그래도 나는 처음 말씀드렸던 내용을 반복할 생각입니다. 그러니까 유대식 램프는 이 저택 안에 살고 있는 누군가가 훔쳤습니다."

"범인의 이름은?"

"누구인지는 알고 있습니다."

"증거를 가지고 하는 말씀인가요?"

"범인을 꼼짝 못하게 할 증거가 있습니다."

"그것만으로는 부족합니다. 범인은 램프를 우리에게 돌려

쥐야 합니다."

"유대식 램프 말입니까? 그 램프는 이미 제가 확보하고 있습니다."

"오팔 목걸이는? 담배 상자는?"

"오팔 목걸이, 담배 상자 그리고 두 번째 도난 맞은 모든 물건을 제가 가지고 있습니다."

홈즈는 이처럼 연출된 분위기에서 자신의 승리를 조금 무뚝뚝하게 발표하는 것을 즐기는 성격이었다.

남작 부부는 조금 어리둥절한 모양이었다. 그리고 호기심 반, 경외심 반이 뒤섞인 표정으로 홈즈를 우러르듯 바라보았다.

그제야 그는 지난 사흘 동안 자신이 한 일을 자세히 들려주었다. 그는 그림책을 찾아냈다는 사실을 털어놓고 나서 종이를 꺼내 오려낸 글자로 만들어 낸 단어를 적어 보였다. 그런 다음 브레송이 센 강에 갔다는 사실과 그 사람이 자살했다는 사실을 밝혔다. 그리고 마지막으로 홈즈 자신이 조금 전 경험한 배의 침몰과 뤼팽의 실종을 말했다.

홈즈가 말을 마치자, 남작이 작은 목소리로 말했다.

"이제 범인의 이름을 밝히는 일만 남았습니다. 그게 대체 누구란 말입니까?"

"범인은 이 그림책에서 오려 낸 알파벳으로 단어를 만들어 뤼팽과 연락을 주고받은 자입니다."

"그 사람이 연락을 주고받은 사람이 뤼팽이라는 걸 어떻게 아십니까?"

"뤼팽이 그렇게 말했으니까요."

홈즈가 물에 젖어 주름투성이가 된 종이쪽지를 꺼내들었다. 그것은 배 안에서 뤼팽이 수첩을 찢어 적어 준 것이었다.

"이걸 잘 보시기 바랍니다. 이건 내게 줄 필요가 전혀 없었던 것입니다. 그는 이것으로 자신이 관여했다는 사실을 밝힐 필요도 없었습니다. 단순한 그의 장난에 지나지 않았지만, 덕분에 나에게 중요한 단서를 제공해 준 셈이지요."

홈즈가 자랑스럽다는 듯 말했다.

CDEHNOPRZEO — 237

가만히 종이쪽지를 들여다보던 남작이 고개를 갸우뚱하며 말했다.

"덕분에 알게 되었다고 하셨지만, 나는 뭐가 뭔지 하나도 모르겠습니다."

홈즈가 연필로 단어의 숫자를 다시 한 번 덧쓰며 말했다.

"CDEHNOPRZEO — 237."

"그건 언젠가 당신이 보여 줬던 그 글자들 아닙니까?"

앵블발 씨가 말했다.

"아닙니다. 내가 한 것처럼 당신이 이 글자들에 대해서 끊임없이 연구했다면 내가 그랬던 것처럼 이것이 저번 것과는 다르다는 사실을 한눈에 알아봤을 겁니다."

"어디가 다릅니까?"

"이쪽에 두 글자가 더 많습니다. E와 O가."

"아, 정말 그렇군요. 몰랐습니다."

"repondez(답장 바람)이라는 단어에서 빠졌던 C와 H에 이 두 글자를 더해 보십시오. 알아보실 수 있겠습니까? 조합 가능한 단어는 오직 하나입니다."

"그렇다면 그 의미는?"

"의미는 〈에코 드 프랑스〉지입니다. 뤼팽의 공식신문, 그가 '성명'을 발표하는 신문 말입니다. '〈에코 드 프랑스〉지의 세 줄 광고란 237번에 답하기 바람'이라는 뜻입니다. 내가 고생 끝에 얻어 낸 열쇠가 바로 이것입니다. 마음 좋은 뤼팽이 이걸 내게 건네줬습니다. 이곳에 오기 전 나는 〈에코 드 프랑스〉지의 편집실에 다녀왔습니다."

"그래서 밝혀냈습니까?"

"아르센 뤼팽과 공범자 여인의 관계를 자세하게 밝혀낼 수 있었습니다."

홈즈는 4면이 펼쳐진 각각의 신문 일곱 장을 늘어놓더니, 거기서 다음과 같은 글들을 짚었다.

1. ARS · LUP. 여자 보호 요청. 540.

2. 540. 설명 기다리겠음. AL.

3. AL. 적의 지배하에 있음. 절망적.

4. 540. 주소 주기 바람. 조사 필요.

5. AL. 무리요.

6. 540. 공원 세 시. 제비꽃.

7. 237. 접수. 토요일 일요일. 새벽. 공원.

"이게 바로 자세한 내용이라는 말입니까?"

앵블발 씨가 외쳤다.

"그렇습니다. 조금만 더 주의해서 본다면 당신도 내 의견에 동의하실 겁니다. 우선 540이라는 한 여자가 뤼팽에게 보호를 요청했습니다. 뤼팽이 그것에 대해 설명을 요구했습니다. 여자가 적의 지배하에 있다고 했습니다. 그 적이 브레송이라는 점에는 의심의 여지가 전혀 없습니다. 도와주지 않는다면 그녀는 절망적일 것이라고 말했습니다. 용의주도한 뤼팽은 경계를 늦추지 않은 채, 누군지 명확하지 않은 이 여자에게 접근하지 않고 주소를 밝히라고 했습니다. 그리고 조사하겠다고 제안했습니다. 여자는 나흘 동안 망설입니다. 그건 날짜를 살펴보는 것만으로도 쉽게 알 수 있는 일입니다. 결국 급박해진 사태와 브레송의 강요에 견디지 못한 여자는 무리요 가라고만 자신의 주소를 밝혔습니다. 이튿날 아르센 뤼팽은 세시까지 몽소 공원으로 가겠다고 말하고 서로를 알아보기 위해서 제비꽃을 들고 나오라고 합니다. 이로부터 8일간 연락이 끊깁니다. 아르센 뤼팽과 여자는 직접 만나거나 편지를 주고받기 때문에 신문을 이용해서 연락할 필요가 없어졌습니다. 그렇게 해서 계획이 세워지게 됩니다. 즉 브레송의 강요에 응하기 위해서 여자는 유대식 램프를 훔치기로 합니다. 남은 건 범행 날짜를 결정하는 일뿐입니다. 조심스럽게 잘라낸 글자를 붙여 연락을 주고받던 여자는 토요일에 결행할 결심을 굳히고 '에코 — 237에 답하기 바람'이라는 글을 덧붙입니다. 뤼팽이 알았다는 뜻을 밝힌 뒤 일요일 아침에 공원으로 가겠다고 말합니다. 일요일 아침 도난 사건은 이미 끝나 버린 상태입니다."

"그렇군요. 모든 것이 완벽하게 맞아떨어집니다."

남작은 인정하지 않을 수 없었다.

홈즈가 말을 이었다.

"도난 사건은 이렇게 이루어졌습니다. 여자는 일요일 아침에 집을 나서서 뤼팽에게 자신이 한 일을 보고하고, 유대식 램프를 브레송에게 전해 주러 갑니다. 모든 일이 뤼팽이 예상한 대로 이루어진 셈입니다. 검찰은 열려 있던 창문, 지면에 남아 있던 네 개의 구멍, 발코니 두 군데에 남아 있던 긁힌 자국에 속아 성급하게 밖에서 누군가 침입한 것이라고 판단해 버립니다. 덕분에 여자는 안심할 수 있었던 겁니다."

"그렇군요. 아주 논리적인 해석이라고 생각합니다. 그렇다면 두 번째 도난 사건은……."

남작이 말했다.

"두 번째 사건은 첫 번째 사건 때문에 일어난 것입니다. 신문에 유대식 램프가 어떤 상황 하에서 도난당했는지 그 내용이 실리자, 누군가가 다시 침입해서 첫 번째 사건 때 가져가지 않은 것을 훔쳐 내려고 생각한 겁니다. 하지만 이번에는 진짜로 사다리를 이용해 저택에 침입했습니다."

"범인은 뤼팽이겠지요?"

"아닙니다. 뤼팽은 절대 그런 어리석은 짓을 하지 않습니다. 그리고 그런 사소한 일로 총을 쏘지는 않습니다."

"그럼 누굽니까?"

"브레송입니다. 틀림없습니다. 하지만 첫 번째 범행을 저질렀던 여인에게는 그 사실을 알리지 않았습니다. 이 방에 들어온 건 브레송이었습니다. 내가 뒤를 쫓았던 것도 그였습니다. 가엾은 왓슨에게 상처를 입힌 자도 그였습니다."

"틀림없습니까?"

"틀림없습니다. 브레송의 공범자 중 한 명이 어제 그가 자살하기 전에 편지를 보냈는데, 그 편지가 공범자와 뤼팽이 댁에서 훔쳐간 물건의 반환을 놓고 교섭을 시작했다는 사실을 입증하고 있습니다. 뤼팽은 '처음 훔쳐간 것(유대식 램프)'과 두 번째 훔쳐간 것 모두를 요구하고 있었습니다. 그리고 그는 브레송을 감시하고 있었습니다. 어젯밤 브레송이 센 강가에 갔을 때도 뤼팽의 동료 중 한 명이 우리처럼 그를 미행하고 있었습니다."

"브레송은 센 강에 왜 갔을까요?"

"우리 수사에 진척이 있었다는 사실을 듣고……."

"누구에게 들었단 말입니까?"

"바로 그 여자에게서 들었습니다. 유대식 램프가 발견되면 자신의 범행이 발각되지 않을까 하는 당연한 공포심을 그녀가 품게 되었기 때문에……. 어쨌든 얘기를 들은 브레송은 자신의 신변에 위험이 될 만한 물건을 전부 하나로 묶어서, 그것들을 위험이 지나가고 나면 다시 되찾을 수 있을 만한 장소에 숨겨 둔 것입니다. 그곳에서 집으로 돌아가는 길에 가니마르와 나의 추격을 당하자 당황해서 자살을 한 것입니다. 물론 그 외에도 양심에 가책이 될 만한 나쁜 짓을 저질렀을 겁니다."

"그렇다면 그 꾸러미 속에는 무엇이 들었단 말입니까?"

"유대식 램프와 그 외의 골동품들입니다."

"그럼 그것들은 아직 당신의 손에 들어온 것이 아니군요."

"뤼팽의 모습이 사라지자마자 나는 곧 수영을 해서 브레송이 선택한 그 장소로 가 보았습니다. 거기서 기름종이와 보자기에 싸인 도난품들을 발견해 냈습니다. 이 테이블 위에 있는 게 바로 그것입니다."

남작이 말없이 끈을 끊은 다음 젖은 보자기를 서둘러 풀었다. 그리고 문제의 그 램프를 꺼냈다. 받침대 밑의 나사를 풀었다. 두 손에 힘을 넣어 기름 넣는 접시를 밀어 냈다. 그것을 빼낸 뒤 두 개로 쪼개 그 안에서 루비와 에메랄드가 박힌 순금 키마이라를 꺼냈다.

조금도 손상되지 않았다.

언뜻 보기에는 매우 자연스러운, 그리고 단순한 사실들의 나열에 지나지 않는 것처럼 보이는 이 장면을 일관되게 아주 비극적인 것으로 만드는 무엇인가가 있었다. 그것은 홈즈가 말끝마다, 끊임없이 가정교사에게 던지는 명백하고 직접적이며 변명을 용납하지 않겠다는 듯한 비난과 알리스 드뵝이 보여 주는 극히 인상적인 침묵이었다.

이 긴 시간, 세세한 증거들이 하나하나 추가되어 잔혹하게 쌓여가는 동안에도 그녀는 눈 하나 꿈쩍하지 않은 채, 맑은 시선을 흐리는 반항이나 공포의 빛 하나 보이지 않았다. 대체 무슨 생각을 하고 있는 것일까? 특히 관심이 가는 것은, 셜록 홈즈가 교묘하게 그녀를 몰아세운 이 틀을 깨고 자신을 변호해야 할 순간에 과연 무슨 말을 할 것인가 하는 점이었다.

하지만 그 순간은 이미 지나 버렸다. 그런데도 그녀는 여전히 입을 다물고 있었다.

"말씀하세요! 말씀해 보라고요!"

앵블발 씨가 소리를 질렀다. 그래도 그녀는 입을 열지 않았다. 그가 답답한 듯 말했다.

"단 한마디면 당신의 무죄를 입증할 수 있습니다. '내가 아닙니다.'라고 한마디만 하면……. 나는 당신을 믿습니다."

그러나 그녀는 그 한마디를 하려 들지 않았다.

남작이 신경질적으로 방 안을 돌아다녔다. 그러다 홈즈를 바라보며 말했다.

"뭔가 잘못된 겁니다. 선생님! 아무래도 이게 사건의 진상은 아닌 듯싶습니다. 세상에 상상할 수도 없는 범죄가 있기는 있습니다. 하지만 이 사건은 내가 알고 있는 모든 것, 지난 일 년 동안 내가 봐온 모든 것들과도 완전히 모순됩니다."

남작이 영국인의 어깨에 손을 얹으면서 이렇게 덧붙였다.

"그렇다면 선생님, 당신이 틀리지 않았다고 절대적으로 확신하십니까?"

홈즈가 망설였다. 갑작스러운 역습에 허를 찔린 사람처럼……. 하지만 그는 빙그레 웃으며 대답했다.

"댁에 있는 사람들 중, 유대식 램프에 이 멋진 보석이 숨겨져 있다는 사실을 알 수 있을 만한 위치에 있는 사람은 지금 내가 지목하고 있는 사람밖에 없으니까요."

"믿을 수 없습니다."

남작이 중얼거렸다.

"본인에게 직접 물어보십시오."

워낙 그녀를 맹목적으로 믿고 있는 그였기에 그렇게만은 하고 싶지 않았다. 하지만 지금에 와서 이 당연한 일을 하지 않을 수도 없는 일이었다.

남작이 그녀에게 다가갔다. 그리고 그녀의 눈을 가만히 바라보며 말했다.

"당신인가요? 당신이 그 보석을 훔쳤나요? 당신이 뤼팽과 연락을 주고받고 외부인이 침입한 것처럼 꾸민 건가요?"

그녀가 대답했다.

"그렇습니다. 제가 그랬습니다, 남작님."

그녀는 고개를 숙이지 않았다. 얼굴에는 수치심도 당혹감도 떠오르지 않았다.

"어떻게 이런 일이! 믿을 수 없는 일이야. 나는 당신을 조금도 의심하지 않았는데……. 왜 그런 짓을 한 겁니까?"

그녀가 말했다.

"저는 홈즈 씨가 말씀하신 대로 행동했습니다. 그 토요일에서 일요일에 걸친 날 밤, 저는 이 응접실로 들어왔습니다. 램프를 훔친 다음, 이튿날 그것을 가지고…… 그 남자의 집으로 갔습니다."

"아니, 아니야. 당신 말은 앞뒤가 맞질 않아."

남작이 반박했다.

"그날 아침, 이 응접실의 문에 빗장이 걸려 있는 걸 내 눈으로 똑똑히 봤으니까."

그녀가 당황하며 얼굴을 붉혔다. 그녀는 마치 설명해 주기를 바라는 사람처럼 홈즈 쪽을 바라봤다.

홈즈는 남작의 반박보다도 알리스 드묑의 난처해하는 표정에 더욱 놀랐다.

정말 대답할 말이 없어서 저러는 것일까? 아니면 홈즈가 유대식 램프의 도난 사건에 대해서 내린 설명을 확고한 것으로 만들었던 그녀의 고백에 — 몇 가지 사실을 확인해 보면 바로 무너져 내릴 — 어떤 거짓을 숨기고 있단 말인가?

남작이 계속해서 말했다.

"이 문은 잠겨 있었습니다. 전날 밤 내가 걸어 둔 그대로 빗장이 채워져 있었다고 확실하게 말할 수 있습니다. 당신 주장대로 만약 이 문을 지났다면 누군가가 안쪽에서, 그러니까 이 응접실이나 우리의 침실에서 문을 열어 준 겁니다. 하지만 이 두 방에는 나와 아내 이외에는 그 누구도 없었습니다."

홈즈가 갑자기 몸을 숙였다. 그리고 빨갛게 달아오른 얼굴을 감추기 위해서 두 손으로 얼굴을 감쌌다. 아주 강렬한 빛에 갑자기 노출된 사람처럼 그는 현기증에 휩싸여 비틀거렸다. 어둑어둑해진 풍경에 갑자기 밤기운이 사라진 것처럼 그는 모든 사실을 확실하게 이해할 수 있었다.

알리스 드묑은 무죄였다. 그것은 눈부실 정도로 확실한 진실이었다. 그것은 첫날부터 이 무시무시한 비난을 이 아가씨에게 쏟아 부음으로 해서 느꼈던 괴로움에 대한 설명이기도 했다. 이제 그는 모든 것이 확실히 보이기 시작했다. 그는 알고 있었다. 한 번의 손짓으로 반박의 여지가 없는 증거가 바로 그의 손에 들어올 것이었다.

그는 얼굴을 들었다. 그리고 몇 초 후, 가능한 한 자연스러운 눈빛으로 앵블발 부인을 바라보았다.

그녀의 얼굴은 창백하게 질려 있었다. 인생의 위기를 맞은 사람을 덮치는 그런 종류의 창백함이었다. 감추려고 했지만 그녀의 손이 희미하게 떨리고 있었다.

'조금만 더 있으면, 부인이 더 이상 견디지 못하고 털어놓을 거야.'

홈즈는 이렇게 생각했다.

자신이 저지른 과오로 인해 이 부부가 처하게 된 무시무시한 위험을 불식시켜야겠다는 일념으로 그는 두 부부 사이에 끼어들다시피 위치를 잡았다. 그리고 남작을 바라본 순간, 그는 마음 깊은 곳에서 전율을 느꼈다. 조금 전 자신을 급습했던 그 빛이 지금은 앵블발 씨를 덮치고 있었던 것이다. 남작의 머릿속에서도 그와 같은 작용이 일고 있었던 것이다. 그도 깨달은 것이다! 그도 모든 사실을 알아 버린 것이다!

알리스 드몽은 움직일 수 없는 진실을 향해서 절망적인 도전을 계속했다.

"맞습니다, 남작님. 제가 착각을 했어요. 맞아요. 나는 문으로 들어오지 않았습니다. 복도를 지나 정원으로 나가서 사다리를 타고……."

눈물겹도록 헌신적인 노력이었다. 하지만 그것은 쓸데없

는 헛수고일 뿐이었다. 거짓말을 하고 있음을 목소리로 알 수 있었다. 그녀의 목소리는 공허하기 이를 데 없었다. 이 다정한 아가씨에게서는 더 이상 그녀 특유의 맑은 눈동자도, 성실함도 찾아볼 수가 없었다. 더 이상 손써 볼 수 없는 상황임을 깨달은 그녀는 고개를 숙였다.

잔인한 침묵이었다. 앵블발 부인은 불안과 공포로 몸이 굳어 버린 채 창백한 얼굴로 처분만을 기다리고 있는 듯했다. 남작은 아직도 자신의 행복이 무너져 내렸다는 사실을 믿고 싶지 않은 듯 여전히 자신과 힘겹게 싸우고 있는 듯했다.

"말해 봐! 설명해 보라고!"

"저는 아무런 할 말도 없어요."

조그만 목소리로, 고통에 일그러진 얼굴로 그녀가 말했다.

"그렇다면…… 드묑 양은……."

"드묑 양은 나를 구하기 위해서 그런 거예요. 헌신적인 사랑으로……. 자신이 모든 누명을 쓰고……."

"구하다니? 어디서부터? 누구로부터?"

"그 남자로부터."

"브레송을 말하는 건가?"

"네. 협박으로 저를 궁지로 몰고 갔어요. 친구 집에서 우연히 알게 되었는데……. 그런 사람을 믿다니……. 오! 하지만 용서를 받아야 할 만한 그런 짓은 아무것도 하지 않았어요. 하지만 제가 편지를 두 장 보낸 게 있어요…… 나중에 보여 드릴게요. 돈을 주고 다시 돌려받았어요. 고생 끝에……. 오! 저를 가엾게 여겨 주세요. 얼마나 눈물을 흘렸는지 몰라요……!"

"당신이! 쉬잔 당신이! 어떻게……."

남작은 마치 후려칠 것처럼 주먹을 치켜들었다. 하지만 곧 맥없이 팔을 내려뜨리며 이렇게 중얼거렸다.

"당신이, 쉬잔…… 당신이! 어떻게 그럴 수가……."

부인은 그 비통하고 뻔한 저간의 사정을 더듬더듬 설명했다. 상대의 비열함을 깨달았을 때의 낭패감, 곧 그녀를 덮친 후회와 미칠 것 같은 심정, 그리고 그녀는 알리스의 감탄할 만한 행동에 대해서도 이야기했다.

이 젊은 아가씨는 여주인이 처한 절망적인 상황을 깨닫고 억지로 사정을 털어놓게 만든 뒤, 뤼팽에게 편지를 보내 도움을 요청했다. 그리고 그녀를 브레송의 마수에서 구하기 위해 도난 사건을 꾸민 것이었다.

"쉬잔, 당신이 어떻게 그럴 수 있단 말이지……."

앵블발 씨가 다시 한 번 말했다. 몸을 웅크린 채…….

*

그날 밤, 칼레와 두브르 사이를 오가는 여객선 빌 드 롱드르 호는 잔잔한 바다 위를 미끄러지듯 달리고 있었다. 밤은 고요하고 어두웠다. 옅은 구름이 배 위에 한가로이 떠 있었다. 주위에는 안개가 베일처럼 옅게 드리워져 달과 별의 하얀 빛을 살짝 가려 주고 있었다.

대부분의 승객들은 이미 선실이나 살롱으로 들어가 있었다. 하지만 몇몇 승객들은 갑판 위를 서성대기도 하고 커다란 흔들의자에 몸을 파묻은 채 잠을 자기도 했다. 곳곳에서 담배를 태우는 불빛이 깜빡였고, 이 엄숙하고 장엄한 적막을 깨뜨리지 않으려는 듯 낮게 속삭이는 목소리가 미풍의 부드러운 숨결에 섞여서 들려오곤 했다.

배 옆의 난간을 따라서 어슬렁거리던 승객 하나가 긴 의자에 누워 있는 사람 옆에 멈춰서더니 그를 가만히 들여다보았다. 그러다가 누워 있던 사람이 몸을 조금 꿈틀거리자 그에게 말했다.

"앨리스 양, 주무시는 줄 알았습니다."

"아니에요, 홈즈 씨. 졸리지 않아요. 그저 이런저런 생각을 좀 하고 있었어요."

"무슨 생각을 하고 있었습니까? 물어봐도 실례가 되지 않는다면……."

"앵블발 부인을 생각하고 있었어요. 얼마나 슬퍼하실까? 인생이 송두리째 엉망이 되어 버렸으니까요."

"아닙니다. 그렇지 않아요. 부인의 잘못은 용서받지 못할 그런 것이 아닙니다. 앵블발 씨는 이 일을 금방 잊을 겁니다.

우리가 떠나올 때 이미 그의 눈빛이 어느 정도 누그러져 있었습니다."

그가 힘주어 말했다.

"그럴지도 모르겠네요. 하지만 완전히 잊기까지는 많은 시간이 걸릴 거예요. 그동안 부인은 끊임없이 마음이 편치 못할 거예요."

"당신은 그 부인을 진심으로 좋아하는군요."

"좋아하고말고요. 사실 홈즈 선생님을 똑바로 바라보면서 너무나 겁나고 떨릴 때도 부인을 생각하며 미소 지을 수 있었고, 선생님의 눈빛에서 도망치고 싶은 순간에도 부인을 생각하며 마주 바라볼 수 있었어요."

"그럼 부인의 곁을 떠나게 돼서 힘들겠군요?"

"아주 힘들어요. 제게는 부모님도 친구도 없고⋯⋯. 유일하게 그분만이 의지할 곳이었는데⋯⋯."

"친구라면 곧 만들 수 있을 겁니다. 제가 장담하죠. 나는 아는 사람도 많고⋯⋯ 영향력도 꽤 있는 편입니다. 당신은 결코 새로운 환경이 싫지 않을 겁니다."

아가씨의 슬픔에 마음이 흔들린 영국인이 말했다.

"그럴지도 모르죠. 하지만 앵블발 부인은 더 이상 제 곁에 계시지 못하잖아요."

그 외에도 두 사람은 여러 가지 얘기를 나눴다. 그런 다음 셜록 홈즈는 다시 갑판 위를 두어 번 돌았다. 그리고 동행자가 있는 곳으로 돌아와 자리를 잡았다.

홈즈는 호주머니에서 파이프를 꺼냈다. 거기에 담배를 채운 뒤 성냥을 네 개씩이나 연속해서 그어댔지만 파이프에는 불이 붙지 않았다. 바닷바람에 축축해져서 그런 것 같았다. 성냥이 다 떨어져서, 그는 자리에서 일어나 몇 걸음 앞에 앉아 있던 신사에게 다가가 말을 했다.

"불 좀 빌릴 수 있을까요?"

신사는 바람에 강한 성냥을 꺼내 세차게 그었다. 그러자 곧 불길이 올랐다. 그 빛 속에서 셜록 홈즈가 본 사람은 다름 아닌 뤼팽이었다.

이 영국인이 아주 작은 몸짓으로 조금 뒤로 물러나지 않았다면, 뤼팽은 자신이 이 배에 타고 있다는 사실을 홈즈가 미리 알고 있었던 것이라고 생각할 뻔했다. 그만큼 홈즈는 침착했으며, 적에게 내미는 손길에도 당황의 빛을 전혀 드러내지 않았다.

"여전히 건강하군, 뤼팽."

"역시 대단하십니다!"

뤼팽이 외쳤다. 홈즈의 침착한 태도에 자신도 모르게 감탄한 것이다.

"대단하다니? 뭐가?"

"뭐냐니요? 당신은 내가 센 강에 빠지는 모습을 지켜봤습니다. 그리고 유령처럼 이렇게 당신 앞에 나타났습니다. 하지만 자존심 — 나는 그것을 대영제국의 자존심이라고 부르고 싶은데 — 그 자존심의 힘으로 당신은 놀라는 기색도 보이지 않고, 당황의 소리 한마디도 내뱉지 않았습니다. 다시 한번 찬사를 보냅니다. 정말 대단하십니다!"

"대단할 것도 없지. 배에서 자네가 떨어지는 모습을 보고 자네가 일부러 떨어진 것이라는 사실을 알 수 있었으니까. 게다가 반장이 쏜 총에 맞지 않았다는 사실도 알고 있었고."

"아니, 내가 어떻게 되었는지도 알아보지 않고 자리를 뜨셨단 말입니까?"

"자네가 어떻게 될지는 이미 알고 있었네. 5백 명이나 되는 사람들이 1킬로미터에 걸친 해안을 점령하고 있지 않았나? 죽음을 모면했다고 해도 체포될 게 뻔한 일 아니었나?"

"하지만 나는 지금 여기 이렇게 살아 있지 않습니까?"

"뤼팽, 어떤 짓을 한다 해도 내가 전혀 놀라지 않을 사람이 이 세상에 딱 둘 있다네. 그 하나는 나 자신이고, 또 하나는 바로 자네지."

이 정도라면 평화협정이 성립된 것일까……?

비록 아르센 뤼팽에 대한 홈즈의 계획이 성공을 거두지 못했다 할지라도, 그리고 여전히 붙잡을 수 없는 예외적인 적으로 남았다 할지라도, 이번 싸움에서 언제나 우위를 점했다는 것을 인정해 줘야 할지라도…… 적어도 영국인은 놀라운 인내력을 발휘하여 푸른 다이아몬드를 되찾은 것처럼 유대식 램프도 원상 복귀시킨 것만은 사실이다. 세상에서 보기에, 이번 사건의 결과는 푸른 다이아몬드 사건에 비해 덜 화려하게 보일 수도 있을 것이다. 왜냐하면 홈즈는 유대식 램프를 발견하게 된 경위는 물론이고, 진범이 누구인지에 대해서도 모르는 척할 수밖에 없었기 때문이다. 하지만 인간 대 인간, 뤼팽 대 홈즈, 탐정 대 도둑 등…… 이 대결을 공평한 시선으로 바라보자면 거기에는 승자도 패자도 없었다. 두 사람 모두가 자신이 이겼다고 주장할 수 있는 입장이었다고나 할까…….

두 사람은 서로를 올바로 평가할 줄 아는 적수로서, 또한 상대의 가치와 능력을 인정하는 예의바른 맞수로서 이야기를 나눴다.

홈즈의 요청에 따라 뤼팽은 자신이 어떻게 탈출했는지를 이야기했다.

"글쎄요…… 이걸 탈출이라고 부를 수 있을지 모르겠지만, 어쨌든 매우 간단했습니다. 유대식 램프를 건져내기 위해서 만날 약속을 해 두었기 때문에 제 친구들이 나를 지켜보고 있었습니다. 전복한 선채 밑에 30분 정도 숨어 있다가 폴랑팡과 그 부하들이 강가를 따라 내 시체를 찾는 틈을 이용해서 그 배 위로 올라왔습니다. 친구들이 모터보트를 타고 지나가

면서 나를 건져 올렸고, 그것으로 충분했습니다. 그렇게 해서
넋을 놓고 바라보고 있는 5백 명의 구경꾼과 가니마르, 폴랑
팡의 눈앞에서 유유히 도망칠 수 있었습니다."

뤼팽이 말했다.

"대단하군. 정말 대단해! 그런데 이번에는 영국에 볼일이
생겼나?"

홈즈가 큰 소리로 말했다.

"그렇습니다. 잠깐 해결해야 할 일이 있어서……. 아, 잊고
있었군요. 앵블발 씨는 어떻게 됐습니까?"

"모든 사실을 알아 버리고 말았다네."

"아, 이런! 친애하는 선생님, 제가 처음부터 말씀드렸던
게 바로 그 점입니다. 이렇게 되면 피해가 아주 커졌는데요.
돌이킬 수 없게 되어 버렸습니다. 제게 맡겨 두었으면 좋을
뻔하지 않았습니까? 한 이틀만 더 있었으면 그 유대식 램프와
골동품들을 브레송에게서 되찾아, 내 이름으로 앵블발 부부
에게 돌려줄 수 있었을 겁니다. 그랬으면 그 부부는 아무 문제
없이 오순도순 잘 살았을 텐데. 하지만 그와는 달리……."

"그와는 달리…… 내가 공연히 뛰어들어 불화의 씨앗을 뿌
리고 자네가 잘 지켜 주고 있는 가정을 엉망으로 만들어 버린
셈이지."

홈즈가 쓸쓸한 웃음을 지으며 말했다.

"맞는 말씀입니다. 나는 그 가정을 보호하고 있었습니다.

나라고 언제나 훔치고 속이고 나쁜 짓만 일삼으라는 법은 없
지 않겠습니까?"

"그러니까 자네는 좋은 일도 한단 말인가?"

"시간이 허락하면 합니다. 그것도 꽤 즐거운 일입니다. 이
번 사건에서 실로 유쾌했던 것은 내가 사람들을 도와주고 좋
은 일을 해 주는 데 비해, 당신은 공연히 사람들 눈물만 짜내
고 기분만 망쳤잖습니까. 그거야말로 여간 웃기는 일이 아니
거든요……."

"그렇게 막말을 해도 되는 거요? 눈물, 눈물이라니?"

영국인이 불쾌하다는 듯이 반박했다.

"그럼 아니요? 앵블발 가정을 엉망으로 만들었고, 알리스
드묑 양은 허구한 날 눈물만 짜내게 되었잖습니까?"

"그녀는 어차피 거기에 더 머물 수가 없는 처지요……. 가
니마르의 손이 그녀에게까지 미쳤을 거고…… 그리고 다시
앵블발 부인에게도 손이 미쳤을 테니까."

"나도 그렇게 생각합니다. 선생님, 하지만 누구 때문에 그
렇게 됐다고 생각하십니까?"

바로 그때 그들 앞으로 두 사내가 지나갔다.

홈즈가 뤼팽에게 말했다. 지금까지와는 다른 목소리였다.

"저들이 누군지 알겠나?"

"글쎄 한 명은 선장인 듯하고……."

"다른 한 사람은?"

"모르겠습니다."

"저 사람이 바로 오스틴 질레트 씨라네. 영국에서…… 당신 네 나라의 뒤두이 국장과 마찬가지 직책에 있는 사람이지."

"아! 정말 운이 좋군요. 폐가 안 된다면 저를 좀 소개시켜 주십시오. 뒤두이 국장도 저와 각별한 친분이 있는데, 오스틴 질레트 씨와도 그런 친분을 맺고 싶습니다."

순간, 아까 지나쳤던 두 사람이 다시 모습을 드러냈다.

"내가 자네 말을 진심으로 받아들인다면 어떻게 할 텐가? 뤼팽."

홈즈가 자리에서 일어나며 말했다. 그리고는 아르센 뤼팽의 손목을 아플 정도로 세게 쥐었다.

"왜 이렇게 세게 쥐시는 겁니까? 선생님, 안 그러셔도 각오 하고 따라갈 생각입니다."

실제로 그는 조금도 저항하지 않고 홈즈가 이끄는 대로 따라갔다. 두 신사는 점점 멀어져가고 있었다. 홈즈가 발걸음을 재촉했다. 홈즈의 손톱이 뤼팽의 살 속으로 파고들었다.

"자, 빨리, 빨리. 좀 더 빨리 걸으라고."

가능한 한 빨리 모든 일을 마무리 짓고 싶은 듯, 열띤 목소리로 홈즈가 낮게 말했다.

그러다 홈즈는 발걸음을 멈췄다. 알리스 드묑이 자신들 뒤를 따라오고 있다는 사실을 깨달았기 때문이었다.

"드묑 양, 왜 그러시죠? 쓸데없는 짓입니다. 와 봐야 소용없어요."

이 말에 뤼팽이 대답했다.

"선생님, 아직 모르시겠습니까? 드푱 양은 자신의 의지로 우리를 따라오는 게 아닙니다. 당신이 내 손목을 잡고 있는 것과 마찬가지로 내가 아가씨의 손목을 억지로 잡고 있기 때문이에요."

"무슨 짓이야?"

"알고 계시지 않습니까? 그녀 역시 저 신사 분에게 소개를 시켜 줄까 해서 그러는 겁니다. 유대식 램프 사건에서 이 여자는 나보다 더 중요한 역할을 맡았었습니다. 아르센 뤼팽의 공범자로, 브레송의 공범자로서…… 드푱 양도 결국엔 앵블발 남작 부인의 연애 사건을 진술해야 할 겁니다. 당국에서 이 사건에 꽤나 흥미를 보일 것 같은데요. 그렇게 되면 당신이 보여 준 눈물나게 고마운 간섭은 그 효험을 더욱 크게 발휘하게 될 겁니다. 친절한 홈즈 씨."

영국인은 할 수 없이 잡고 있던 뤼팽의 손목을 놓았다. 그제야 뤼팽도 가정교사의 손목을 풀어 주었다.

두 사람은 한동안 서로의 얼굴을 말없이 바라보았다.

잠시 후, 홈즈가 원래 있던 벤치로 돌아가 앉았다. 뤼팽과 드푱 양도 자신들의 자리로 돌아갔다.

긴 침묵이 그들을 가로막고 있었다. 드디어 뤼팽이 입을 열었다.

"맞습니다, 선생님. 무슨 일을 하든 우리는 한 배를 탈 수 없는 운명인가 봅니다. 우리 사이에 패인 골은 결코 없어지지 않을 겁니다. 물론 잠깐 동안 인사를 나누고, 악수의 손을 내밀고, 환담을 나눌 수도 있겠지만 과거라는 이름의 골은 언제까지나 거기에 남아 있을 겁니다. 당신은 언제까지나 탐정 셜록 홈즈고, 나는 괴도 아르센 뤼팽입니다. 셜록 홈즈는 언제나 자발적으로, 적절하게 그리고 탐정으로서의 본능에 따라서 괴도 뤼팽의 추적에 열을 올릴 것이며, 그를 잡아들이려고 할 것입니다. 한편, 아르센 뤼팽은 언제나 괴도라는 사실을 잊지 않고 탐정의 손에서 벗어나려고 애쓰며, 틈만 나면 그를 조롱하려 들 것입니다. 지금이 바로 그 기회입니다. 으하하하! 하! 하! 하!"

뤼팽은 이렇게 말을 하고 나서 웃음을 크게 터뜨렸다. 그것은 몹시 교활하고, 잔혹하며, 귀에 거슬리는 웃음이었다. 그러다가 갑자기 진지한 표정으로 드뫙 양을 바라보았다.

"드뫙 양, 안심하십시오. 어떤 일이 있어도 당신을 배신하지는 않을 테니까. 아르센 뤼팽은 절대로 배신하지 않습니다. 특히 자신이 사랑하는 사람, 존경하는 사람은요. 당신이 기분 나쁘지 않으시다면 이렇게 말씀드리고 싶습니다. 나는 당신의 용감함과 부드러운 성격을 사랑하고 존경한다고."

그는 지갑에서 명함을 꺼냈다. 그리고 그것을 둘로 찢었다.

그중 하나를 드묑 양에게 내밀었다. 그리고 역시 감동과 경의에 찬 목소리로 이렇게 말했다.

"만약 홈즈 씨가 제대로 돌봐주지 않는다면 스트롱버로우 양을 찾아가 보세요. 주소는 쉽게 찾을 수 있을 겁니다. 그리고 그 명함에 '소중한 기념품'이라고 적어서 그녀에게 건네주세요. 스트롱버로우 양은 틀림없이 당신을 친자매처럼 돌봐줄 겁니다."

"감사합니다. 내일 이분을 찾아뵙도록 하겠어요."

그녀가 말했다.

"그럼 선생님, 안녕히 주무십시오. 아직 한 시간 정도 더 항해를 해야 합니다. 잠깐 눈을 붙이는 게 좋을 것 같습니다."

뤼팽이 자신의 의무를 다한 사내처럼 만족스러운 듯한 어투로 말했다.

그는 깍지 낀 손을 베개 삼아 의자에 길게 누웠다. 세상 걱정 없는 나그네처럼……

맑은 하늘에 달이 떠 있었다. 밝은 달빛이 별들 주위와 바다의 표면을 찬연하게 비췄다. 물속까지 환하게 보였으며, 마지막 한 조각의 구름이 흘러가는 하늘이 전부 달의 영역인 것처럼 보였다.

어두운 지평선 너머로 해안선이 어른거렸다. 승객들이 갑판 위로 나오기 시작했다. 갑판은 온통 사람들로 뒤덮였다.

오스틴 질레트 씨가 두 사람을 데리고 앞으로 지나쳤는데, 홈즈는 그들이 영국의 경찰들임을 알 수 있었다.

아르센 뤼팽은……?

뤼팽은 긴 의자에 누운 채 깊은 잠에 빠져 있었다.

1864년   루앙에서 출생하여, 유복한 도매상 집안에서 성장한다. 어린 시절 주로 읽은 책으로는 월터 스콧, 발자크, 위고, 뒤마와 쥘 베른의 책들이 있다.

　　　　고등학교를 우수한 성적으로 졸업했고, 잠시 동안 제사(製絲) 공장 점원으로 일하기도 했다.

1880년   노르망디 전역을 자전거로 여행했다. 이때 섭렵한 에트르타 절벽이라든가 쥐미에주 수도원, 센 강 어귀의 여러 지역은 그의 작품에서 단골로 등장한다.

　　　　고향이 루앙인 플로베르의 흉상 제막식에 참석한 수많은 작가들의 모습에 감명을 받고, 자신 또한 노르망디 출신의 유명 작가가 되기로 결심한다. 모파상을 열렬히 숭배하게 된다.

1888년   루앙을 떠나서 본격적인 문학수업을 쌓으려고 파리에 정착한다.

　　　　당시 상징주의자들과 데카당파 문인들의 아지트였던 몽마르트르의 카페 '샤 누아르(검은 고양이)'를 드나들며, 그곳에서 알퐁스 알레와 모레아스, 르통트 드 릴르 등과 교우한다.

1889년 에르스틴 랄란과 결혼, 딸 마리 루이즈가 태어난다.

1892년 둘째 여동생 조르제트가 루앙은 '답답하고 편협한 사람들이 사는 곳이라 싫다.'며 집을 나와 가수 겸 여배우의 삶을 시작한다.

소설가 마르셀 프레보가 문단에 많은 지면을 할애하는 신문 〈질 블라스〉에 그를 소개한다. 거기에 그는 콩트들을 연이어 발표한다.

1893년 플로베르의 〈마담 보바리〉와 모파상의 〈여자의 일생〉에서 영감을 얻은 첫 소설 〈어떤 여자〉를 〈질 블라스〉지에 연재한다. 쥘 르나르와 레옹 블루아, 알퐁스 도데 등이 극찬한다.

1894년 어려서부터 자전거 마니아였던 그는 '그녀(Elle ; 자전거를 의미)'라는 제목으로 자전거 예찬론을 발표한다.

당시 여동생 조르제트가 연 살롱에는 말라르메를 위시해서 〈르뷔 블랑슈〉의 고정 필자들, 콜레트 등 수많은 파리의 문인과 예술가들이 드나들었다. 모리스 르블랑 역시 여동생의 살롱에 자주 드나들었는데, 견문이 넓은 세련된 신사로 통했다.

1896년 단편 모음집 〈신비의 시간들〉을 발표한다. 이 책을 통해 꿈이나 신경증 같은 묘한 심리 상태에 대한 그의 독특한 취향을 엿볼 수 있다.

1897년 〈아르멜과 클로드〉라는 소설과 자전거를 예찬하는 소설 〈날개를 펴다〉를 발표한다.

1898년 드레퓌스 반대파에 가담했으나, 같은 진영 내에서도 자주 반대론을 제기한다.

1899년　1838년 발자크의 주도로 결성된 일종의 '문인협회'에 가
입한다.

소설 〈열광〉을 발표했으나 별 호응을 얻지 못한다.

1902년　자신에게 아들 클로드를 낳아 준 마르그리트 보름제와의
결혼이 여의치 않은데다, 건강 및 심리적으로 최악의 상
태에 빠진다. 이때부터 좀 더 안정적인 수입을 보장받기
위한 글을 쓰기로 결심한다.

1905년　막 창간된 〈주 세 투(Je sais tout)〉의 편집장 피에르 라
피트가 영국에서 대단한 돌풍을 일으켰던 셜록 홈즈 시
리즈풍의 소설을 써 보지 않겠느냐고 제의한다.

그에 따라 〈아르센 뤼팽, 체포되다〉가 조르주 르루의 삽
화를 곁들여서 1905년 7월에 처음 연재된다.

이후 〈감옥에 갇힌 아르센 뤼팽〉 등을 연이어 발표하면
서 신출귀몰한 모험담을 계속 선보인다.

1906년　〈아르센 뤼팽 탈출하다〉가 점잖은 경찰을 지나치게 희화
화했다는 지적을 경찰당국으로부터 받는다.

또한 코난 도일로부터 셜록 홈즈를 멋대로 소설에 차용
한 것에 대한 비난의 편지를 받는다.

오랜 연애 끝에 드디어 마르그리트 보름제와 결혼한다.

1907년　'문인협회' 위원으로 선출되어 작가들의 권익 옹호에 적
극 나선다.

그때까지의 아르센 뤼팽에 관한 단편들을 모아서 〈괴도
신사 아르센 뤼팽〉을 출간한다. 그해 독자들로부터 열렬
한 호응을 얻는다.

1908년　아르센 뤼팽을 소재로 한 8밀리 영화 '괴도 신사'가 에드

윈 S.포터에 의해서 처음으로 제작된다.

〈기암성〉이 〈주 세 투〉에 연재되기 시작한다.

1909년 〈르 주르날(Le Journal)〉지에 〈813〉의 연재를 시작한다.

1910년 〈뤼팽 대 홈즈의 대결〉이 연극으로 각색되어 샤틀레 극
장에서 초연된다.

1912년 〈수정마개〉를 〈르 주르날〉지에 연재하고, 모파상의 영
향이 묻어나는 콩트집을 발표한다.

1916년 피에르 라피트로부터 뤼팽 시리즈의 판권을 사들인 아셰
트(Hachette) 사가 그간의 아르센 뤼팽 시리즈를 대량으
로 출간하기 시작한다.

1920년 〈발타자르의 기구한 인생〉으로 새로운 영웅을 창조하려
고 했으나 실패한다.

1921년 아르센 뤼팽 시리즈가 프랑스인의 애국심과 자존심을 크
게 고취시킨 공로로 레종 도뇌르 훈장을 받는다.
에트르타에 전원 별장지를 구입해서 '뤼팽 별장'으로 이
름 짓는다. 이곳은 이후에도 '기암성'과 더불어 관광객이
끊이지 않는 유명 코스가 된다.

1924년 전 세계적으로 아르센 뤼팽의 번역 판권과 시나리오 판
권이 팔리며 막대한 수입을 얻는다.

1930년 영국의 코난 도일 사망. 〈바리바〉를 〈르 주르날〉지에 연
재한다.

1934년 아르센 뤼팽을 소재로 한 미국 영화 '아르센 뤼팽'이 개봉
되었으나 모리스 르블랑은 '그 어디에도 뤼팽의 면모가
보이지 않는다.'며 혹평한다.

1935년 〈백작 부인의 복수〉를 발표. 여기에서 뤼팽은 코트다쥐

르 연안으로 은퇴한다.

1936년   뤼팽 시리즈가 라디오 연속극으로 편집된다.

1941년   세상을 떠난다.